U0938843

魔种

〔英〕V.S.奈保尔 著
吴其尧 译

南海出版公司

新经典文化有限公司
www.readinglife.com
出　品

目 录

后来——在柚树林第一次宿营，第一次晚上站岗的时候，他有好几次都只想哭。终于，天亮换班了，远处传来孔雀奇异的鸣叫声，那是它清晨在树林里的水塘边喝过第一口水后发出的鸣叫，沙哑，撕心裂肺，本该讲述一个新生的世界，但在经历了漫长的不眠之夜的人听来却像是在讲述失落的一切，人、鸟、树林和世界。然后，那段营地时光成了浪漫的回忆，在打游击的那几年里，在他麻木地辗转于树林、村庄、小镇的时候，在他以各种身份毫无目的地游荡，甚至常常忘了自己为什么要改变身份的时候，在他自觉智力衰退、人格破碎的时候，然后是监狱生活，那里神圣的秩序、固定的作息时间、各项保护措施，以及提供的自新机会——后来，他终于得以一步一步地从他原本以为真实的世界走向之后那些所有不真实的境地：就像从一个封闭的心灵走向另一个封闭的心灵。

一　卖玫瑰花的人

这种生活始于很多年前，在柏林。另一个世界。他借住在妹妹萨洛姬妮那里。离开非洲后，他的生活发生了巨大的变化，再不必担惊受怕，几乎像个观光客似的，无忧无虑，心满意足。当然，这种新生活早晚会结束。有一天萨洛姬妮对他说："你已经在这儿住了六个月了。我没法再为你申请签证延期了。你知道这是什么意思。你恐怕不能再待在这儿了。现实就是这样。你没法儿跟它对着干。你得考虑换个地方了。有没有想过去哪儿？想过做点儿什么吗？"

威利说："我知道签证的事。我一直在考虑呢。"

萨洛姬妮说："我知道你所谓的'考虑'是怎么回事。无非是置之不理罢了。"

威利说："我不知道能做点儿什么。我也不知道能去哪儿。"

"你从来就没觉得自己能做点儿什么。你也从来不明白男人得为自己打天下。"

"你说得对。"

"别这样和我说话。压迫阶级才这么想。他们只要自己坐稳了，就以为天下将继续太平下去。"

威利说："你这样牵强附会，帮不了我什么忙。你很清楚我的意思。我觉得以前总受命运的播弄。在印度那会儿，我能做什么？一九五七、一九五八年在英国，我又能做什么？在非洲又能做什么？"

"你在非洲待了十八年。你妻子真够可怜的。她还以为自己跟了个男人呢。她真该跟我谈谈。"

威利说："我从来就是个局外人，现在也一样。这会儿在柏林，我又能做什么呢？"

"你是局外人，就因为你自己想做局外人。你总是选择躲起来。你这是殖民者心理，种姓主义心理。从爸爸那儿遗传下来的。你在非洲待了十八年。非洲那场伟大的游击战争，难道你不知道？"

"那是很遥远的事情了。自始至终就是一场秘密战争。"

"那是场荣耀的战争。至少开头是的。回想起来总能令人热泪盈眶。一个贫穷无助的民族在自己的土地上沦为奴隶，完完全全从零开始。看看你做了些什么？你找过他们吗？你加入过他们吗？你为他们做过什么事吗？对于任何一个胸怀大志的人来说，这都算得上是件大事业了。但对你不是。你就躲在自己的庄园大宅里，陪着你那位有一半白人血统的娇小可爱的妻子，用枕头蒙住耳朵，一心只想着千万别有什么黑人自由战士挺着枪踩着皮靴深更半夜闯进来吓着你们。"

"不是那么回事，萨洛姬妮。在内心深处我总是站在非洲人一边，但是并没有什么仗需要我去打。"

"要是人人都这么说，那无论哪里都不可能发生革命了。我们大家都有仗要打。"

当时他们正坐在克尼塞伯克大街的一家咖啡馆里。冬天，这家咖啡馆里总是氤氲着暖意，侍者都是彬彬有礼的大学生，很合威利的口味。而现在正是夏末，咖啡馆里空气凝滞，令人感到压抑，那里的一整套仪式已司空见惯，仿佛在提醒威利——无论萨洛姬妮怎么说——时光正白白流逝，使他想起他们在教会学校里必须熟记的那首神秘的十四行诗。“而这消逝的时光就是夏日……”

一个年轻的泰米尔人走进来卖长枝红玫瑰。萨洛姬妮轻轻打了个手势，然后低下头看自己的包。泰米尔人走过来，递上一枝玫瑰，但始终同他们没有眼神交流。他无意和他们攀亲。这个卖玫瑰的人，沉着自持，满肚子自我价值。威利没有去看那人的脸，只是盯着他的棕色裤子（远方的裁缝做的）和毛茸茸的手腕上的特大号镀金手表和手镯（也许不是真金的），看出这个卖玫瑰的人在他原来生活的环境里大概只是个微不足道、不被人注意的角色。而在这里，在一个他或许知之甚少（和威利一样）的环境中，在一个他或许尚未学会理解的环境中，他仿佛被剥离了自身。他变成了另一个人。

几个星期前的某一天，威利独自出门，也见过这样一个人。他在一家印度南方风味餐馆外面停了下来，餐馆里没有顾客，只有几只苍蝇在玻璃橱窗上爬来爬去，下面摆着些盆栽植物和用以展示的米饭和薄饼，几个看上去笨手笨脚的小个子侍者（也许不是侍者，而是其他什么人，也许是非法入境的电工或者会计）躲在里面阴暗的角落，某些人心目中的东方式装潢反射出廉价的光泽。这时候，一个印度人，也可能是泰米尔人，走到威利跟前。松松垮垮的身材，倒也不算肥胖，线条柔和的宽脸膛，头戴灰色的平顶帽，上面是蓝色细线勾勒出的大方格图案，有点儿像“袋鼠牌”①的高尔夫球帽，

① 二十世纪三十年代创立的英国知名服饰品牌，贝雷帽的首创者。

威利曾在早期的企鹅版图书的封底广告上见过：也许眼前这个人就是在模仿那些老广告里的打扮。

此人和威利聊起了那场即将打响的伟大的游击战。威利也显得兴致勃勃，甚至很亲切。他喜欢那线条柔和的笑脸。他迷上了那平顶帽。他喜欢这种带密谋意味的谈话，其理念将震惊世界。可是，当那个人说起他们需要一大笔钱，当谈话变得引人注目，威利担心起来，接着害怕了，想从餐馆橱窗前逃走，逃离粘在橱窗上的那些昏昏欲睡的苍蝇。而那个人仍然满脸微笑，柔软的唇间却蹦出长长一句尖刻的泰米尔语宗教毒咒，威利似懂非懂，最后那人的微笑消失了，蓝格子高尔夫球帽下的脸变得扭曲，散发出一种可怕的恨意。

那突如其来的泰米尔语，那包含着此人所有宗教信念的古老诅咒，那瞬时迸发的如利刃般刺出的深刻仇恨，所有这些都令威利坐立不安。威利没有把这件事告诉萨洛娅妮。从孩提时候起，他就什么事都藏在心底，在家里，在学校，都是如此。逗留伦敦的那些年，这个习惯逐渐根深蒂固。而住在非洲的十八年间，这更是成了他性格中的固定组成部分，因为他有那么多显而易见的事情要向自己隐瞒。别人告诉他那些他早就熟知的事情，他也总让别人说下去，那不是别有用心，也不是刻意为之，而只是不想冒犯别人，只是想让事情平平稳稳地过去。

现在，萨洛娅妮把玫瑰放在她的碟子旁边。她的视线追随着那个卖玫瑰的人，看着他在桌子之间走来走去。他走出去之后，她对威利说：“我不知道你怎么看那个人。但是他活得远远比你有意义。”

威利说：“没错。”

“别惹我。你这些个聪明话对付外人还行。对付我可没用。你知道为什么那个人活得比你有意义吗？因为他找到了他要打的仗。他可以逃避。他可以说自己还有其他事要做。他可以说他得谋生。他可以说：‘我这是在柏林。我好不容易才到了这里。办了那么些假文件、假签证，还得东躲西藏。现在总算都了结了。我离开了家，放弃了原有的一切。我得假装已融入这个陌生的阔地方。我要看电视，要知道些外国节目，要开始当它们真的是我自己的。我要去卡德韦百货公司[①]，去下馆子。我要学会喝威士忌和葡萄酒。用不了多久，我就会数自己的钱，开自己的车，感觉自己和广告里的那些人一样。我会发现其实改变一切一点儿都不难，而且我会觉得我们所有人都应该这样。’他可以有这些虚伪无耻的想法。但是他明白他有仗要打。你注意到没有？他一眼都不看我们。他当然知道我们是什么人。他知道我们是他的同胞，但是他瞧不起我们。他把我们当作那种装腔作势的人了。”

威利说：“说不定他是不好意思，他是泰米尔人，在向这里的人兜售玫瑰，还被我们看见了。”

“他看上去可不像是不好意思。他看上去是那种有抱负的人，显得与众不同。有件事情你在非洲可能注意到了，要是你已经学会了观察。这人在这儿卖玫瑰，可这些玫瑰会在某个遥远的地方变成枪炮。革命就是这样发生的。我曾经去过他们的几处营地。我和沃尔夫正在拍摄一部讲他们的电影。我们很快就会听到更多有关他们的消息。这世上没有比他们更训练有素的游击部队了。他们非常凶

①欧洲第二大百货公司，位于柏林。

猛，非常冷酷。而你要是对你的祖国的历史多些了解，你就会明白那实在是不可思议。”

另一天，在动物园里，空气中弥漫着那些无所事事的笼中兽制造的恶臭，她说：“我得和你谈谈历史。要不然你会以为我疯了，就像我们母亲的叔叔那样。你，还有和你一样的那些人，所知道的有关你们自己的历史都来自一本十九世纪的英国教科书，作者是曾在印度任督学的英国人罗珀·莱思布里奇。你听说过这回事吗？这是印度第一本大型历史教科书，十九世纪八十年代由麦克米伦公司出版。那时印度反英大暴动[①]才过去二十来年，这本书的立场当然是帝国主义的，也是为了赚钱。不过，它也包含了某些英国式的知识，算是本好书。在此之前，印度历史上从来没有过这样一本书，没有过这种教育体制，也没有过这种形式的历史学科训练。这本书出了好多版本，它教给我们许多关于如何看待自己的观念，我们至今还保留着。其中最重要的一个观念是：印度存在着奴隶阶层，有些人生来为奴，还有军人阶层。军人阶层属于上等人，奴隶阶层则不是。你我就有一半属于奴隶阶层。我敢说你肯定知道。我敢说你还部分接受了。所以你才总是这样过日子。而那些在柏林卖玫瑰的泰米尔人则完完全全属于奴隶阶层。这种观念通过各种渠道灌输给了他们。而实际上，英国人那套印度人分成奴隶阶层和军人阶层的观念，整个儿就是错的。英国东印度公司在印度北部的军队招募的都是种姓等级高的印度教士兵。这支军队把英帝国的边界几乎推到了阿富汗。

①1857 年至 1858 年发生在印度北部和中部的反抗英国殖民政策的民族起义。

但是，一八五七年反英大暴动之后，这支军队就落魄了。接下来的军事行动轮不到他们了。于是这些曾经受帝国垂青的勇士们就在英国的官方宣传中变成了奴隶阶层，而大暴动之前被他们征服的边疆居民则成了军人阶层。这就是帝国主义的手段。这就是阶下囚的命运。因为我们印度人不懂得历史，所以我们很快就忘记了过去，一味把人家那套话信以为真。而南部的泰米尔人，则在英国的新制度下沦为泥滓。他们肤色黑，又不擅长作战，只能充当劳力。他们被运到马来亚、锡兰和其他地方，卖给当地的种植园当农奴。现在柏林那些靠卖玫瑰筹钱买枪炮的泰米尔人，已经扔掉了历史和政治宣传的重负。他们已经使自己成了真正的军人，他们克服了重重困难，做到了这一点。威利，你必须尊重他们。”

在动物园里那些郁郁寡欢的动物发出的臭味中，威利茫然地听着，一言不发。萨洛姬妮是他的妹妹。世界上没有第二个人能这样了解他。她知道他的幻想世界的每一个角落，知道他在英国和非洲期间的点点滴滴，尽管在过去二十年间他们只见过一次。他觉得，即使没有语言交流，在许多方面业已成长的她甚至有可能知道他性生活中的细节。什么都瞒不过她。甚至在她最革命、最平常、最信口开河的时候，就算她是在重复她那些老生常谈，却依然能够不时以一些新的词语唤醒他们共同度过的那些特别的时光，触动他内心深处某些他自己宁可遗忘的角落。

她滔滔不绝的时候，他一言不发，但记住了她所说的每句话。在柏林，他渐渐留意到她的一些事，那些事他以前可从来没有留意过。尽管她的话题从来没有离开过不公、暴行和革命需要，尽管她开口必大谈五大洲的流血剧目，但她却出奇的沉静。她早年性格中那种急躁易怒和咄咄逼人已经不复存在。她曾在老家的静修处日复一日地消磨生命，除了虔诚和顺从，她无可期待；在她离家许多年之后，那种可怕的静修生活——往往能给头脑简单、穷困潦倒的人们提供些水月镜花般的万能灵药——仍然离她很近，一旦沃尔夫遇到了什么大麻烦，她仍然可能回归其中。

她如今已没有那种焦虑了。正如她已经学会了如何在寒冷的季节里穿衣打扮，如何使自己风度翩翩（羊毛衫、羊毛袜配纱丽的日子已经一去不返了），旅行、学习、革命政治，和那位大度的摄影师之间随意而对等的生活，这一切似乎使她拥有了完整的知性体系。现在没有什么会使她感到吃惊或受伤了。她的世界观能够包容一切：危地马拉的政治谋杀、伊朗的伊斯兰革命、印度的种姓骚乱，甚至柏林酒商的顺手牵羊——不知道是他开店的习惯还是原则，这位酒商送酒上门时，总有两三瓶不是搞错就是短少，酒价也会莫名其妙地变化。

她会说："这就是西柏林。他们在空中走廊的尽头，什么都得靠救济来维持。所以他们会把精力花在小偷小摸上。这就是西方的大没落。他们将来会意识到这一点。"

而萨洛姬妮自己呢，通过她那位摄影师帮忙，靠西德某个政府部门的救济金生活。所以她知道自己在说什么，而且她过得很安逸。

每当新送来一箱葡萄酒或者啤酒，她就会说："我们来看看那个无赖这次又要了什么花招。"

他记忆中二十多年前老家的那个萨洛姬妮绝对不会做这样的事情。而如今身在柏林，他发现，正是她这种沉静，这种优雅的谈吐，使他越来越多地产生共鸣。他惊奇地打量着自己的妹妹。她竟然是他妹妹，他甚至有些激动。与她相处了六个月——他们成年之后从来没有在一起待过这么久——他觉得世界开始改变了。正如他觉得她能够深入他所有的情绪，甚至性需求，他也开始深入她看待事情的方式。她所说的一切都包含着某种逻辑和秩序。

他发现，他现在所感受到的，他向来就心知肚明，但从来没有接受过，那就是，萨洛姬妮说到了两个世界。一个世界秩序井然，按部就班，这里的战争已经结束。在这个没有战争、没有真正的危险的世界里，人已经被简化了。他们看电视，找到自己的生活圈子；他们吃着喝着经过检验的食品，数着自己的钱。而在另一个世界里，人们更疯狂。他们拼命想挤进那个简单有序的世界。但是，当他们待在外面的时候，一百种忠诚和古老历史的残余将他们牢牢缚住；一百场零零碎碎的战事让他们内心充满了仇恨，耗尽了他们的精力。在西柏林，一派自由而忙碌的气氛，一切都显得那么轻快。可不远处就是一道人为的分界线，在分界线的那一边，是压制和束缚，是另一类人。高楼大厦的废墟上，荒草滋生，偶尔还有几棵树；随处可见弹片弹壳深深嵌入石头和灰泥墙中。

这两个世界并存着。视而不见是愚蠢的。现在他心里很清楚自己属于哪个世界。二十多年前在老家的时候，想逃避对他来说似乎很自然。但现在，之后所有那些因为这个愿望而发生的事，在他看来都是可耻的。他在伦敦的部分生活，他在非洲的全部生活——那时他长年处于半隐居状态，衡量自己成功的标准是，他在所属的那个一半葡萄牙血统的二等阶层中并不十分显眼，但还“过得去”——所有这些现在看来都是可耻的。

一天，萨洛姬妮带回家一份《先驱论坛报》。报纸被折得正好露出一篇报道。她递给他说："这篇讲的是你以前住过的地方。"

他说："拜托你不用给我看。我告诉过你了。"

"你必须得睁开眼看看了。"

他接过报纸，在心里唤着妻子的名字："安娜，原谅我。"他几乎没读那篇报道。他不需要。他在心里经历了那一切。那场不折不扣的血腥内战。没有军队调遣转移；只有突袭者跨越边界烧杀、恐吓，然后撤返。报上有一张照片，一幢幢白色混凝土建筑，屋顶已被焚毁，烟熏的痕迹勾勒出空空的窗洞：那些住在庄园里的外来者的简单的非洲世界已化为一片瓦砾。他回想起那些熟悉的道路、蓝色的锥形巨岩、海边的小镇。他们欺骗自己说天下已然太平；但在内心深处，他们知道战争正在迫近，有一天那些道路将会消失。

叛乱刚起时，某一个星期天，他们边吃午饭边做这个游戏。他们说，假设我们与世隔绝，想象一下没有外界的介入，这儿的生活会变成什么样。首先，当然是汽车没有了。接下来，医药没有了。然后，布没有了。电没有了。就这样，他们一边吃午饭——身穿制服的男孩子们就在旁边，四轮车就停在院子里的沙地上——一边玩这个游戏，想象着如何变得一无所有。然后，一切就都发生了。

现在，威利身在柏林，对自己在非洲的所作所为深感羞耻。他想："我不能再躲下去了。萨洛姬妮说得没错。"

然而，他并没有把这想法告诉她——他的老习惯。

一天下午，他们在某条繁华的商业街的行道树下散步。威利在帕特里克·赫尔曼商店前停下脚步，观赏橱窗里的阿玛尼男装。二十年前，他对服装一窍不通，也不懂欣赏面料和裁剪；如今大不相同了。

萨洛姬妮说：“你认为谁是世界上最重要的人物？”

威利说：“阿玛尼就很伟大，不过我猜这不是你要的答案。你是要我说其他人物？”

“说说看。”

“罗纳德·里根。”

“我就知道你会说他。”

威利说：“我说他就是为了逗你。”

“不，不。我知道你真的这么想。但我不是问最有权势的人物。我是问最重要的人物。你觉得坎达帕里·西塔拉米阿怎么样？”

“他是最重要的人物？”

“重要的人不一定很有权势。列宁在一九一五、一九一六年的时候，就没有什么权势。我所理解的重要的人，就是会改变历史进程的人。一百年之后，当二十世纪革命史可以盖棺定论，形形色色的民族中心主义偏见消失殆尽的时候，坎达帕里将会同列宁和毛泽东相提并论。这一点毫无疑问。而你甚至都没有听说过他。我知道。”

“他参加了泰米尔运动？”

“他不是泰米尔人。但是坎达帕里和泰米尔运动同属于我们这个世界的重生进程。如果我能说服你相信这个进程，那你就脱胎换骨了。”

威利说：“我对法国历史一无所知，只听说过冲击巴士底狱。但我还知道点儿拿破仑的事。如果你肯告诉我，我相信我一定能理解坎达帕里。”

“我怀疑。坎达帕里作为革命家最卓越的成就在于，他破除了林彪路线。”

威利说：“你跳得太快了，我没听明白。”

“你是故意这么说。你在掩饰。你肯定知道林彪。全世界都知道林彪。从他那里，我们知道了什么叫清算阶级敌人。一开始，这真是又简单又激动人心，看起来也很先进。我们印度人也喜欢这个观点，因为它是从中国传来的，我们以为，它能使我们赶上中国。但实际上，这种观点把革命给毁了。林彪路线把革命变成了中产阶级的闹剧。城里那些好出风头的中产阶级年轻人，穿戴成农民的样子，脸上手上染了胡桃汁，成群结队跑到街上，自以为所谓革命就是除掉警察。警察不费吹灰之力就把他们扫荡干净了。参加这种运动的人总是低估警察的力量，我不明白他们是怎么回事。我猜是因为他们太自以为是了。

“这些事情发生的时候，你在非洲，目睹了一场真正的战争。后来，这里的人说，我们失去了整整一代革命者，那么年轻，那么优秀，无人可以取代。我自己也这么认为，甚至为此难过了好几个月。印度的知识阶层进步缓慢。我不说你也知道。没有土地的劳动力迁往城镇，他们的儿子可能成为小职员。小职员的儿子也许能接受高等教育，然后他的儿子成了医生或者科学家。所以我们很悲痛。经历了几代人的努力，才能创造出一批革命人才，而警察却在顷刻间摧毁了五十年甚至六十年的奋斗才积聚起来的才智结晶。想起来就令人胆寒。

“我来告诉你这是一种什么样的感觉。有时候，暴风雨会将一些优美的老树连根拔起。你不知该怎么办。第一反应是愤怒。你想找到那个敌人。然后你马上就会意识到，虽然愤怒是一种宣泄，却无济于事，而且你的愤怒根本找不到对象。你必须另想办法弥补你的损失。就在我处于这样一种空虚、抑郁的情绪中时，我听说了坎达帕里。之前我从来不知道有这么一个人。他宣告了一种全新的革命。他说，所谓‘失去了整整一代优秀革命者’不过是矫情的无稽之谈。他们并非特别优秀，或者饱读诗书，也不是什么革命者。如果他们是的话，他们就不可能为了愚蠢的林彪路线送了性命。坎达帕里说，不对，我们不过是失去了整整一代读书不多、自以为是的蠢货，真是走运。

“这样的说法让我觉得受了伤害。沃尔夫和我同那些革命者一起做了许多事，认识他们中的一些人。但是，坎达帕里的话虽然刻薄，却使我开始思考一些我之前曾经注意过却没在意的事情。我想起来有这么一个男人曾经到酒店里来看我们。他爱慕虚荣到了可笑的地步。他想要我们知道他如何手眼通天。我们问他想喝点儿什么，他直截了当要了三份进口威士忌。当时进口威士忌的价格是印度国产酒的三到四倍。他要的东西贵得令人咋舌，然后他得意地打量我们的表情，观察我们的反应。我觉得他就是卑鄙，不过我们当然已经学会了如何控制自己的表情。当然，他也消受不了那三份威士忌。

“我想起了这件事，还有其他一些事，然后，坎达帕里的话对我来说已经不再是一种伤害，我惊叹于他的分析如此一针见血、入木三分。他宣告了林彪路线的灭亡。他宣告了代之而起的群众路线。革命将来自底层，来自农村，来自人民。这场运动根本容不下中产阶级的假面舞会。而且，你相信吗，就在之前那场虚假革命的废墟上，他已经在酝酿一场真正的革命。他已经解放了许多地方。他可不像以前那些人那样喜欢哗众取宠。

“我们很难见到他。传递信息的人都很谨慎。他们一级级传递消息，不想和我们发生任何关系。最后我们在树林里步行了好几天。我还以为我们哪儿也到不了。不过，某一天下午，快该搭帐篷准备过夜的时候，我们终于走到了树林里的一小块空地上。明媚的阳光洒在一间狭长的泥墙茅舍上。茅舍前面是正在收割的一片黄灿灿的芥菜田。这就是坎达帕里的司令部。其中一个司令部。在所有的闹剧散场之后，站在我们面前的是一个质朴的人。他个子不高，肤色黝黑。一个小学教师，没有任何资格证书。瓦朗加尔人。城里没人会多看他一眼。瓦朗加尔是印度最热的地区之一。说起那些穷人的时候，他眼睛里满含泪水，身体颤抖起来。”

就这样，威利在夏末的柏林开始了一种全新的情感生活。

萨洛姬妮说：“每天早上醒来，你除了想想你自己，还得想想别人。想想你身边的人和事。想想东柏林，杂草丛生的废墟，一九四五年以来留在墙上的弹痕，以及低眉顺眼的行人。想想你在非洲去过的那些地方。或许你想忘记可怜的安娜，但是想想那里的战争。现在还在继续。想想你的房子。努力想象一下树林里的坎达帕里。所有这些都是真实的地方、真实的人。”

另外一天，她说：“二十年前，我对你很不好。老是指责你。很傻，什么也不懂，也没读过什么书。我只知道妈妈的事，只知道我们那位激进的叔外公。而现在我发现你当时和圣雄甘地没什么两样，不由自主地只能那么做。”

威利说：“噢，天哪。甘地？我根本不可能这么想。他离我可是十万八千里啊。”

“我知道你会感到吃惊。但这是真的。甘地在十八九岁的时候去英国学习法律。他在伦敦就像个梦游的人。他没办法理解那个伟大的城市。他对眼前的一切几乎一无所知。他不知道那些建筑和博物馆，不知道十九世纪九十年代隐居在那座城市里的伟大作家和政治家。我看他也没有去看过戏。他能想到的就是他的法律课业、素食和给自己理发。正如毗湿奴[①]漂浮在虚无的元初之海中，一八九〇年身在伦敦的甘地也漂浮在无所见无所知的海洋中。在他生命的前一半或四分之一的时间里，他就这样度过了三年，结束时他已经完全心灰意冷。他觉得自己需要帮助。当时有一位保守党的下院议员，大家都说他很关心印度人。甘地认为只能向此人求助。于是他给议员写了封信，还去拜访他。他努力解释自己的沮丧，片刻之后那位议员说：‘我明白你的问题了。你对印度一无所知。你对印度历史一无所知。’他向甘地推荐了几本帝国主义的历史书。我不清楚甘地有没有读过这些书。他要的是切实的帮助。他要的不是人家指点他读一本历史书。你难道不觉得，你可以从年轻的甘地身上看见一点儿你自己的影子吗？”

威利说：“你是怎么知道甘地和议员的这件事的？那是很久以前的事了。你从哪儿听来的？”

“他在二十世纪二十年代写过一本自传。那本书很精彩，简洁、流畅、坦诚，没有丝毫吹嘘。写得非常真实，每个印度人，无论老少，都能在字里行间看见自己的影子。在印度，找不到第二本这样

---

①与主创造的梵天和主毁灭的湿婆合称“印度教三相神”，主维护。

的书。如果大家读了这本书，就会发现这是一本现代印度史诗。可惜大家没有。他们以为不必去读，以为自己什么都知道，不用再去挖掘了。这是典型的印度思维。我之前甚至从没听说过这本自传。是沃尔夫第一个问我有没有读过。那个时候他刚到家乡的静修处。他发现我竟然没听说过这本自传，很震惊。现在我已经读过两三遍了。这本书很好读，故事写得很精彩，你会不停地读啊读，然后发现没来得及对他讲述的所有那些意义深邃的事情给予应有的关注。"

威利说："我觉得你有沃尔夫真是幸运。"

"他另有一个家。这样很好。我就用不着老是陪着他了。他是个很不错的教师。我想这也是我们还在一起的一个原因。他可以教我。他很快就发现我对历史年代毫无概念，我说不清一百年和一千年、两百年和两千年有什么差别。我知道妈妈和叔外公的事，我还知道一点儿爸爸家里的事。可除此之外就是一笔糊涂账，一片远古的大洋，不管是佛陀还是阿克巴[①]，伊丽莎白女王还是詹西女王[②]，玛丽·安托瓦内特[③]还是歇洛克·福尔摩斯，都在其间漂泊无定。沃尔夫对我说，一本书最要紧的是它的日期。如果你不清楚书的日期，不清楚它离你究竟有多远或者有多近，那这本书你就是白读了。日期将书固定在时间之中，当你阅读其他书，了解其他事件的时候，所有那些日期就开始形成一份时间刻度表。我无法形容那对我是多大的启发！当我开始思考我们的历史时，我再也不会觉得自己是在

①阿克巴（1542－1605），印度莫卧儿帝国皇帝。

②詹西女王（1835－1858），印度詹西土邦王后，1857年至1858年印度民族大起义中的领导人物之一。

③玛丽·安托瓦内特（1755－1793），法王路易十六的王后。

一片时间的混沌中下沉。我看得更清楚了。我知道事件的起止和顺序了。”

他恢复了旧日的习惯。二十五年前，面对看不清楚、想不明白的伦敦，就像一八九〇年的圣雄（按照萨洛姬妮的说法），威利努力通过阅读来摆脱自己的困惑，跑到大学图书馆去查找一些最简单的东西。现在，为了跟上萨洛姬妮的学识，为了获得她那种沉静，他又开始阅读了。他经常去英国文化委员会图书馆。有一天——他并没有刻意寻找——他在那里发现了圣雄自传的英译本，译者是圣雄的秘书。

亲切、简洁的叙述紧紧抓住了他。他想不停地读下去，短小的章节，一章接着一章，他想把整本书吞下肚；可是他很快发现，飞快读过的部分有一半已经记不起来，事件的先后次序也已混淆；而且，正如萨洛姬妮所说，他得经常翻回去，放慢速度重读那些简单的语句，理解作者以非常平静的口吻讲述的那些不寻常的事情。这是一本关于羞耻、无知和无能的书（尤其是开始部分）：那一连串回忆本应使另一个生命晦暗而扭曲，那些回忆，威利自己（或者他可怜的父亲，威利想）宁可带进坟墓，却被那朴素的忏悔所蕴含的勇气——那是经历了难以想象的痛苦才获得的——锻造成了洁净的民族记忆的一部分，这个国家的每个人都能从中看见自己的影子。

威利想：“要是这本医治伤痛的书二十五年前就到我手上该多好。我或许会和现在完全不同。我会追求一种完全不同的生活。我不会在非洲和陌生人一起混日子。我不会觉得形单影只，因为有一位伟人在前方引导我。可那时候，我读的是海明威，海明威离我太遥远了，什么忙也帮不上，我还胡编了那么些故事。多么暗无天日，多么自欺欺人，多么浪费光阴啊！不过，我那时可能也不知道该如何去读这本书。可能我根本看不出什么名堂。可能我必须经历那种生活，才能读懂书里的真意。可能事情要到该发生的时候才会发生。”

和萨洛姬妮谈起这本书的时候，他说：“这个圣雄和我们在家乡听说的那个圣雄完全不同。那时候，大家都说他卑鄙无耻，装腔作势，是个彻头彻尾的骗子。”

她说：“叔外公就说他是个种姓压迫者。他们就是这样告诉我们的。这是他们自己的种姓战争的一部分，他们自身革命的一部分。他们不可能想得更远。没有人觉得应该多了解圣雄一些。”

威利说：“如果他没去南非，如果他没有投入另一种生活，他会一事无成吗？他会沿着他原来的轨道生活下去吗？”

“完全有可能。但是，你再读读相关的章节。你会发现一切都清清楚楚，而你会做出自己的决定。”

“南非令他震惊。你能感觉到他的羞耻和困惑。他一点儿准备都没有。夜行火车上那桩可怕的变故，然后是那个头破血流的泰米尔学徒工找他帮忙寻求公正。”

萨洛姬妮说：“被雇他的种植园主打成那样。迁来的英帝国农奴，没有一丁点儿权利。你可以对他们为所欲为。在柏林卖玫瑰的这些人就是他们的后代。一百年来他们满世界漂泊。现在可以为自己打一仗了。这应该会让你感觉好些。我们无法体会甘地的心境。面对最漫不经心的残忍暴行，却无力阻止。我们中大多数人会逃走，会藏起来。大多数印度人就是如此，现在仍然如此。但是，甘地没有，他凭着神圣无瑕的心灵，认为自己可以有所作为。正是行动的需要，促使他开始了他的政治生涯。‘我能做些什么呢？’这就是最终的结果。印度独立前夕，在孟加拉发生了很严重的社会暴乱。他赶到那里。有人把碎瓶子、碎玻璃撒在体弱年迈、致力于和平的圣雄要经过的路上。此时他已陷入自己的宗教探索中，但仍保有足够的清醒，那些日子人们常常听见他自言自语：‘我能做些什么呢？我能做些什么呢？’

“他并非总是有许多事情可以做。忘记这些很容易。他也并非总是那个半裸着身体的圣雄。他在南非开始的那种半宗教的方式——公社、劳工思想、所有那些混合了托尔斯泰和罗斯金的思想——在那种形势下毫无作用。他在自传中对于南非那二十年的叙述生动而丰富，写了许多他当时做过的事情。你可能以为发生了什么重大事件，会改变南非的大事，可实际上他所描写的许多斗争都是他内心的，或者是宗教的，而且如果退后点儿看，你会发现圣雄在南非的生活完完全全失败了。最后放弃一切返回印度的时候，他已经四十六岁了。比你现在大五岁，威利。二十年的努力没有留下任何可夸耀的东西。回到印度，他从头做起。从那时候起，他不得不一再思考，作为一个生人，他应该如何融入当地环境，而当地那时已经有了许多受过良好教育的领袖人物。也许在今天看来，许多事情已经悄然发生，作为圣雄，他在一九一五年所做的无非是让自己被送上顶峰。事实并非如此。是他推动事情发生。是他掀起了波澜。他是思想与直觉的结合体。首先应该是思想。他是一位真正的革命家。”

威利一言不发。

她已将他的思绪带到远方。她迫使他每天都要操练自己的头脑，回想这个世界上他曾目睹或知晓的那些更令人绝望的地方。这已然成了他每天清晨的一个习惯。而如今，在这种清晨冥想之余，他发现自己开始反思以前在印度和伦敦的生活，反思在非洲度过的岁月和自己的婚姻，以全新的态度接受那一切，不再逃避，那些难以言说的往事所唤起的悲怆与伤感全然淹没在一种崭新的崇高理想之中。

他有生以来第一次体会到发自内心的自豪。可以这么说，他在街上散步时，感觉到自己占据了一方空间。他很好奇，对于其他人来说，对于他在伦敦和非洲遇到过的那些无忧无虑的人来说，这种感觉是不是自然而然一直就有。渐渐地，他感到，伴随这种自豪而生的是一种意料之外的愉悦，意识到自己能够否定所见的一切的愉悦，这就像一份额外的奖赏。萨洛姬妮曾经对他说，他见到的那些人仅仅为享乐而活。他们吃吃喝喝，看看电视，数数钞票；他们被简化到了可怕的地步。他发现这种简化很不自然；同时，自己的心灵和头脑又开始活动了，这令他兴奋。他感到自己被上述所有情绪所围绕。

五个月前的那个冬天，美丽清新，令人吃惊。作为非洲来的难民，他没有一个真正属于自己的去处，这里的一切看起来都很友善，让人感到惬意。房子没有变，人也没有变——他只能说，他已经能够认出那些心力交瘁、步履沉重、生活窘迫的中年妇女，她们都是跨过两条边境线从东柏林来的。他清清楚楚地记得那些日子，那是他自己的美好回忆。他不否认。那使他明白自己已经走了多远。

那种快乐，并不存在于现实中的柏林，而只存在于一个特殊的泡影中——萨洛姬妮的公寓、萨洛姬妮的钱、萨洛姬妮的谈话——

不可能持久。如果倒退二十年，在柏林，这个空中走廊尽头的城市，他或许会想留住那段好时光，或许会努力尝试他后来在非洲做的那些事。结局可能比在非洲更糟。或许他会和那天他遇到的那个印度人一样，三十出头，文质彬彬，戴着金丝边眼镜，满怀憧憬来到柏林，如今却满脸油光，衣衫褴褛，四处摇尾乞怜，晚上也无处栖身，思维已经混乱，张嘴口臭熏天，一条断臂挂在沾满污垢的悬带上，嘀嘀咕咕地抱怨自己在一帮恶少手里吃尽了苦头。

在这五个月里，他经历了很多。他从未经历过这样的时光，没有迫在眉睫的忧虑，也不必和任何人打交道，他和妹妹就如同童话故事里讲的那样，不必经受太多磨难就能长大成人。他觉得他在这五个月里思考和领悟到的东西都是实实在在的。那是从一种新的沉静中涌出的。此前他所感受到的一切，所有那些将他引向非洲的看似真实的愿望，都是假的。如今他不再感到羞耻，他能够接受一切，他发现，以前所经历的每件事都是为现在即将到来的生活作准备。

二　孔雀

他们开始等待坎达帕里。但是他音信全无。夏天的气息日渐消退。

萨洛姬妮说："你千万不能气馁。考验才刚刚开始。当你做一件不寻常的事情的时候，考验就来了。沃尔夫说，比起那些身处困境的部落里的人，你所面对的考验还要艰难些。你这样的外来者会让他们感到担心。我们自己在跟坎达帕里的手下打交道的时候，就遇到过许多麻烦，而我们不过是在拍电影。如果你是部落里的人，你只要跑去找那些穿裤子的人——他们就是这样分辨谁是掌权者的，看谁穿裤子——对他们说：'老爷，我要参加运动。'穿裤子的就会问：'你是哪个村子的？你出身哪个种姓？你爸爸叫什么？'这么寥寥几个问题就把一切都搞清楚了，调查起来也很容易。而你就得多等一会儿才行。我们已经把我们叔外公的事，以及你在非洲的情况都告诉他们了。我们强调了你激进的那一面。"

威利说："我宁可什么背景都没有。我希望做我自己。一切重新开始。"

可她却像是什么也没听见。"你会走许多路的。你现在就该锻炼起来了。穿帆布鞋走。把脚底磨磨硬。”

他就在柏林的沙地树林里一走好几个小时，沿着那些小道信步而行。一天下午，他来到一片阳光明媚的空地上，还没弄清楚自己身在何处，就发现周围有好些赤身裸体、侧目而视的男人，四肢舒展地躺在长长的草中，旁边停着几辆自行车，显然是其中一些人骑来的。自行车倒在草地上，人与车的扭曲姿态似乎流露出一种奇异的渴望。

他把这次令人不安的小小历险告诉了萨洛姬妮，萨洛姬妮说：“那里是同性恋区。很有名的。你应该小心才是。不然，你还没见到坎达帕里就要麻烦缠身了。”

有些树上的叶子开始转变颜色，天色也日渐变黄。

一天，萨洛姬妮说：“终于来了。沃尔夫收到一封印度来的信，一个叫约瑟夫的人寄来的。他是位大学讲师。你看他的名字就知道他是基督徒。他不属于任何地下组织。他的身份是完全公开的，留心不介入任何是非。所有这类运动都有一些这样的人。对我们这些人，对他们自己，对当局，都很有用。约瑟夫会见你，如果他觉得你不错，就会推荐你。”

就这样，二十多年之后，威利又见到了印度。他离开印度的时候，行囊里些许银钱是父亲的馈赠；现在他回到印度，行囊里仍旧没有几个钱，这次是妹妹给的。

印度从法兰克福机场那个印度旅客聚集的小小围栏里开始向他展开。他观察着这些印度旅客——极有可能数小时之后就再也不会见到的人，心中的恐惧比他观察留居柏林的泰米尔人和其他印度人时更甚。这些人的衣着与举止无不向他展示什么是印度。他满脑子都是他的使命，都是革命，他觉得和他们之间相距千里。但是，他在机场、在飞机上观察到的由一个又一个细枝末节连缀而成的印度，印度家庭生活所体现的那个可怕的印度——松松垮垮的体态、大快朵颐的神态、高谈阔论的姿态，还有为人父的观念、为人母的观念、不知用过多少次的皱巴巴的塑料购物袋（有时上面还印着长长的毫无意义的名字）——这么一个印度开始袭击他，使他记起了一些他自以为已经遗忘和丢开的事情，一些被他的使命感涂抹掩盖的事情；他觉得和那些同行旅客的距离渐渐缩短了。漫长的一夜过后，他觉得自己一想到印度就会生出一种惶恐，那越来越近的土地就在他透过舷窗看到的摧毁一切色彩的强光之下。他觉得："我思考过那两个世界，我也很了解自己所属的那个世界。但是现在，我真的希望能倒退几个小时，回到柏林的帕特里克·赫尔曼商店外面，或者回到卡德韦百货公司里的酒吧品尝牡蛎和香槟。"

清晨，飞机着陆了，而他终于能够较好地控制自己的情绪了。光线已经变得刺眼，热浪也已经从跑道上腾起。狭小破旧的候机楼里客流如织，人声鼎沸。飞机上的那些印度旅客已经换了副面孔，他们已经到家了，已经（提着箱子、羊毛衫和外国名城商店的塑料袋）换上了一副权威的神气，这将他们同外地人区分开来。吊扇乌黑的叶片转个不停，将吊扇固定在天花板上的金属杆上落满了油污和灰尘。

威利想："这就是机场。我必须这么看它。我必须这么看所有的一切。"

威利没想到机场的候机楼里还会有木工活。它们并不比威利在非洲看到过的那些简陋的海滨周末餐馆的木器高明多少——简陋本就是非洲风格和气氛的一部分。混凝土墙壁草草粉刷过，涂料溅到了玻璃和木头上；离水磨石地板数英寸高的墙壁上有扫帚和脏水留下的污迹。一个蓝色的塑料桶和一把又脏又短的椰树枝扫帚倚墙而立；不远处蹲着一个又瘦又黑的女人，包裹在深色衣服里，臀部缓慢地移动着，清扫着，在地板上留下浅淡的污痕。

威利想："二十年前，我不会看到我现在看到的这些。我现在看到这些，是因为我已经变成另一个人了。我不可能再变回原来的样子了。但是，我必须恢复原来看待事物的方式。否则，我的事业还没开始就已经输了。我身后的那个世界崇尚的是奢侈和体面。不久前，我已看得很清楚，那是一个简单的世界，那里的人都已经被简化了。我决不能回归那种理念。我必须认清，现在我身边的这些人，信仰和社会观念都更为复杂，我身处的是一个所有风格和巧思都已被剥夺的世界。这里是个机场。它在运转。这里到处是精通技术的人。这是我必须看到的。"

约瑟夫住在几百英里之外的一个省辖城市。

威利必须坐火车去。而要坐火车，必须先坐出租车去火车站。然后，他在售票处——就像强烈的阳光照不进来的山洞，仅靠昏暗的日光灯照明——发现，最近几天的火车票都已卖完，他必须在火车站开办的客栈里待上几天，或者去找家旅馆。很快，印度就以它所有的关于事物的新概念（出租车、旅馆、火车站、候车室、卫生间、餐馆），以及所有的新规则（蹲着如厕、只吃熟食、避免碰触水和柔软的水果），把他吞没了。

有一种瑜伽要求修行者非常缓慢地移动身体，同时全神贯注于头脑对身体的操控。练习数月之后（世故、天赋不足的人则需要数年），修行者会感觉到每一块肌肉在体内的运动精准地遵从头脑的指令。而对威利来说，回到印度的头几天，每天的生活流程就是这样一种瑜伽，就是一连串的障碍；每一件简单的事情都需要反复思量，需要重新学习。

（瑜伽：待在印度旅馆的房间里，打开窗子，面对噪音、气味，或者走在街上时，他发现，在紧张快速的内心生活中，他时常关注非洲。他记得在殖民时代末期，瑜伽曾在中年妇女中间风靡过一阵子，似乎对这种作为理想的精神和肉体的完善的简单认同能够使他们正在瓦解的世界变得容易忍受些。）

在柏林的时候，他曾设想过应该带些什么书。他首先想到的是，在林中长途跋涉之后，躲在静谧的乡村茅舍里，他会想要读一些轻松愉快的书。在非洲的时候，他多多少少放弃了阅读的习惯，现在能想起来的也就是《三人同舟》——可惜他从来没有读完过——和弗里曼·威尔斯·克罗夫特的《酒桶》或《酒桶传奇》，一本三十年代的惊险小说。他有一次偶然在非洲的某个人家里发现了一本破破烂烂的克罗夫特的平装书。他还没读多少，就找不到了（也可能是人家要回去了），而有关那个传奇的模糊记忆（伦敦，河上漂浮的酒桶，潮汐与水流的计算）却一直留在他脑海里，像一首诗。但是，他还没开始在柏林找书，就觉得自己会很快读完它们。而且还有更进一步的问题：这些书会和他一起在他的头脑里制造一些图景，展现一个他已不再需要的世界。因此，这些书正在悄然变质，完全不像他想的那样无害和“轻松”。

他不再去想那些书。可是有一天，散步快结束的时候，他走进了一家古玩店，吸引他的是店里随意堆放的二三十年代的彩色玻璃器皿、灯具、花瓶和其他缤纷精美的玩意儿，它们经历了战乱而得以保全。一张桌子上摆着不少书，大多是德文版平装书，满布黑体德语字母。其中有一些特别引人注目，褪色的布封面，英文，那是些英文教科书，代数、高等几何、机械和流体静力学。这些书都是二十年代印刷的，当时经济不景气，用的是颜色灰暗的廉价纸张；可能是某个学生或教师从英国带到柏林的。威利在学校的时候就喜欢数学。他喜欢逻辑，对推理着迷。此刻他突然觉得这些书正是他在丛林中所需要的。它们能使他保持头脑清醒；它们不会重复，而是一课接一课、一阶段连一阶段地推进，也不会有令人厌倦的、过于简化的社会里的男男女女让人心烦意乱的照片。

现在，威利待在火车站附近的印度旅馆里，还要过一天一夜，他才能坐上火车去约瑟夫所在的城市。他从小小的帆布手提箱里拿出那些书，开始钻研他的新课程。头一本是几何书。从天花板上洒下的灯光很昏暗。他几乎看不清灰白色的旧纸上的模糊字迹。他努力分辨，眼睛开始疼。解题需要纸和笔。他一样都没有。所以他什么都做不了。而且他也无法否认，这本几何书还有其他那些书，对他来说都太艰深了。他太高估自己的能力了。他应该从更初级的程度开始；此外，他显然还需要有人教他、鼓励他。他倚在床上阅读，或者说是努力尝试阅读；这个狭小的房间里连桌子也没有。他把书又放回了帆布箱里。

他想："我得把这些书处理掉。否则它们会把我搞得很惨。"

这个失败如此直接，迅速，彻底，一切还没开始，他已经满怀沮丧。他难以忍受待在污迹斑斑的墙壁所包围的狭小房间里，却又更加难以走向外面那个热烘烘、闹腾腾的城市。那些书曾令他感到自豪，感到安全。现在，他感到被剥光了。他听着每隔一刻钟的报时挨过了一个晚上，又挨过了第二天。去约瑟夫那儿的路上，他越来越沮丧；但是火车一刻不停地载着他前行，经过一整夜，经过所有喧嚣的小站，不管他是否愿意，载着他奔向他已承诺献身的对象。

清晨，太阳升起的时候，行驶的列车投下完完整整的影子，从车厢顶部到轨道上的车轮都清晰可辨。他寻找着自己的影子，找到后和它玩了一会儿，晃晃头，挥挥手，看看影子的回应。他想："这就是我。"这仿佛是一种古怪的安慰，这样远远看着自己，拥有人人都有的生命。

约瑟夫所在的城市很大，可并没有大都市的感觉。车站外面的那条路上乱成一团，到处是急切的喊叫和吵嚷，但就是谁也动不了。人人都在挡别人的路。脚踏三轮车、三轮摩托车和出租车都在同马车、骡车抢道，那马车和骡车十分惊险地向后倾去，几乎快要把车里挤得满满当当的女人和孩子倒出去了。附近有许多旅馆代理人在招徕客人，威利随便选了一个，跟着他去了一家里维埃拉宾馆。他们上了一辆马车。"现代化，十分现代化。"里维埃拉的代理人反反复复地说，可刚把威利带进宾馆逼仄的大堂，立时就无影无踪了，好像害怕被人抓住要他为什么事情负责似的。

这是一幢位于市场区的小小的两层混凝土建筑，虽说是混凝土结构的，看上去却很脆弱。安排给威利的那间屋子有一股通风不良的霉味，然后，威利试图打开窗户，由于用力过猛，窗钩——一种软得不可思议的金属——似乎在他手心里变弯了。他可不希望损坏任何东西，于是轻轻地松开窗钩，将窗户打开了。小桌子上竖着一本客房服务手册，上面保证全天供应食物，菜品来自“我们面包师的篮子里”、“渔夫的渔网里”和“屠夫的砧板上”。威利知道这些全是空话，只不过是从某家外国宾馆抄来的，只不过是一种表达善意的姿态、取悦客人的尝试及其现代化的一个方面。

他想他应该给约瑟夫打个电话。可是床头的那个红色电话，虽然一旁的卡片上印着“您的朋友和爱人就在几个数字之外”，却没有拨号音。他跑到楼下——瞥见那个狡猾的代理人就在里面一间屋子里——借用服务台的电话。服务台后的那个人非常亲切。

接电话的可能正是约瑟夫本人，声音明朗清晰，让人放心。这是威利到达印度以来第一次清晰的交谈，第一次感受到亲近，他觉得自己几乎要落泪了。

约瑟夫说他那天上午有课，下午就有空了。他们于是约了傍晚见面。威利回到房间，突然间觉得筋疲力尽。他和衣倒在铁床承载的薄薄的床垫上，自从离开柏林和法兰克福，第一次陷入了熟睡。

炎热和刺目的光亮把他搅醒了，而他远远没有睡足。大概三点钟的光景，阳光射在打开的玻璃窗上，令人目眩。因为醒得太早，他的眼睛和脑袋都疼得厉害。他觉得自己受了重伤。但现在离他和约瑟夫约定的时间只剩一个半小时了，约瑟夫是他唯一能依靠的人；于是他强迫自己从薄薄的硬毛床垫上坐了起来。

三轮摩托车司机接过威利递过来的地址，说道：“在新区。”威利仍然迷迷糊糊，头和眼睛仍然因为突然醒来而隐隐作痛。他们出了市区，沿着主干道在卡车和公共汽车扬起的热烘烘的灰尘、浓烟和轰鸣中开了十五或者二十或者二十五分钟。他们拐上一条没浇过柏油的燧石路，摩托车上下颠簸起来，最后来到一片住宅区前。若干混凝土结构的公寓楼建在一片寸草不生、坑坑洼洼的泥地上，建造商似乎忘了或者不愿意在房子完工之后把地面收拾平整。好些楼都有混凝土柱子支撑着，复杂的楼号或地址用大大的数字和字母滴滴答答地涂抹在上面。

约瑟夫那幢楼的电梯通道位于两根柱子之间，没有一直通到地面。它在离地三英尺的地方打住了，停在洞穴岩层似的夯实的土地上，在土里凿出几级台阶通向电梯。这样处理也许是出于风格方面的考虑，也许是为了省钱；或者仅仅是因为有人——设计师、建造商或者电梯制造商——测量有误。尽管如此，威利想，这还是电梯：住在这幢楼里的人就是这么看的。他们会自以为住在一个有钱人聚居的新区，住在一幢有电梯的现代化混凝土公寓楼里。

他想："我一定要记住不能向约瑟夫提起这个。他可能是个难对付的家伙，不好说话，但我绝对不能和他聊这幢楼，聊他住的地方。除非是我太累了。我得多加小心。"

电梯装的是金属折叠门，黑乎乎的，沾满油污，打开和关上时都震天响。住在非洲边远角落的时候，威利已经习惯了粗糙的房子。当地人在内心深处一直都知道迟早有一天他们会卷铺盖上路。但是，他从未见识过他来到约瑟夫家所在的楼层时见到的这种半成品。这房子似乎在最初的阶段就已经被弃置不顾，混凝土墙面上没有任何修饰，走廊墙壁顶端钉着许多电缆，粗的细的都有，积满了隔年的灰尘。而令威利心烦的是，院子里的土堆间不断传来孩子们在午后热烘烘的尘土中玩闹欢叫的声音，以及女人们严厉的呵斥声。

开门的是约瑟夫本人。他身材魁梧，和他的声音和举止很协调，穿着白色或是米白色的长外衣或者睡衣。大约五十岁。

他问威利："你觉得我们的大学住宅区怎么样？"

威利没有中计。他回答："应该是你来告诉我。"

他们来到起居室。透过房间一角一扇敞开的门，威利能够看到厨房里，一个女人正坐在水磨石地板上，手在一个盆子里揉捏着什么。还有两扇门通往里面的房间，也许是卧室。

威利还看见起居室里有一张沙发或者是小床，铺着床单。约瑟夫小心翼翼地在床上躺下，这时候威利才发现约瑟夫身有残疾。床底下，床单后面，隐约可以看见一把夜壶的手柄，而就在约瑟夫的枕头下方，放着一只焊了锡把手的锡杯，或许早先是炼乳罐子——那是他的痰盂。

约瑟夫或许看出了威利脸上的哀伤，于是他重又起身，站在威利面前。他说："我可不像看起来那么糟。你看，我能站起来走动。但是我一天只能走大概一百码。不算多。所以我不得不小心分配我的精力，即使是在这里，在我们大学的住宅区里。当然，如果有一辆车、一台轮椅，就有可能像正常人那样生活。但是你已经看到我们这里的电梯了。所以我在家的时候反而觉得很不方便。每次上厕所都要花去我不少精力。一旦精力耗尽，就只剩下痛苦了。我的脊髓出了问题。以前就有这个毛病，他们给我做了些治疗。现在他们告诉我说这个病能治，但是我有可能失去平衡感。我每天都在左右权衡。我躺下来就什么事也没有。他们说，有些人得了我这种病，躺下来或者坐着不动的时候就会很疼。他们得不停地走动。我难以想象那种情形。"

威利又开始疼了。但是他想他应该说明来意。约瑟夫用双手做了个手势，示意威利不用说了。威利就不说了。

约瑟夫说："你觉得这儿怎么样？和非洲比。"

威利想了想，却没有说出来。他说："我始终对非洲人怀有同情，但我是作为局外人去看他们。我从来没有真正了解过他们。我通常是透过殖民者的眼睛去看非洲人。我和他们一起生活。但是这种生活突然间就终结了，非洲将我们团团包围，我们不得不逃离。"

约瑟夫说："我在英国的时候，为了拿学位，选了一门关于'原始政府'的课程。那时大战刚结束。金斯莱·马丁[①]和《新政治家》的时代，乔德[②]、拉斯基[③]等人的时代。当然，现在他们不会叫它'原始政府'。我很喜欢这门课。卡巴卡人、木嘎巴人、奥穆卡玛人，各种各样的酋长和国王。我喜欢他们的仪式、宗教以及神圣的鼓。许多事情我都不了解。也不容易记住。和你一样，我对非洲的态度是殖民者的态度。但我们一开始都只能这样。正是殖民者打开了非洲的大门，告诉我们非洲的情况。我那时候以为非洲就是丛林、大地，谁都可以自由来去。我甚至很久以后才明白，在非洲，进入别人的领地要付出代价，和别的地方没有两样。他们说它原始，可我以为这正是非洲胜过我们的地方。他们了解自己。我们却做不到。许多人都喜欢对古代文化等等发表宏论，但是你去问问他们什么是古代文化，他们却根本答不上来。"

威利昏昏欲睡，他在想厨房里的那个女人。他原以为她是直接坐在水磨石地板上，但现在发现她是坐在一条大概四英寸高的窄窄

---

①金斯莱·马丁（1897－1969），英国记者，《新政治家》主编。

② C.E.M. 乔德（1891－1953），英国哲学家。

③哈罗德·拉斯基（1893－1950），英国政治学家、经济学家。

的矮板凳上。她的衣服和身体垂到了板凳外面，几乎把它遮住了。她的头被规规矩矩地包裹起来，因为威利是生客。她正在一个蓝边搪瓷碗里揉捏着什么。但是，她的后背和姿势表明她正在倾听起居室里的对话。

约瑟夫说："我们生活在世界上最悲惨的地方。比你在非洲看到的要悲惨二十倍。在非洲，殖民历史也许还历历在目。而在这里，你无法理解历史，而当你开始了解历史了，你又希望一无所知。"

威利努力抵抗着睡意，强忍着突然醒来所带来的痛苦，端详着那个女人的背影，心想："这正是萨洛姬妮在柏林告诉过我的。我以前就听说过。我那时候以为她只是在激励我。我为此尊敬她，但我对她所说的那些可怕的事情却是半信半疑。事实肯定就是如此。这是一项崇高的事业。我有信念，但我绝对不能受这个人的煽动。"

有那么一两秒钟，他打瞌睡了。

约瑟夫肯定注意到了，因为威利清醒过来时，感觉仍然站在沙发旁的约瑟夫丧失了一点儿活力和刚开始时的风度，说话更费劲了。

约瑟夫说："印度所有的土地都是神圣的。但我们此刻所处的这方土地尤为神圣。我们正站在最后一个伟大的印度王国的土地上，这是一方灾难深重的土地。四百年前，入侵者结伙而来，把它摧毁了。他们花了好几个星期，也许是好几个月，在这里烧杀抢掠。他们将这座都城夷为平地。它曾是一座富庶的城市，盛名在早先的欧洲旅行家中间流传。他们屠杀了僧侣、哲人、工匠、建筑师、学者。他们知道自己在做什么。他们砍下了那些人的头颅。只有乡村农奴幸免一死，被他们瓜分了。战败的后果是惨痛的。你想象不到胜利者占有了多少而落败者丧失了多少。希特勒会称之为一场灭绝之战，没有约束，没有底线，真是一场非同寻常的胜利。没有任何抵抗。乡村农奴得以自保。他们来自许多不同的低等种姓，而各个低等种姓之间的仇恨是最强烈的。有些人奔走于主子的鞍前马后，有些清理废墟，有些挖掘坟墓，有些则献上了自己的女人。他们都把自己视为奴隶。他们都食不果腹。规矩就是这样。大家都说，如果你把奴隶喂饱了，他就要咬你了。”

威利说：“我妹妹也是这么对我说的。”

约瑟夫问：“你妹妹是做什么的？”

威利吃了一惊。不过他几乎立刻就明白了为什么约瑟夫不可能装作了解很多事情。于是他说：“她在柏林做电视。”

“哦。而且他们被课以重重赋税。总共有四十种之多。经历了四百年这样的统治，这里的人民越来越相信这就是他们永恒的生存状态。他们是奴隶。他们毫无价值。我不想提任何人的名字。但这正是导致我们神圣的印度式贫穷的根本原因，这种贫穷可以说是印度独有的。还有别的。最后一个印度王国被毁灭三十年之后，征服者们修建了一座凯旋门。如今这座凯旋门成了印度的文化遗产。毁灭的都城被遗忘了。战败是这样可怕。你或许以为，印度独立的时候，所有那些被征服者的主子们以及他们的家人都会被吊死，他们的尸体会被扔在那里烂到只剩下骨头。或许会有某种救赎，会有变革。可是没有发生这样的事。只有一些头脑非常简单的人提出了革命的标准。”

公寓的门忽然开了。一个肤色黝黑的大高个——差不多和约瑟夫一样高——走了进来。他的身材像运动员：肩膀很宽，腰很紧实，臀部窄窄的。

约瑟夫在沙发上坐下。他说："政府以为我是在为游击队摇旗呐喊。不错。我就是希望有一场革命将所有的一切统统扫除。每当想到这里，我的心就感到一阵轻松。"

厨房里传来做饭的声音和香味，那些他自以为已经放弃的古老禁忌令他十分不安。那女人的姿态微妙地改变了些。

约瑟夫说："这是我女婿。他在一家医药公司做研发。"

那个肤色黝黑、拥有运动员身材的男人，此时第一次把脸完全转向威利。他的嘴奇怪地一咧，似乎很开心：显然他很高兴自己的专业这么快就让陌生人知道了。但是，他的眼睛，眼角红红的，却充满了与之矛盾的愤怒与憎恨。

他说："但是，他们一知道你是碰不得的，就不会想要和你发生任何关系。"

他本可以使用更温和的措辞，法律词汇、宗教词汇、政府许可的词汇。但是，当约瑟夫得体地介绍他的时候，愤怒、耻辱和自尊使他的嘴角不由自主地咧出一个微笑，同时也使他使用了粗野、过时的措辞。与其说是自怜，不如说是对外面世界的某种威胁。

威利想："无论这个人怎么说，他已经赢得了他自己的革命。我没想到他们还在打这场仗。但是他让整个事情变得很难办。他要完完全全掌握一切。我想我不可能和他相处得好。但愿他们中间不会有太多这样的人。"

这个肤色黝黑、有着运动员身材的人大摇大摆地——在威利看来是如此——走进起居室尽头的一扇门。约瑟夫显然受了影响。他似乎一时间失去了滔滔不绝的能力。里面传来了马桶冲水的声音。威利有点儿相信，在约瑟夫这个小家庭里，在这套混凝土结构的简陋公寓里——曝露在外的电缆，约瑟夫未曾露面的女儿——革命已经造成了某种未被承认的破坏。

约瑟夫说："是的，我就是希望来一场革命将所有的一切统统扫除。"

他不再说话了，仿佛是在脚本里寻找自己的台词。他从沙发底下拿出那个锡痰盂。痰盂的把手是用一根锡条焊制的，弯出时髦的弧度——工匠的杰作。锡条的边缘向内折起并焊牢，不再锋利，略厚，稍稍有点儿不规则，被摸得闪闪发亮。他捧着这个痰盂，大拇指摩挲着把手的边缘，似乎仍然在脚本里寻找被他女婿闯进来打断的台词。

最后他说："但同时我对我们留下的人类也不抱信心，因为奴隶制度已经持续了好几百年。你看看那个小姑娘，就像个小蟋蟀似的。她是我们的用人。"

威利看着那个瘦小伛偻的身影。她已经从厨房走出来，进了起居室，蹲下来，一寸寸挪着步子，手握一把灯芯草扎成的小扫帚，小心翼翼地动着。她身上的衣服是黑色和泥土色的，就像是迷彩服，掩盖了她的肤色和容貌，剥夺了她的个性。她简直就是几天前威利在机场看到的那个女清洁工的缩小版。

约瑟夫说："她就来自一个我刚才说的那种村子，那里的人都打着赤脚跟着洋主子鞍前马后地跑，在主子跟前，谁都不许穿能遮住大腿的衣服。她是十五还是十六岁，没人知道。她自己也不知道。那个村子里都是像她这样的人，又矮又瘦。人都跟蟋蟀或者火柴棍儿似的。经受了几百年的营养不良，他们的头脑已经不剩什么了。你以为你可以同她一起干革命吗？坎达帕里就是这么想的，我祝他好运。但是我认为，你在经历了非洲和柏林的生活之后，希望看到的不会是这些。”

威利说：“我没抱什么希望。”

“这里的人们说起游击队，就是在说她这样的人。这可一点儿都不激动人心。这里没有疲劳奋战的切·格瓦拉和硬汉们。这个地区一半的公寓里都有这么一个可怜巴巴的乡下女人，大家会说：没什么，这女人会胖起来的。老主子走了。我们成了新主子。那些不知情的人会一边看着她一边议论印度种姓制度有多残酷。其实，我们面对的是历史的残酷。而最可怕的一点是无从报复。老主子压迫、羞辱、伤害了这些人几百年。没人敢碰他们。现在他们走了。去了城里，去了国外。留下这些可怜的人做他们的纪念碑。我刚才说，你想象不到胜利者占有了多少而落败者失去了多少，就是这个意思。所有这些都是隐蔽的。如果拿非洲同这里作比较，你一定会说非洲要光明磊落得多。”

食物的香味更浓了，使早先的禁忌充满了威利的内心，使他越来越强烈地感到在这套革命者的狭小公寓里毫无幸福可言，而那个女儿已经成了一种牺牲。他希望主人不会请他留下来。他起身告辞。

约瑟夫说：“你住在里维埃拉。你大概认为它算不上合格的宾馆。可是在这里的人看来，它已经是高级的国际宾馆了。而那些你感兴趣的人，没有一个会去那儿找你。那太惹人注目了。有一家印度式宾馆叫新阿纳德宾馆，也叫‘和平新居’，是模仿尼赫鲁的宅子造的。这一带尽是‘新’这个‘新’那个的。是一种时髦。这家宾馆完全是印度式的，用蹲式厕所和澡盆。你去那儿住上一个星期，你感兴趣的人就会知道你在那儿。”

威利乘轰隆作响的老电梯下了楼。天色已然变成金黄。夜幕即将落下。尘土飘浮在金色光线中。但是孩子们毫不在意，依然在院子里的土堆间打闹吵嚷，心满意足的女人们依然在呵斥。就在不久之前，这一切还显得那么粗野、拥挤、无可救药。而此刻，再次看到这些，它们似乎顺眼多了，这让他感到喜悦。

他想："我所做的事情，从来就是困难的。"

从酣睡中惊醒所带来的疼痛还在他的骨髓和头脑里流窜。可是睡意已经消失。他在市场上漫步，灯光弥漫在周围，他尽力寻找着最便宜最简单最安全的食物。他还不饿，但是他想随时修炼他的基于每日生活的新瑜伽，每一个举动、每一个需求都必须重新思考，简化成最基本的形式。他很惊奇地发现自己竟然已走出这么远，这么能屈能伸。差不多一年之前，是殖民时期的辉煌和挥霍之后的贫穷、难民营及非洲在战火停止前的围困生活。就在几天前，还是西柏林的喧闹和繁华。就在几分钟前，还是约瑟夫家相对舒适且井井有条的厨房。而此刻，他身处市场，穿行在变化多端的昏暗灯光——烟气腾腾的火把、防风灯、气灯——之间，兴致盎然地寻找果腹之物，希望能将自己的需求压低再压低。他知道，用不了多久，在他去了树林或乡下之后，这样的市场也会变成遥不可及的奢望。等着他的会是其他食物、其他苦行：他会时刻准备迎接它们的到来。他已经把自己想象成一个苦行者、一个探索者。他从未经历过这样的情景——非洲的艰难岁月与此截然不同，那时候只有磨难——这令他头晕目眩。

他花了大概一便士买了一份辣味鹰嘴豆。这些豆子已经炖了好几个小时，总该安全了吧。豆子盛在一个用细枝固定的干叶碗里，端到了他面前。辣味灼着他的舌头，但他吃得津津有味，完全沉醉于这崭新的简单生活。回到里维埃拉，肚子里的暖意很快就带他返回了被打断的睡眠。

第二天威利就搬到了新阿纳德宾馆，在里维埃拉度过兴奋的一夜之后，随后的几天他遭遇了从未领教过的空虚和折磨，整日守在光秃秃的四壁包围着的臭味汹涌的房间里，等待着素不相识的人来引他走向命中注定的地方。墙壁呈现出一种古怪、斑驳的颜色，似乎吸收了各种各样的肮脏液体；椰席下面的灰尘足足有四分之一英寸厚；吊在天花板上的灯泡黯淡无光。起先，他以为自己应该一直待在房间里等人来找他。后来他才想到，那个来找他的人应该有时间，对等待有心理准备。于是他就在城里逛开了，不知不觉和许多人一起到了火车站，兴致勃勃地看火车，看人来人往，听小贩刺耳的叫卖声，听挨了打或受了伤的狗哀号。

一天晚上，他在站台上看见一个旋转小书架，插了几本旧的美国平装书，是些被遗弃的藏书，灰尘似乎已经渗入光亮的封面，有点儿像偶尔会出现在非洲某些商店里的古旧的电子产品，说明书因为年深日久已经泛黄了。他不想要任何会让他想起那个他已弃绝的世界的东西。他挑了又挑，终于发现了两本看起来符合他的要求的书。一本写的是五十或六十年代的纽约黑人区的事，叫《酷世界》[①]，是第一人称叙述的小说；另一本是写秘鲁印卡人的，叫《王室述评》[②]，作者有印卡王室血统。威利简直不相信自己的运气会这么好。

回到新阿纳德宾馆，他向他们要了一盏防风灯读书。他本想要

①美国作家沃伦·米勒（1921－1966）的作品。

②西班牙与印卡混血历史学家印卡·加西拉索·德拉维加（1539－1616）的作品。

几支蜡烛，有些老派的浪漫情调，可是人家根本没有蜡烛。然后，他很快就支持不住了，就像之前尝试研读那些数学书时那样。读《王室述评》需要有一点儿背景知识，他可不具备，因此不久就不知所云了。而《酷世界》则太遥不可及，太美国化，纽约味太重，满篇都是他看不明白的典故。

威利想："我得明白这一点，对我现在的冒险来说，书都是骗人的。我得靠我自己的力量。"

他在新阿纳德宾馆的日子仍旧不好过。于是他转而有意识地集中精神思考他的基于每时每刻的瑜伽，把每一个小时、每一个行动都当作重要的考验。任何一段时间都不能浪费。一切都是他的新准则的一部分。按照这新准则，必须摒弃焦急地等待外部事件的念头。

他过得很充实；他开始全神贯注于内心。他发现自己开始思考时间。

接下来某一天，信使来了。信使非常年轻，差不多还是个小男孩。他身着当地的腰布和长摆衬衫。

他告诉威利："七天后我再来找你。我还得去找其他人。"

威利问："我该穿什么？"

信使似乎没听懂。他问："你都有些什么衣服？"他说不定还是个大学生。

威利就用对大学生说话的口气问他："我穿什么最合适？是该穿帆布鞋，还是打赤脚？"

"请不要打赤脚。会惹麻烦的。地上有蝎子和各种危险的东西。当地人都穿牛皮拖鞋。"

"那带什么吃的呢？你得告诉我该准备点儿什么。"

“就带点儿撒吐吧。是一种烤熟的谷物粉末。市场上有卖的。干的时候就像沙子。饿的时候你就往里面掺点儿水。一点点水就能把它泡软了。很好吃，很久都不会坏。人们出门在外都带这个。另外你还需要一条这里的毛巾或者叫披巾。这里人人都有这么一条。大概四五英尺长，两头带流苏，宽两英尺左右。你可以把它围在脖子上或者披在肩上。质地轻薄细滑。洗过澡可以用来擦身，晾上二十分钟就干了。我七天后来找你。同时我还要向上面报告我已经找到你了。”

威利去市场买撒吐。可是事情不像他想的那么简单。有各种各样的撒吐，用不同的谷物做的。

威利此时的心境已经不同了，他想：“多有仪式感！多美！”

七天后那个大学生回来找他了。大学生说：“其他那些家伙浪费了我许多时间。他们不是真的有兴趣。他们只是随口说说。其中一个是独生子，对家庭更忠诚。另一个只喜欢过舒服日子。”

傍晚时分，他们去了火车站，上了一趟客车。客车都是慢车，所有的小站都要停。每次靠站都是一阵混乱和喧嚷，推推搡搡，喊喊喳喳的抱怨、争吵和客套话。每个小站都是尘土飞扬，充斥着过期烟草、破旧衣衫和累日汗水的气味。大学生几乎睡了一路。威利刚上路的时候想：“我一到目的地就去洗个澡。”后来他想他不会去洗了：希望每时每刻都干净舒适的想法属于另一种生活，另一种经历。还是让尘土、污渍和臭味待在他身上吧。

客车开了一夜，但其实走得并不远；然后，在明媚的晨光里，大学生留下威利走了，他说：“会有人来这里接你的。”

候车室在纱门和厚墙的后面，黑咕隆咚的。有人躺在长椅和地板上睡觉，从头到脚裹着毯子和肮脏的灰布床单。那天下午四点钟，威利的第二位信使来了，是个瘦高个儿，肤色黝黑，系着当地的方格图案腰布。他们出发了。

走了一个小时，威利想："我已经不知道自己在哪儿了。我已经找不到回去的路了。我现在落到他们手里了。"

他们已经离火车停靠的那个小城很远了，离城市很远了。他们已经深入乡间，此时天渐渐黑了。他们到了一个村子。即便在黑暗中，威利也能看清茅草屋顶边缘精心修葺过的屋檐，那是村里要人的房子。村子里，宅子和棚屋背靠背肩并肩混杂在一起，其间狭窄曲折的小巷纵横交错。他们走过所有那些好房子，在村子边上一处大门敞开的棚屋前停下来。主人是个受排斥的人，肤色很黑，是约瑟夫所说的那种蟋蟀人，几百年的奴隶制、压迫和营养不良的产物。威利觉得他并不怎么好客。他家屋顶的茅草很乱，没有修葺过。这个棚屋大概十英尺见方，一半用作起居和洗涤之所，另一半带个阁楼，是睡觉的地方，睡人，也睡牛和鸡。

威利想："这就是纯粹的自然了。我什么事都得在树丛里做了。"

随后，他们吃了一种米粥，又稠又咸。

威利想："他们这样过日子已经好几百年了。我练瑜伽不过几天，就已经深陷其中。他们练习的是一种更加深奥的瑜伽，每一天、每一顿饭都是练习。这种瑜伽便是他们的生活。当然也会有什么都吃不上的日子，连这种米粥也吃不上。但愿我有力量承受我所见到的一切。"

那天晚上是威利有生以来第一次满身污垢地入睡。第二天，主人外出干活，他和他的向导则一直待在棚屋里休息。到了下午，他们又上路了。晚上他们在另一个村子投宿，又是和牛、鸡一道在棚屋过了一夜。他们吃了薄米饼。没有茶，没有咖啡，也没有热水。他们喝的水很脏，是从一条浑浊的小溪里打来的。

两天之后，田地和村庄被抛在了身后，他们来到一片柚树林里。那天晚上，他们乘着月光来到树林中的一块空地上。那儿支着许多低矮的橄榄绿塑料帐篷，围着一块清理过的地面。没有灯光，没有篝火。月光下，所有的影子都浓重而清晰。

威利的向导说："不许说话。不许提问。"

那天晚上他们吃得还不错，花生、薄米饼，还有野味。早上，威利仔细打量着他的同伴们。他们都有些年纪了，而且都是城里人，每个人都出于各自的原因离开那个庸庸碌碌的世界，参加了游击队。

白天的时候威利在想："坎达帕里竭力鼓吹群众路线。坎达帕里希望村民和穷人起来为自己而战。在这个营地里，我不是同穷人和村民们在一起。肯定是哪儿搞错了。我来到了错误的人中间，加入了错误的革命阵营。我不喜欢这些面孔。但现在我得和他们待在一起。我得给萨洛姬妮或者约瑟夫传个信儿。但我不知道该怎么做。我已经完全落到这帮人手里了。"

过了两夜之后，一个穿军装的粗鲁的男人来找他，说："非洲来的人，今天夜里你去站岗。"

那天夜里，威利哭了，泪水里既有愤怒，也有恐惧，黎明时分他听到了孔雀的叫声，那是它在树林中的水池里喝了水之后发出的鸣叫，令他对整个世界满怀悲哀。

三　皮匠街

这个营地里大约有四五十人。新来的人中间流传着一种说法，说是解放区有十个乃至二十个这样的营地，游击队控制着这些解放区；这给大家吃了定心丸，甚至令新兵有些趾高气扬，尤其在他们领到橄榄绿军装之后。那是第四天。威利回想起在非洲时听到的游击队的事，在有些地方，布商被勒令为地方武装提供这种轻薄廉价的橄榄绿布匹，村子里的裁缝则被要求帮忙缝制这些粗糙的军装。同军装一起发下来的还有一顶带檐的布帽，帽檐正上方钉着一枚红缎五角星。这军装和军帽一下子让这四五十人进入了角色，还保证了一个组织的存在，更使人人都有了一个崭新明了而有安全感的身份。

这是一座训练营。天还没亮哨兵就悄无声息地一个接一个把他们叫醒。营地规定，夜间严禁一切声响和亮光。然后，传来了孔雀和林子里其他禽鸟的喧哗声，在一英里之外，有一只鸟发出绝望的尖叫声，大约是在警告某个捕猎者不要靠近它的蛋。大约六点钟的时候开始点名，然后是三个小时的慢跑和体格训练，有时会练习持枪匍匐前进。早饭吃花生和薄米饼。然后是游击战术讲座。在树林里时他们不允许发出任何声响。他们必须模仿鸟叫来传递信息，所以花了很多工夫学鸟叫。他们都学得很认真，学走样了也不会有人嘲笑。午饭过后——午饭可能是鹿肉、青蛙或山羊肉，这可不是素食运动——他们休息到下午三点左右，然后继续操练一个半小时。接下来是最难熬的时间：漫漫长夜，漫长的十一个小时，不能有亮光，不能正常交谈，人家都只能低声耳语。

威利想："我以前从没经历过这样无聊的日子。到印度之后却度过了许多可怕的无聊长夜。我认为这是一种训练，一种苦行，但不明白是为了什么。我必须把它看作是一种新的生活体验。我千万不能让这些人看出我不是全心全意跟着他们。"

他住在新阿纳德宾馆的时候，买过一些邮资已付的航空信笺。一个炎热的下午，他躲在闷热不堪的塑料帐篷里，动笔给萨洛姬妮写信。他只能选这个时间写信：

亲爱的萨洛姬妮：

我认为现在情况很糟糕。和我在一起的这些人并不是我们谈到过的那些人。我不明白这是怎么回事，但是我确信和我在一起的都是坎达帕里的敌人。

他觉得这样写未免太露骨了。他划掉了坎达帕里的名字，接着又觉得写信给萨洛姬妮太危险了。他把信藏在发给他的一个帆布背包里，然后，透过帐篷的门帘，望着林间空地和训练场上忧伤的白晃晃的日光。

他想："这样的日光否定一切。否定美。否定人生的可能性。正像约瑟夫所说的，非洲要温和些。也许是我离开这里太久了。但是我绝对不能朝这个方向想得太多。我们在柏林谈过的事业仍然是美好的，正确的。这我知道。”

他们的长官——一个四十来岁的男人，看上去像个商人或是公务员，可能以前是军校学员——宣布了营地纪律，新兵不允许过多打听同伴的情况。他们应当只把同伴看作是佩戴红星的人。威利猜不透他身边的这些人。他们都是四十岁上下，和威利年纪相仿，他想知道到底是什么样的失意和挫折令他们在不惑之年放弃了外面的世界来到这个陌生的地方。他离开印度太久了。他看不出身边这些人的背景，只能尽力去揣摩他们的面孔和体态：那些肉感的厚嘴唇似乎意味着某种程度的性变态；那些冷酷的、不友好的眼神，那些青肿的眼睛，则意味着艰难或屈辱的童年和饱受折磨的成年岁月。他所能揣测的仅限于此。这些人千方百计要报复这个世界，这使他感到自己被一群陌生人包围着。

在第十个或者第十一个晚上，营地里发生了一次大骚动。哨兵突然间惊惶地大喊大叫起来，整个营地里一片惊惧。

有人在高喊：“灰狗来啦！”

灰狗是一支专门对付游击队的警察部队。他们使用游击战术，擅长进行快速机密的突袭，总是先发制人。他们声名远播，于是一些吓坏了的新兵从塑料帐篷里跑出来往树林里逃窜。

但这只是一次错误的警报。一头野兽踱进了营地，吓坏了哨兵。

大家陆续被叫回来，一个个臊眉耷眼的，不少人只穿着内衣，气冲冲的，非常恼火。

威利想：“要没有今天晚上的事，他们还自以为是天底下唯一荷枪实弹、训练有素、风纪严明的队伍，唯一有规划的队伍。他们因此而勇敢无畏。而现在，他们明白了自己有敌人，而且他们并非那么勇敢无畏。他们只会更卑贱。明天他们就会变得非常龌龊。我得小心对待他们。”

那天晚上，长官什么话也没说。依照他那种商人或者官僚的习惯，他关心的只是恢复秩序。第二天凌晨，营地里一切如常。只是在早饭后（照旧是花生、薄米饼），“军事理论”课开始之前，长官向营员们训话；他的口气不像是希望大家加强纪律，而像是担心集体开小差，担心暴动和分裂。他了解他的听众。一开始，他们都有些抵触，仿佛是因为懦弱被公之于众，小孩子赌气似的恢复了先前的身份，带给他们庇护和安慰的这身橄榄绿军装和帽檐上方的红缎五角星，就在几天前似乎令他们轻而易举地获得了新生活，如今竟也准备放弃了。他们在等待训斥，皱着眉头，眯着眼睛，撅着嘴唇，鼓着面颊：人到中年，一肚子小孩子的脾气，却表现为成年人的怒气。他们可不愿意忍受训斥。发现长官显然并没有嘲笑的意思，他们渐渐平静下来了。

威利想：“坎达帕里说得对。如果我真要为这些受侮辱的战败者发起一场革命，如果我像坎达帕里那样，一想到他们几百年来经受的磨难就会忍不住痛哭流涕，那么这些人就不是我要找的人。我要到穷人中间去。”

长官说：“昨天夜里，哨兵搞错了，让我们大家都很惊慌。我认为哨兵不应该受到责备。他只是不习惯树林和野兽，而且他一个人要承担的责任太重了。从今天晚上起，我们派两个人站岗。但是，昨天晚上的事情表明，我们必须时刻保持警惕，这一点至关重要。我们必须时刻想着敌人正在窥视我们，想到他们有可能出现在任何一条路的任何一个拐角。我们应该从意外事件中吸取教训，昨晚的事情告诉我们应该加强操练。在今后的几天里，我们将努力使每个人都掌握一定的防御手段。这些手段应当成为我们每个人的第二天性，不管是在白天还是晚上，以便下次发生紧急情况时我们能从容应对。”

就这样，接下来的一周左右，军事理论课不再是童子军似的持枪匍匐训练和对着前面的人模仿鸟叫。他们开始训练如何护卫营地。有一次训练时，他们围绕营地形成环形防线；还有一次，他们向两翼呈扇形展开，到达指定地点准备伏击来犯之敌。

威利想：“但是，如果战斗真的打响了，对方发动了进攻，情况会怎么样呢？对此我们没有什么训练。现在这些不过是军事理论的初级阶段。什么也算不上。这些人能做的无非是向无力还击的人开枪。事实上这就是他们想要的。”

然而营地里一片平静。人人都在等待命令。

有一天，长官找到威利，说：“总部对你很欣赏。他们要派你完成一项特殊任务。你两天后出发。收拾一下。你要去杜利普尔镇。和博杰·纳拉亚一道去。就是那个报错警的哨兵。但我们不是因为那件事才派他去的。派他去是因为他是好样的。我们已经为你们俩定了个房间。先给你们一百五十卢比。两个星期后会再寄钱给你们。你们需要待在房间里等进一步的指示。”

长官说话的时候，威利觉得很容易就能想象出他身穿双排扣西装的模样。他来自生活舒适的中产阶级，四十多岁，口齿流利，经验老到，平易近人，充满自信，更像是一位大学教师或者某家大公司的职员主管。威利可以想象他在军校时大概是一名学生中士，在那些每周来两次训练和视察军校学员的下级陆军军官手下尽士官的职责。是什么促使他放弃了那种舒适的生活呢？安全难道不是非常重要？返回那个世界，对他来说难道不是更容易？威利端详着他的脸，希望从那光滑的皮肤、柔和的脸庞、过于沉静的双眼中找到蛛丝马迹，然后，一个念头从这男人身上传递到威利的头脑中："他的妻子鄙视他，给他戴绿帽子好多年了。他想要以这种方式为自己报仇。这么一个温文尔雅的人会惹出什么祸事呢？"

去杜利普尔的路很难走。需要一天多时间。威利穿上便服（样式夸张，穿上像半个农民），从营地领了口粮，肩头披着那条质地细滑的长毛巾，脚上穿了牛皮拖鞋。拖鞋还是新的。穿拖鞋是为了防止被蝎子和其他危险的昆虫叮咬到，但是威利穿惯了袜子，穿着拖鞋走路很别扭。他光着的脚后跟经常会从光溜溜的拖鞋里滑出来，踩到地上。博杰·纳拉亚认识路。他们先是走出了那片柚树林。花了三个多小时。然后他们走进了村庄和田野。

博杰·纳拉亚认识某个村子里的一个农民，下午很热的时候，他们走进了他的茅舍。主人不在家，他的妻子招待了他们。威利和博杰·纳拉亚躲在门窗敞开的里屋，屋檐上的茅草低垂着，讨人喜欢地挡住了大部分强光，使屋子里十分凉爽。威利向女主人要了一点儿撒吐，他现在已经非常喜欢吃撒吐了。他和博杰·纳拉亚用一点点水把它淋湿，吃得心满意足。这些撒吐是用小米做的。太阳快下山的时候，主人回来了，皮肤黝黑，因为刚干完活汗涔涔的。他邀请他们在这间小茅屋里过夜。小牛牵进了屋，饲料也准备好了。主人家给威利和博杰·纳拉亚端来了米粥。威利想接受，博杰·纳拉亚却说不用了，小米撒吐已经足够。威利顺从了他的意思。不久，天黑了，漫漫长夜随之降临，屋外的田野里，村民们还在忙碌，他们必须干完所有的活才能安心入睡。

第二天一早，他们就动身了，走了五英里路来到汽车站。他们在那儿等公共汽车；汽车把他们带到了火车站；他们在那儿等一趟去杜利普尔的客车。下午，他们到了。

博杰·纳拉亚此时俨然成了指挥。他身材高大，皮肤黝黑，宽肩细腰。遵照营地的纪律，他自出发以来没和威利说过几句话，现在到了城里，开始寻找上头为他们租的房子所在的区，他的话多了起来。他们四处寻找。每次他们出言打听，人家都用一种异样的眼光看着他们。最后，让人难以置信的是，他们竟来到了皮匠的聚居区。腐肉和狗屎的臭味令人作呕。

威利说："至少不会有人到这儿来找我们。"

博杰·纳拉亚说："他们在考验我们。他们要看看我们会不会放弃。你觉得你能忍受吗？"

威利说："什么都是可以忍受的。我们比自己想象的要坚强。住在这儿的人都必须忍受。"

为他们租的房间在一幢低矮的红瓦屋顶的房子里，整条街清一色都是这种房子。外面有一条排水沟，房间（一个约瑟夫所谓的蟋蟀人领着他们去的）的墙壁和新阿纳德宾馆的墙壁一样，布满缤纷斑驳的图案，仿佛各种肮脏的液体相互作用形成了一种有毒的湿气。

威利想："我必须想办法打败这股臭味。我必须在精神上征服它。"

但是他做不到。然后，就像他在近来的旅行中在各种各样的情况下所做的那样（过去在非洲也会有这样的时候，他迷失了方向，找不到路回去安全地带或者令他感到舒适的地方，也找不到任何人倾诉心中的忧虑，这种时候他喜欢一一回想自己出生以来睡过的那些床，借此同真实的世界保持联系），现在，在这条皮匠聚集的街道上，他开始重新回味过去一年中他沉沦的每一个阶段。首先是非洲一处被抛弃的葡萄牙殖民地的一座破败的庄园大宅，荒芜而萧条；然后是柏林夏洛腾堡的一套公寓，那儿给他的第一印象是遭遇了洗劫，裸露凌乱，冷飕飕的，弥漫着硝烟散去后的寂寥，挤满了他难以想象的旧年冤魂；再就是印度，机场所在的那个小城、里维埃拉宾馆、新阿纳德宾馆、柚树林里的游击队营地，以及眼前这些令人震惊的制革工厂，这个小城他以前从没听说过也不会在地图上找到——一个个彼此分离的盛载了体验和情感的房间，每一个都是一种伤害，而他最终都要忍受，并且把它当作一个完整的世界。

在皮匠街弥漫的恶臭中，那天晚上他和博杰·纳拉亚变得亲近了些。仿佛只有这么一场另类的灾难（看来正是如此）才会让他们走到一起。他们一起出去散步，离开制革厂的火光和浓烟，来到小城昏暗的路灯下——在威利看来，此时的小城洁净了些——来到市场上（苍蝇这时都已入睡）和火车站附近。

威利说：“他们给了我们一百五十卢比，让我们对付十四天。十卢比一天。在柏林，这点儿钱你连一杯咖啡都买不到。你觉得他们是不是想要我们自己掏腰包呢？”

博杰·纳拉亚回答时的口气有点儿严厉：“他们怎么说，我们就该怎么做。他们自有道理。”

威利知道博杰·纳拉亚是运动的中坚分子，也是这次任务的负责人，必须听他的。

他们在市场上买了五卢比的木豆、花菜和泡菜，又买了两卢比的咖啡。随后，他们走在小镇昏暗的夜色中，谈起各自的过去，深入的程度在营地里是不允许的。威利讲了英国以及他在非洲度过的十八年。

博杰·纳拉亚说："你的情况，我听说过一些。你肯定一点儿都瞧不上我们。"

威利说："想象比现实更令人兴奋。语言会传达错误的印象。地名也是。它们会勾起许多宏大的联想。而当你身处那个地方，伦敦也好，非洲也罢，一切都会变得很平常。我们在学校时读过威廉·布莱克的一首滑稽的小诗。我记不全了。

> 有一个小捣蛋，捣蛋就数他。他逃到苏格兰，去看那儿的人。那儿的地很硬，那儿的樱桃红得艳，和英格兰没两般。这处境叫他伤脑筋。

"那说的就是我。所以我来找你们。我不喜欢我原来的处境。我坚信在这里能找到自己的位置。"

他们在黑暗中走着，威利看到一个邮局。他想："我明天一定要找回来。"

博杰·纳拉亚说他的祖上都是农民。十九世纪末的一场大饥荒把他们从自己的村庄里赶了出来。他们属于一个低等种姓。他们去了一个英国人建造的铁路新城，他的祖父在那里找到了活计。他父亲念完了书，在国家交通部门找到了一份工作。他则成了一名会计。

他母亲的家族有着与此相似的历史。他们都受这教育。他们是乐工。但他们都属于那个低等种姓。

威利说："你告诉我的是一个成功的故事。那你为什么要参加革命运动？为什么要抛弃一切？你已经是中产阶级了。你和你的家庭的境况只会越来越好。"

博杰·纳拉亚问："那你为什么要参加革命运动呢？"

"是个好问题。"

博杰·纳拉亚有点儿被激怒了，说："我问你为什么？"

威利一反先前的闪烁其词及其所暗示的社交距离，说："说来话长。我想这里面有我的一生。我想世界就是这样被创造出来的。"

"我也这么想。对于有感情的人而言，事情绝不能被割断和抹去。你买了一台机器，就会拿到一本使用说明书。人可不是这样。我为我的家庭感到骄傲，为他们在这一百多年里所做的一切感到骄傲。但同时，你要知道，以前听说哪个地主被干掉了，我的心里就会乐开花。我希望封建地主统统被干掉。我希望他们全部被吊起来，直到骨肉分离。"

威利想起了约瑟夫说过的话。

博杰·纳拉亚说："而且我不要其他人动手。我要自己来。我要他们在临死前看着我。我要看到他们眼睛里的惊奇和恐惧。"

威利想："这是真的吗？或者他只是想让我印象深刻？"他仔细端详着这个肤色黝黑的男人，努力想象他的家人，想象他们无助的过去。他说："我想，把你祖上逐出乡村的那场饥荒，同样也把我的曾祖父，我父亲的祖父，逐出了古老的寺庙。这难道不奇怪吗？我们之间的关联要比我们认为的亲近得多。而且我几年前发现，路德亚·吉卜林[①]写过一个有关那场饥荒的故事。那是一个爱情故事，英国式的爱情故事。”

博杰·纳拉亚对此毫无兴趣。他们往皮匠街走去，然后脱了衣服等待漫漫长夜过去。威利被关在这个充斥着陌生的感觉、气味和畏惧的房间里，不过他坚信用不了多久，他就能适应这里的日子，把它当作一个完整的世界，在其中活下去。

第二天早上。他找到了去邮局的路。在原来那张航空信纸上——那时他划掉了坎达帕里的名字，并且不敢再写下去——他继续写那封没有写完的信：

> 我觉得身边这些人是我们谈过的那个人的敌人。我现在身不由己。我要在这里待两个星期。回信请寄到这里的存局候领处。这封信到你那儿要一周。我收到你回信又得一周。我只有靠你了。

中午他和博杰·纳拉亚一起去了市场。中午的食物要比晚上的新鲜。他们吃得津津有味，饭后又在城里溜达了一圈，博杰·纳拉亚又讲了一些他的经历。威利不必再去探究了。

博杰·纳拉亚说：“我在大学二年级的时候就认为我应该辍学参加游击队。我那时候常常和几个朋友一道去看城外的坦克。我想这是因为我的背景。但其实我一直喜欢绿色，喜欢草地和树林。世界就该是这样的。我们那时候经常谈论以后要做的事，谈论参加游击

---

①路德亚·吉卜林（1865－1936），英国作家、诗人，出生于印度孟买，1907年获诺贝尔文学奖。

队。但是我们不知道该怎么着手去做。我能想到的只有去接近我们的一个老师。可他说他也不知道该怎样帮我联系游击队。最后他联系上了。有一天，市工程部的一个人来学生宿舍找我。他和我约定了日期，带我去见我想见的人。我答应他和我的朋友们一道去。但到了那天朋友们一个都没有来。他们太害怕了，太世故了，太吝惜生命了。于是我就自己去了。开始就是这样。那是三年前的事了。”

“结果就是这样？”

“结果就是这样。我失去了几个朋友。过了六个月我才习惯这种生活。我也不能再开玩笑了。革命运动不容你开玩笑。你不能和农民开玩笑。他们憎恨玩笑。有时我甚至觉得，如果他们认为你在逗他们玩，就会杀了你。你必须老老实实把自己的意思说出来。如果你习惯用别的方式说话，那可就麻烦了。”

日子就这样一天天过去，每天十卢比。有博杰·纳拉亚做伴，也不是过不下去。但是他们的钱越来越少，没有人送来后续的钱，也没有任何指示，威利开始担忧。

博杰·纳拉亚说：“我们现在得把钱分配一下。还剩三十卢比。每天得花五卢比买吃的。如果我们开始这么做了，每天十卢比的日子就会显得很奢侈。这个办法应该不错。”

“你看他们是不是已经把我们给忘了？”

“他们没有忘记我们。”

到了第十五天，每天五卢比的日子已经过了三天，威利去了趟邮局。萨洛姬妮的信正等在存局候领处。一看到那枚德国邮票，他的心就提了起来。

亲爱的威利：

我不知道该怎么对你说。我想，当一个人筹划一些远距离的事情的时候，交流总难免出错。我不知道该由约瑟夫还是其他什么人对此负责。如你所知，革命运动发生了分裂，现在，你周围都是些狂热分子。在每一个地下运动中，我是说每一个地下运动，都会有犯罪。这我见得多了，所以我很清楚。你在这里的时候我本该告诉你的，但我想你是聪明人，自己能发现，也知道到时候应该怎么处理。我没必要叮嘱你当心。你身边有些人是运动中人人皆知的实干家。也就是说，他们杀过人，并且还会再去杀人。他们喜欢自吹自擂，也很野蛮。可安慰的是，你们你所投身的始终是同一项事业，也许有一天你能够过来加入到坎达帕里这边。

他把信揉成一团，连同那枚珍贵的德国邮票，扔进了市场外一堆霉湿腐烂的垃圾里。到了市场里，博杰·纳拉亚说："我们明天就没钱用了。"

威利说："我想他们是把我们给忘了。"

"我们得表明我们是有办法的。我们吃过饭就得去找工作。这种地方应该有临时工作可以做。"

"我们能干什么呢？"

"这倒是个问题。我们没有什么一技之长。但我们会找到活儿的。"

他们就着树叶盘子吃了点儿米饭和木豆。离开市场以后，博杰说："你瞧。几英里之外，空中有黑烟。是烟囱。肯定是制糖厂。现在是榨甘蔗的季节。我们过去看看。"

他们走到小城边缘，穿过城乡结合部，走向那家制糖厂，一路上只见烟囱越来越高。一辆辆满载甘蔗的卡车从他们身边驶过，在他们前面是同样满载甘蔗的牛车。工厂院子里一片混乱，但他们还是找到了管事的人。博杰·纳拉亚说："我去说吧。"五分钟后他回来了，说："我们拿到活了，干一个星期。晚上十点到凌晨三点。甘蔗榨过后，我们去收拾湿甘蔗渣，还要把湿甘蔗渣送到晾干区。甘蔗渣晾干后他们会拿去作燃料。那就不关我们的事了。十二卢比一天，比法定最低工资低得多。你在柏林连杯咖啡都买不到。可惜现在我们不是在柏林，在某些情况下，你没有争辩的余地。我跟工头说我们是从别的国家逃来的难民。我这么说是为了告诉他，我们不会给他惹任何麻烦。现在我们得走回皮匠街，为了晚上的劳作好好休息。晚上再过来，明天早上回去，都要走很长的路。"

于是在威利看来，皮匠街的房间又变了，变成了卖苦力前的休憩之所。第二天清晨快六点钟的时候，威利和博杰·纳拉亚在夜色中返回，就着公用龙头（幸好这个时候还有水）洗去满身黏稠的甘蔗残渣，像精疲力竭的野兽般沉入了香甜的梦乡。

威利不时醒来，感到劳累过度的身体一阵痛楚，在半梦半醒之间，他仿佛又看见了工厂院子里幽暗的灯光和那些衣衫褴褛的蟋蟀人，他的工友，对他们来说，这样的赶夜工可不是什么轻松的玩笑、偶然的小插曲，或是打破常规的意外，而是生死攸关的事情。他们的侧影令人毛骨悚然，头顶一小篮甘蔗渣，缓慢地移向晾干区宽阔的水泥平台，然后拎着空篮子折回；远处还有些人正在把晾干的甘蔗渣投进工厂的火炉，甘蔗渣升腾起瑰丽的青绿色火焰，淡绿色的火光映照在那些瘦小黝黑的躯体上，明亮却显得浪费：大约六十人干的活，十个人用手推车就能在同样的时间内干完，而两台简单的机器轻轻松松就能解决掉。

下午一点钟不到他就醒了，看着手表的时候，他觉得这块劳力士就像是对另一个世界的一种回忆、一种需要。博杰·纳拉亚还在睡。威利不想吵醒他。他一找到时机就溜出皮匠街的房间去了城区。他带了航空信纸和一支派通水笔。他要找一个小城人称为宾馆而其实只是蹩脚咖啡馆或茶馆的地方。而博杰·纳拉亚是反对这种冒险的。威利找到了一家这样的宾馆。他要了咖啡和蒸米糕。一起送上来的还有两种酸辣酱和两种木豆，现在这几乎算得上奢侈了，虽然仅仅在一个月之前，这家宾馆还会令他不胜烦扰，因为这里到处都有苍蝇，它们什么都吃，远比人敏捷。精瘦的侍者，体格也就比蟋蟀人强那么一点儿，穿一身白色粗斜纹布长制服，浓密的头发油光闪亮。制服上几乎找不出一块不黑不脏的地方，特别是鼓鼓囊囊的侧兜周围，仿佛这种肮脏是周到服务与努力工作的标志。很显然，侍者每星期只有一套干净衣服，而这天临近周末。

侍者为威利擦干了大理石桌子，苍蝇仿佛被激怒了，成群结队地扑向威利和侍者的头发；威利拿出航空信纸开始写信。

亲爱的萨洛姬妮：

我不说你也知道，我做这件事情完全是出于最单纯的心思和愿望：遵照你的教诲和我自身思想的激励，去做我以为正确的事。但现在我不得不告诉你，我觉得很困惑。我不知道这究竟是一项什么样的事业，而我又为什么要做这些事情。现在我在一家制糖厂干活，从夜里十点钟到凌晨三点，运甘蔗渣，每天十二卢比。干这种活和革命事业有什么相干，我不明白。我只知道我把自己送到别人手心里去了。你大概还记得，我以前也做过这样的事情——跑到非洲去。我不想再做这种蠢事了，可现在我发现自己又错了一次。我和革命运动里的一个前辈待在一起。和他相处并不轻松，我想他和我相处也不轻松。我从我们同住的房间里跑出来给你写这封信。我觉得他就是你上次信中提到的那类实干家。他跟我说，农民不喜欢开玩笑，如果他们认定谁在开他们的玩笑，他们甚至会把这人干掉。我觉得他也是这样。他问我为什么要参加革命运动。我当然不可能三言两语就把前因后果说清楚，于是我说"是个好问题"，就像我在伦敦或者非洲和柏林时会做的那样。他不喜欢这话，而我又不能一笑了之。我还对他犯了几个类似的错误，结果我就不敢跟他畅所欲言了，而他憎恨这个。他是我的长官。他参加革命已经三年了。我必须按命令行事，我觉得就这么几个星期，我已经莫名其妙地没了人身自由。我想逃走。我从柏林带了两百马克。我想可以去银行换成卢比，希望他们不会怎么怀疑我，然后就可以去火车站，回我们家的老房子。但是那也可能是一条死路。我可不想回去面对家里那些麻烦事。写这些话，我很难过。我不知道会在这个小城住多久，也不知道是否该让你再给我回信到存局候领处。我会尽早给你一个新地址。

威利回到皮匠街的时候，博杰·纳拉亚还躺在他的帆布床上。

威利想："我敢肯定他知道我去了哪儿，做了什么。"

威利知道他会问，就抢先说："我去了趟城里，买了点儿咖啡和黑绿豆米饼。我得吃点儿东西。"

博杰·纳拉亚说："制糖厂的活，一晚上只有十二卢比，省着点儿用。苦日子还在后面呢。"

威利吃完早饭又昏昏欲睡了，于是脱掉衣服上了自己那张小床。想到漫长的白天，再想到夜间的辛劳，他的心情沉重起来。

他想："所有这一切有什么意义！对博杰·纳拉亚而言是有意义的。他知道计划是什么样，也知道怎么让我们现在做的事与之相符合。他有完整的信仰。我可没有那种信仰。现在我要的不过就是有力量支撑下去，撑过今天晚上。让我祈祷有这么一种力量从我灵魂深处的某个地方冒出来吧。我现在不得不这样挨日子，每聚集一次力量对付一天，或者对付半天。我已经沉入深渊了。我原以为住进这条皮匠街就是到底了。谁知道那些鬼魂似的甘蔗渣搬运工又叫我下沉了好几层，今天晚上他们还会去那儿，顶着悲惨的命运挣扎着活下去。也许我应该去了解这些真正在挣命的人。也许认识到人的无价值对我有好处，会使我看得更清楚些。"

迷迷糊糊中，他的眼前尽是青绿色的火光，映照着夜色里工人们矮小的身躯。这图景渐渐扭曲颠倒，然后他便睡着了。他醒来时，日光几乎已经消退了。博杰·纳拉亚不在房间里，这让他很庆幸。他穿好衣服，去市场吃了一小杯咖喱豆。这简直算得上奢侈了，尤其是在享受了上午的美味之后。填饱了肚子，他就能回到房间去耐心等待。八点钟的时候，博杰·纳拉亚回来了，他们该出发去制糖厂了。

不知怎么的，仿佛是在回应他的需要，他身上有了力量，可以对付夜里的苦活了。他手里的活计和眼前的景象，前一夜都还是陌生的，令人疲惫不堪，在这第二夜就已经让他觉得习以为常了；这倒不错。一个小时后（劳力士表划分着时间，如同在他生命中的其他阶段那样），他想到，这就像是在非洲开着车长途跋涉，这想法让他舒服了些。出发前，想到旅途艰难，你忧心忡忡，可一旦车子启动，一切就都没事了，完全是机械的：脚下的路似乎会带着你去你要去的地方。你只需要平心静气，放自己前进。

之后他们和其他人一起，汗流浃背，满身都是黏稠的灰白色甘蔗渣，拿到了那十二卢比。

博杰·纳拉亚说："诚实的劳动。"

威利不知道该如何理解这句话。他不知道博杰·纳拉亚是语含讽刺，在模仿制糖厂雇主或工头说话，还是在认真地鼓励他，告诉他他们辛苦地搬运甘蔗渣是在为革命事业服务，因此是值得的。

第二天威利醒来时，博杰·纳拉亚不在房间里，威利突然想到他可能是出去设法联系组织了。博杰·纳拉亚仍然坚信，一切都很正常，后续的钱和新的指示都会在适当的时候到来；威利也不再为这件事和他啰唆了。

现在是一点钟，比威利前一天醒来的时间晚了一个钟头。他的身体正逐渐适应他的作息时间；头脑里敲响了警钟，他想，也许两三天后，他就会在白天的大部分时间里睡得昏昏沉沉，而在运送甘蔗渣的那几个小时里异常清醒。

他去了昨天那家宾馆，点了咖啡和蒸米糕。老习惯总是能让人舒心。身材瘦小、一头油光发亮的浓密头发的侍者仍然穿着他那件肮脏的白色粗斜纹布长制服。现在也许又脏了一点儿，或是脏了很多；脏到这个份上，很难判断变化的程度。

威利想："运甘蔗渣的活，还要干上六天。之后说不定会去其他地方。我大概看不到这个侍者换上干净衣服了。我敢肯定在他自己眼里，这身衣服始终是洁白干净、平平整整的。假如他看清了自己的衣服，说不定他会完全丢了现在的派头。他的生活也会发生变化。"

之后他去了邮局，敲敲存局候领处的柜台，巴望着有奇迹发生，又有一封萨洛姬妮的信。信件架抵着黑乎乎的墙壁，里面塞满了大大小小的信件。柜台里的人连看也没看他一眼，就说："今天没有信。大概三天后才有。那时候才会有欧洲来的航空信。"

他漫步在小城肮脏的商业区。墙壁的本来颜色已经被季风和阳光剥落，余下一片斑驳。只有那些广告牌，新上了油漆，光亮刺目，仿佛在打比赛。他走进巴罗达银行的一家分行。里面很暗。吊扇慢悠悠地转动着，不去惊扰桌子上堆得参差不齐的文件，柜台职员坐在铁栅后面。

威利问："这里是否可以兑换德国马克？"

"您如有护照就可以兑换。一马克兑换二十四卢比。我们收取最低一百卢比手续费。请问您有护照吗？"

"哦，我回头再来。"

前一天他写信给萨洛姬妮的时候，就萌发了逃走的念头。而此刻他想："假如我兑换一百马克，扣除手续费我能拿到两千三百卢比。有了这笔钱，我想去哪儿都行。我必须尽力保住这些马克。千万不能让博杰·纳拉亚知道。"

博杰·纳拉亚只字未提他上午出去干什么了。但他开始担心了。三天之后，当他们在制糖厂的活只剩下三天的时候，他对威利说："我感觉发生了某种灾难。我们得学会时刻想到灾难。我以前从来没有这样灰心过。我感觉我们应该考虑返回柚树林里的营地。"

威利想："那是你的事情。你自己回去吧。我可是另有打算。我要逃走，重新开始。现在这样是错误的。"

那天，侍者换了一身干净衣服，就像是变了一个人。他满脸堆笑，热情周到。衣服的口袋上有淡淡的污迹，那是他在两三个钟头里不时伸手进去掏零钱留下的。

威利想："我真没想到会看见这一幕。这肯定预示着什么。"当他去邮局时，柜台里的人对他说："你有封信。我跟你说过要三天后才能来。"

亲爱的威利：

爸爸病了。我们俩都有好多年没和他联系了，如果你问我，我猜我会说，我一直在等着他死，那就没人知道我的来历了。我不知道你是怎么想的，但我确实感到很大的耻辱，那天沃尔夫来带我离开那个不诚实的家和静修处，我真是开心死了。但是听到老头病入膏肓的消息，我觉得应该站在他的立场上来思考那些事情。我想人上了年纪大概就会这样。我发现，他受了那么大的伤害并非因为他自己有什么过错，我还发现，他的确是尽力而为了。我们是另一代人，属于另一个世界。对于人生的可能性，我们的看法和他不同，我们对他不能过于苛刻。我的心告诉我应该回去看看他，虽然我清楚地知道，回到那里只会发现一切仍然乱七八糟，又会为他们感到羞耻，巴不得扔下一切再度逃走。

威利想："侍者干净的白制服果然是个预兆。拿一百马克兑换成卢比再回到静修处，这个想法糟糕透了。这是懦弱。这不符合我关于世界的所有知识。我千万不能再那么想了。"

回到皮匠街，他对博杰·纳拉亚说："你说得对。我们应该考虑返回营地。如果那儿遭遇了灾难，他们会更加需要我们的。"

那天下午在城里，在他们步行去制糖厂的路上，在干活的几个小时中，在天亮前返回住所的路上，他们彼此靠得很近。威利第一次感觉到自己对这个肤色黝黑的人产生了某种像是友谊和关爱的感觉。

他想："我从来没有对谁产生过这种感觉。这种友谊的感觉，真是太美妙太充实了。我等了整整四十年。它终于来了。"

中午时分，他们被外面的骚动吵醒了：很多刺耳的声音竞相叫嚷。这些声音来自那些皮匠，仿佛他们这样高叫着折磨别人，就能抵偿他们每日里不得不忍受的恶臭。日光从房门四周和上方射进来，令人目眩。威利想出去看看。博杰·纳拉亚却把他拉到一边。他说："是有人在找我们。最好由我去应付。我知道该怎么说。"他穿好衣服，走出房间来到骚动的人群中，霎时间骚动更厉害了，不过很快被他声音中的威势镇住了。吵闹声渐渐远去，几分钟后博杰·纳拉亚带了一个人回来，威利认出那人身上正是他们的人惯用的农民装束。

博杰·纳拉亚说："我从来没有想到我们会丧失信心。我们几乎要放弃等待了。我们已经喝了一个星期的西北风。”

那个农民打扮的人用搭在肩膀上的又长又薄的毛巾擦了擦脸，就像演员逐渐进入角色一样，他说：“我们承受了巨大的压力。是灰狗。我们牺牲了一些人。但上头没有忘记你们。我把钱给你们带来了，还有指示。”

博杰·纳拉亚问：“多少钱？”

“五百卢比。”

“我们到城里去谈吧。现在我们三个外来的人躲在这样一间小屋子里，已经引起很多人的注意了。这可是很危险的。”

农民打扮的人说：“我必须得打听呀。也许是我说错话了。所以他们起了疑心。”

博杰·纳拉亚说：“大概你是想说点儿俏皮话吧。”

他和新来的人在前面走。他们三个进了威利喝咖啡吃米糕的那个宾馆。侍者的制服已经脏了不少。

博杰·纳拉亚对威利说：“领导层很欣赏你。你参加革命没多久，他们就已经想让你做信使了。”

威利问：“信使是干什么的？”

“信使会来往于各地之间传递信息，传达上级指示。他不参加战斗，也不了解全局，但他很重要。他可能也参与其他工作，那要看战局如何。他可能会从甲地运送武器到乙地。对于一名优秀的信使来说，最关键的是他待在任何地方都不突兀。他绝对不能引人注目。而威利，你就是这样的。你有没有观察过街上？我观察过，看有没有便衣警察，用不了多长时间就能辨认出哪些人不是这条街上的人。即便是训练有素的人，也会在不知不觉中暴露。有二十种可能让自己暴露。可威利无论在哪儿，都像是在家里。即使在制糖厂堆甘蔗渣的院子里，他也仿佛在自己家里似的。”

威利说：“我这辈子一直在做这么一件事：在哪儿都找不到家，只是看起来像在家里。”

四　安全之家

革命运动在某个区的警察行动中遭到重创，牺牲了整整一个分队的兵力，为了减轻那个防区其他分队的压力，高高在上、神秘莫测的领导层决定，在另一个游击战术语中所谓的“尚未受到侵扰”的地区开辟一条新的战线。

在此之前，游击区在威利眼中是若干互不相连的地域——树林、村庄、田野、小城。如今他成了信使，在博杰·纳拉亚的领导和指挥下，这些地域渐渐连接了起来。他总是在四处奔波，从一个村子步行去另一个村子，在公路上搭三轮摩托车或公共汽车，或者搭火车旅行。他还没有进入警方的黑名单；他还可以公开活动；这是他作为信使的价值的一部分。这种四处奔波的生活正合他的心意，给了他一种使命感和刺激感，虽然他只能凭直觉估计游击战的大概形势。他这样四处活动，有一部分是为了鼓舞士气，夸大解放区的范围，甚至让大家觉得，只要再加把劲，战争就会在很多地区取得胜利。

他待在城里的时间多了些，也就有可能收到萨洛姬妮的来信了。而且他在城里也能吃得好些了。奇怪的是，乡下反而吃得糟糕，虽说吃食都是乡下产的；而在城里则每天都可以像过节。乡下收成好的时候，农民就在盘子里、在叶子碗里把谷物堆得老高，再加上各种调料，也就心满意足了；而在城里，即便是穷人家，也是谷物吃得少，青菜和扁豆吃得多。威利吃得好了，就不怎么生小毛小病了，也不会因此而心灰意懒了。

从最初那两个星期的柚树林营地生活到如今，信使工作使他第一次对那些革命同志产生了一些好感。他起初对营地并没有什么好印象，但现在他已经和博杰·纳拉亚感情颇为深厚了，虽然刚开始时两人并不怎么友好，这使他学会了克制，不再总是想着去发现他人的缺陷。

大约每隔两周，各个区的重要人物就会聚集在一起开次会。威利帮忙安排这些会议，还曾多次出席。会议一般在城里召开，很危险，因为任何不寻常的聚会都可能会被当地人察觉并报告给警方。所以每个人或每两个人都会在城里有一个自己的联络员，他们会尽量在傍晚赶到联络员家里。路程可能很长，要走上一天甚至更久，可能一整天都走在远离危险的大路的田间小道上。他们的穿着尽量不引人注目。乔装打扮至关重要。根据指示，他们在途中应当打扮成村里人的模样。羊倌啦，织布工啦，或者打扮成那样的人，穿的是一种毯子似的披肩，几乎能将整个人包裹起来。

他们到达城里后，得通过联络员才能知道开会的时间和地点。有时候他们会爬到联络员家的屋顶上，换上凉爽一些的衣服；或者把乡下人日常穿的衣服——当地人常用的腰布、带有大侧兜的长衬衫，以及肩上色彩鲜艳的薄毛巾——换成城里人常穿的裤子、衬衫或长外衣。有时候，讨论革命工作时，他们希望穿上裤子，被视为

“穿裤子的人”，好显得比战友们多一点儿权威。一走进开会的房子，他们就会脱掉粗糙的乡下拖鞋；但他们不停地抓挠着脚，而且即便是用水洗过，他们脚上仍然遍布陈垢，再加上那些肮脏的大披肩，这会议就像是一个乡下人的聚会。

大家到城里来是为了发表观点、接受指示、作自我批评。但也是为了吃，为了品尝最粗陋的城里食物，甚至就是为了尝尝粗盐的味道。而这种受压抑的简单欲望往往会导致一种变相的吹嘘，他们会争相把乡村生活说得苦不堪言。

在威利一开始参加的某一次会议上——在某个铁路员工居住区的一栋房子里，主屋的家具都被推到墙边，大家坐在铺在地上的床垫和床单上——他听见一个脸色苍白的人说：“过去这三天里我一直都在吃冷饭。”威利觉得这个人接下来不会讲出什么中听的话。他是照字面意思理解这话的。他不相信也不喜欢这样夸大其词，于是他的目光在那人的脸上稍稍多停了一会儿。那人注意到了，很不自在。他一边对威利回以同样冷峻的注视，一边继续对屋子里的人说：“不过这对我来说不算什么。我打小就是那样过来的。”威利想：“哦哟，我得罪他了。”之后，他竭力避开那人的注视，但他整个晚上都能感觉到敌意在增长。情形对他不利。他想起自己原先对博杰·纳拉亚的质疑，想起自己曾用其他国家的标准去评判一个从未离开过印度的人。他不知道该如何挽救与那个吃冷饭的人之间的尴尬局面，到了那天晚上，他还听说那人是一个分队的头儿，在革命运动内部说不定还有更多的头衔，是一个重要人物。而威利不过是个信使，做些文字性质的宣传工作，而且还在试用期，他还需要一段时间的考验，才能被某分队接纳为正式成员。

威利想："我有一次对博杰·纳拉亚脱口而出说了句'是个好问题'，他就耿耿于怀了好长时间。积习难改，这个人提到吃冷饭的时候，我嘲讽地盯着他。现在他成了我的对头。他会叫我难堪的。就像博杰·纳拉亚想要看见别人眼神里的恐惧，他一定想要看到我眼神里的嘲讽变成恐惧。"

他的敌人有个绰号叫"爱因斯坦"，接下来的几个月，威利听说了不少有关他的传闻，在革命运动中颇具传奇色彩。他出生于一个农民家庭。一位小学老师发现了他的数学天才并竭力提携，使他获得了农村环境里最好的教育。他们家从来没有人受过高等教育，家里人做出了很大的牺牲，才把这个年轻人送到邻近的小城去读大学。他以每月十五卢比的租金在一个洗衣工家的阳台上租了一个房间，更确切地说，租了一个六英尺长四英尺宽的空间。狭小的生活空间及其低廉的租金是他的故事的传奇性的一部分。

爱因斯坦住在洗衣工家的那段求学生涯尽人皆知。他五点钟起床，整理床铺，打扫住处（威利以为那花不了多少时间——成见作祟）。然后洗涮锅碗瓢盆（他从不和洗衣工家混用这些东西），在阳台一角的炉子上生柴火煮饭。威利发现，故事里的爱因斯坦作息表并没有留出拾柴火的时间；也许捡柴火的日子，爱因斯坦会四点钟起床。饭熟了他就吃饭，然后去上学。下午放学回来就洗衣服，他只有一套衣服。然后再烧些吃的，大概还是米饭，吃了就上床睡觉。功课是在做家务的间隙完成的。

到了理学学士学位考试那天，爱因斯坦看见第一页考卷上的第一道题就懵了。脑子一片空白。他觉得应该给父亲写一封信，为自己的失败道歉。于是他开始动笔，但写着写着，解第一道题的一种全新的方法突然浮现在他脑海里。接下来的试题全都迎刃而解，而他全新的解题方法在大学里引起了轰动。人人都知道了那封使他如在梦中一般想到了解题方法的道歉信，他开始被说成是二十世纪印度数学天才中的一员。这种说法得到了他本人的纵容，最终开始影响他的生活。他在一本印度杂志上发表了一篇数学论文，反响很好，他自以为已经开始纠正爱因斯坦的错误了。他的这种认识很快转变成了狂热。他失去了大学里的教职而且无法谋到新职位。他再也没有发表论文。他回到了老家，丢弃了所有读书人的行头——裤子、衬衫、鞋子、袜子。他梦想着摧毁这个世界。后来革命运动爆发，他就加入了。

威利想："这个人不可能发起一场革命。他憎恨我们所有人。我必须去找坎达帕里和他那一派的人。"

随后，他在一个经常去的小城的存局候领处拿到了萨洛姬妮的来信。

亲爱的威利：

爸爸病得很重，静修处的工作全都停了。我知道你会想，这对世界而言算不了什么重大损失，但我现在有了新的想法。不管你怎么想，我觉得静修得是一种创造。我想，这就是死亡临近对我们的影响。另外，还有一个坏消息，对你来说可能更糟糕：坎达帕里的情况不妙。他正在丧失控制力。一位正在丧失控制力的革命者是最软弱无能的。那些崇拜强权人物的、想分享他的强权的家伙，纷纷离开了这个弱者。他的软弱变成了一种道德缺陷，变成了对他所有理想的一种讽刺，恐怕这正是坎达帕里及其追随者所面临的境况。我觉得我把你丢进是非窝了。不知道你是否有可能回到约瑟夫那儿去，但说不定约瑟夫自己也难脱干系。

威利想：“现在去担心约瑟夫以及他那可恶的女婿——此君令那套公寓充满了紧张感——已经为时太晚。想要弄清真相的人最虚荣最可恶了。我当时一看到他女婿那副自鸣得意、笑容扭曲的嘴脸，就觉得会出事。”

有一天博杰·纳拉亚说：“新来了一个有意思的人。他有一辆三轮摩托出租车。他们家属于纺织工阶层，但出于某种原因，可能是得到了哪位教师的鼓励，也可能是学习某位朋友或者远亲，或者是受了什么污辱，他野心勃勃。这种人往往会被我们所吸引。他们已经开始行动了，而且他们觉得还要加快速度。我们在革命运动中对这类人做过研究。我们研究过农村的各个种姓。”

威利想：“你是我的朋友，博杰·纳拉亚。但这人的经历也正是你的经历。所以你才这么理解他。”但是片刻之后，因为觉得即使在思想上也不能背弃朋友，威利又想：“也许这也正是我自己的经历。也许这是我们所有人的处境。也许这就是我们这些人这么难对付的原因。”

博杰·纳拉亚说：“他来找我们的人。他邀请他们去他家吃饭。在警察镇压厉害的时候，他拿自己的房子给他们作藏身之地。我想他或许可以帮忙做些信使的工作。我们应该去考察一下他。他的经历和爱因斯坦有点儿像，但没那么光彩夺目。他去了一个小城读书，但没拿到学位。家里人不得不叫他回到村子里。他们付不起城里十或十二卢比的房租，也付不起二十或三十卢比的膳食费。真是可怜！你听了都想哭。他回到村子里后日子很不好过。他已经完全习惯城市生活了。你知道他在城里过的是什么日子吗？上午去小茶馆或宾馆，喝咖啡，抽香烟。花上半卢比去简陋的小电影院里坐坐。整天都穿着鞋子和袜子。穿着裤子，衬衫的下摆塞在裤腰里，走起路来像个男子汉那样，而不是趿拉着乡下拖鞋裹着长衬衫跑来跑去。他回到村子里那个纺织工种姓的家庭之后，一下子失去了这一切。他无事可干。他不想做纺织工。而且他感到无聊极了。你知道他怎么说？'村子里真是太原始了，连个收音机都没有。'只有漫长空虚的白天和更加漫长的夜晚。最后他向银行贷款买了一辆摩托出租车。这样他至少能出村子。而实际上，他是因为无聊才来找我们的。一旦你体会到村子里有多无聊，你就会参加革命了。"

一周之后的一天下午，威利和博杰·纳拉亚去村子里找那个摩托车手。这个村子和想象中不同，没有参差不平的茅草屋顶，也没有泥泞不堪的道路。路铺过，屋顶也都铺了当地的红瓦。纺织工属于低等种姓，村子里的大路拐了个弯，进入了贱民区或者说低等种姓区，如果你不知道那里是贱民区，你很可能会错过。那里的房子像是很早以前就淘汰了的那种。黄昏的暮色中，纺织工们坐在自家房子前的院子里纺着线。织布机放在屋子里面，透过敞开的前门可以看到有人在织布机上忙碌着。这场面悠闲而恬美；这样的纺织几乎像是某种受到保护的珍贵的民间工艺，很难想象，其主顾只有农村里很穷的人，对从业者而言，这是一门令人绝望的生计，出路非常狭窄。手纺车是自家装配的，用旧自行车轮辋作主轮，其他零件似乎都是用细树枝和细麻线拼凑成的，看上去一点儿都不结实，随时都会咔嚓一声断了。

那人的摩托车就停在他家前院，挨着一架手纺车。他和哥哥一家住在一起，房子比一般人家要大些。左边是两间卧室，右边的房间里放着织布机。这些房间不过十到十二英尺深，所以你在房间里和在房间外几乎没有什么不同。房子后面，一侧是露天的厨房和一只大箩筐，里面装着烧火用的玉米芯，另一侧是茅房。开摩托车的那人的哥哥在一小块空地上种了棵树，枝叶茂盛，现在还很纤细，再过些时日就会被砍倒作烧火的燃料。再后面是某个富裕些的人家的田地。

空间总是那么逼仄，在空旷的天地间总显得那么微不足道。威利不想去探究这房子里的居住安排。他猜每间卧室都有阁楼什么的。而且他能够理解，对于一个尝过了相对自由的小城生活的年轻人来说，被迫回到这栋纺织工的小房子里，无所事事，简直就等同于让他去死。

他们给威利和博杰·纳拉亚端来了矮凳，还遵循古老的礼节为他们上了茶，仿佛他们很富有似的。摩托车手的嫂子脸上有深深的愁苦。她双颊凹陷，看上去有四十来岁，而实际上可能不超过二十五岁或者二十八岁。但同时威利注意到，她为了他们的来访，特地穿了一件颜色柔和的新纱丽，灰黑相间的小方格图案，镶着金边。这令他非常感动。

摩托车手为威利和博杰·纳拉亚的到来而欣喜若狂。他谈起对革命的向往，未免有些激动过头，而威利注意到他哥哥的眼神中不时流露出一丝不安。

威利想："恐怕有一点儿小麻烦。这大概是由于年龄上的差异，也可能是教育程度的差异。弟弟曾经是穿裤子的人，还体会到了无聊。哥哥则不然。他们夫妇俩也许感到他们过深地陷入了某件他们不理解的事情中。”

回去以后，博杰·纳拉亚问威利：“你觉得怎么样？”威利回答：“拉贾没问题。”拉贾就是那个摩托车手。“但我不知道他哥哥嫂子怎么想。他们很害怕。他们不想惹麻烦。他们只想好好纺线织布，挣每个月的四百卢比。你看拉贾从银行借了多少钱买摩托车？”

“一辆摩托车大概要七万到七万五千卢比。但那是新车。拉贾的摩托车要便宜得多。他可能借了三万到四万卢比。银行最多只会借给他这么多钱。”

“他哥哥大概每天晚上都在想着贷款的事呢。他大概觉得拉贾念书太多，自视过高，要摔跟头了。”

博杰·纳拉亚说：“他们崇拜拉贾。他们为他骄傲。无论他叫他们做什么，他们都会去做。”

每个月他们都会找拉贾两三次，为革命运动做点儿事。他带着威利或博杰·纳拉亚或其他人赶往他们必须很快赶到的地方。而威利有了这一便利条件，就可以经常去各个小镇的邮局查看有没有德国寄来的信。邮局里的人渐渐和威利都熟了，有时候也不用他出示护照了。他觉得这很好，人们所谓的印度式友善；只是后来他才突然觉得这事儿让人担忧。

几个月之后，拉贾开始运送给养，有时候和威利或博杰·纳拉亚一起，有时候单独行动。摩托车的客位下面是空的，很容易安一块活动板。给养的起运点和交付点总是在不断地变更，大概是因为他们承担的只是接力运送过程中的某一段而已。博杰·纳拉亚负责协调，他了解的情况比威利多一些，但即便是他，也不是什么都知道。给养主要是武器，调集来提供给某地的新战线。最近的行动接二连三地失利之后，革命活动变得格外谨慎。信使很多，每个信使一个月只行动一到两次；而每次运送的给养数量都很小，这样即使暴露或者出了差错，也只会导致很小的局部损失，而不会影响全局。

一天，拉贾问威利："你去过警察总部吗？我们去见识见识怎么样？"

"行啊！"

威利从来没有想过去找自己的敌人。如今他来往于那些互不关联的地块间已经很久了，执行的也都是些互不相关的任务，他对自己行动的结果没有任何确切的认识。他也从来没有意识到，这个地区在地图上有清楚标记的那些地方也是向他开放的，去那里看看就像随手打开一本书一样方便。当他们上了大路，向地区警察总部进发的时候，有一会儿威利觉得又回到以前完整的生活中了。

这边的风景给人一种更加亲切的感觉。大路两侧的印度楝和凤凰树行虽然不时中断，仍然流露出某种源远流长的慈悲。脚下的路给人的是另一种感觉，一个忙碌的世界，洋溢着欢愉——停在路边的卡车，漆过的大标示牌，可口可乐的广告，石头被熏黑了的厨房炊烟缭绕，高高的平台上砌着土灶，前头尘土飞扬的院子里排列着颜色鲜亮的塑料桌椅（每一件东西都被漆成可口可乐广告牌的颜色）——其中包含的情绪和期待截然不同于威利过去一年多所体会到的那种自我牺牲式的欢愉。有水的地方就有小块的田地——水稻、玉米、烟草、棉花，有时候则是土豆或者胡椒。威利见过不少解放区的田地，都荒芜了：原先的地主和封建领主早些年为躲避游击战乱纷纷逃走了，新的安全秩序却始终没有建立起来。

威利一不小心就又恢复了原来的感觉方式。当他们来到地区警察总部，来到小城另一端的警察控制区时，二三十辆和拉贾的车一样的摩托车噪声震天，尾气滚滚，眼前的景象令他们感到吃惊：旧沙袋因为长年日晒雨淋而污迹斑斑，警察总部外面“中央预备警察部队”的重机枪和皱巴巴的旧军服显示出一种绝对的严肃。这让他想到自己那些互不相关的工作起了作用，也对常有性命之虞的生活有了新的理解。警察阅兵场，也许还是操练场，是一块沙地；里面营地道路的边石刚粉刷过不久；遮阳树高大苍老，和警察控制区的其他树木一样，应当有些年头了，大概是英国殖民时期留下的。拉贾为了盖过摩托车的噪声，竭力提高声音，兴奋地告诉威利，在那幢两层高的主楼里哪儿是警长办公室，哪儿是警察宿舍，而在阅兵场或操练场旁边的院子里，哪儿是警察福利楼。

威利并不兴奋。他心情沉重地想：“当初他们和我谈起游击队的作为时，我就应该问问警察都在做些什么。我无论如何也不该以为在这场战争中只有一方在作战。不知道我们怎么会犯这种错误。但我们确实犯了。”

这之后不久，拉贾被吸收进了训练营。他在训练营里待了一个月，又回去开摩托车了。

之后，他的处境开始不妙了。

有一天，博杰·纳拉亚对威利说：“说出来太可怕了，但我觉得拉贾给我们惹麻烦了。他最近两次运送给养，都正好在存放点被警察抓住了。”

威利说："那可能是碰巧。而且也可能是接受给养的人不小心。"

博杰·纳拉亚说："我不这么看。我觉得是警察贿赂了他哥哥。说不定贿赂了兄弟俩。三万卢比的债可不是小数目。"

"我们暂时不去管它。不用他就是了。"

"我们会解决这事的。"

两个星期后，博杰·纳拉亚说："事情和我担心的一样。拉贾想脱离革命了。这是不允许的。他会把我们都供出去的。我想我们得去找他。我已经跟他说了我们会找他谈谈。我们尽量在太阳下山前到他家。我们搭另一辆摩托车去。"

天空一片火红与金黄。纺织工居住区的几棵大树黑影婆娑。一百码远处有一幢房子升起了炊烟。这家人是制作比蒂卷烟的。如果他们每天卷一千支烟，就能赚四十卢比。这就是说，他们每天赚的钱是纺织工的两倍。

博杰·纳拉亚对拉贾兄弟俩说："我看还是到屋里去谈吧。"

他们进了屋，哥哥说："是我叫他走的。我不想看到他被人杀了。如果他被杀了，我们就得卖掉摩托车。我们将因此承受损失，同时还得继续还银行的债。我肯定是还不起的。我的孩子们就只好去讨饭了。"

他的嫂子上次穿了件镶金边的新纱丽，今天却只穿了条农妇的裙子。她说："老爷，就让他吃些苦头吧。砍他一条胳膊，要不就砍他一条腿。那他还能织织布，还能干点儿活。求你别要了他的命。你杀了他，我们就只好去讨饭了。"她坐在地上抱住博杰·纳拉亚的腿。

威利想："她越是哀求，他就越是恼火。他想要看到人眼睛里的恐惧。”

接着，一声枪响，拉贾的脑袋被打烂了，哥哥瞪大了眼睛直勾勾地盯着地上。他们离开的时候，那个哥哥就这么瞪着双眼，呆立在自造的织布机旁。

回基地的一路上，他们都很庆幸摩托车连续不断地轰鸣着。

一个星期后，他们两人再次见面，博杰·纳拉亚说：“要六个月。根据我的经验，要六个月。”

之后的好几个星期，威利都对自己的表现感到惊讶。他想：“我第一次见到博杰·纳拉亚的时候，一点儿也不喜欢他。我很看不惯他。后来和他一起住在皮匠街的时候，我的情绪相当低落，他成了我的好朋友。我非常需要这样的友谊。有一段时间我陷入了旧的感受习惯里不能自拔，总是想着逃跑，他的友谊帮助我走出了困境，而且现在我一想到他，首先想到的就是他的友谊。我知道博杰·纳拉亚还有另外一面，是我原先所不信任的，但现在我已经不太想得起他这一面了，因为我已经认识并理解它了。我理解他的想法以及他那么做的原因。我一直记得纺织工家里发生的那一幕。我看见那辆摩托车就停在院子里，挨着那架旧自行车轮辋改装成的纺车。我看见那个可怜的哥哥瞪大了眼睛，我理解他的痛苦。即便如此，我还是不愿向任何人告发博杰·纳拉亚。那没有任何意义。我还没弄明白为什么我会觉得那没有任何意义。我可以就正义及另一派的那些人说出很多道道来。但那些都是胡说八道。事实是我已经获得了一种新的感受方式。这种情况本应在这种不寻常的生活开始十四五个月之后就发生的，真让人惊讶。记得在柚树林营地的第一个晚上，那些新兵的面孔搅得我心神不宁。后来在那些安全的房子里开会的那些面孔又让我感到不安。现在我觉得我能理解他们所有人了。”

他们继续着那项缓慢而细致的工作，将给养运到即将开辟新战线的地方，就像一群蚂蚁在挖掘地穴，或者运送碎叶断草去那里，每一只都在兢兢业业地执行自己那微不足道的任务，搬运着几粒泥土或一星残叶。

博杰·纳拉亚和威利赶往一个铁路小城，去检查那里给养运送的安全情况。这个小城也是威利接收邮局存信的地方之一。他最后一次是和拉贾一起去的，当时邮局里那个对他过于熟悉和友好的办事员就让他觉得，他搭拉贾的摩托车去邮局的次数太多了，而且他总是收到德国来信，这太惹眼了。在此之前，他还自以为存局候领非常安全，因为很少有人听说过这种便捷服务。而现在他有一种不祥的预感。他将存局候领可能导致的种种危险仔细想了一遍，又将它们逐一排除了。但不祥之感仍然挥之不去。他想："这是因为拉贾的事。不幸的死亡就是这样向我们发出诅咒的。"

铁路工人的聚居区大概建于二十世纪四十年代，两居室或三居室的平顶混凝土房子一幢紧挨着一幢，排列在几条没有下水道的土路旁。这个聚居区在当时可能是社会同情心的产物，是施行廉价住房的一项举措，在建筑图纸上理想化的优美线条（和字母）之间，它看上去应当还算差强人意。如今三十五年过去了，这些房子变得让人难以容忍。混凝土从地面到两三英尺的高度已经又脏又黑，窗框和门已经被蛀掉了不少。没有树木，没有花园，只能看见有些房子里悬挂着几个花盆，里面种着罗勒——一种有宗教意义的香草，某些宗教仪式上会用到。没有地方坐，没有地方活动，没有地方洗涤，也没有地方晾晒；曾出现在建筑图纸上的那些洁净、平直、开阔的地方现在布满了纵横交错的电线，粗粗细细，从一个倾斜的电线杆伸向另一个倾斜的电线杆；电线下面到处是人：狭小的房子迫使这里的人一年四季待在户外；仿佛你可以任意摆布他们，任何地方他们都能住，都能适应。

安全之家在一条偏僻的小街上，看上去非常隐蔽。

博杰·纳拉亚说："和我保持一百英尺左右的距离。"

威利慢慢逛着，脚后跟从光溜溜的皮凉鞋里滑出来，踩在街上的尘土里。

几个骨瘦如柴的男孩正在玩简易的板球游戏，球是一个又黑又脏的网球，球拍用椰树枝的中间部位代替，再用一个盒子作三柱门。威利看着他们投了四五个球：这些孩子打球完全没有章法，甚至不懂应该怎么玩。

威利在安全之家门口赶上了博杰·纳拉亚。

博杰·纳拉亚说："里面没人。"

他们绕到后门。博杰·纳拉亚在薄薄的门上捶了两下。门的底部因为长年受雨水泼溅，已经腐烂。这门应该很容易就能踢开。后面的三幢房子里有人尖声叫住了他们，原来有几个男人和女人正坐在他们房子窄窄的阴影里。

博杰·纳拉亚说："我来找我的姐夫。他爸爸住院了。"

一个身穿绿色纱丽的瘦骨嶙峋的女人说："那家没人。一天早上有几个人来找他，他就跟他们走了。"

博杰·纳拉亚问："几时的事？"

女人回答：“两个星期前吧。哦，是三个星期前。”

博杰·纳拉亚压低声音对威利说：“我想我们得快走。”他又对那女人说：“我们得把这消息告诉其他亲戚。”

他们穿过玩板球的小孩往回走。

博杰·纳拉亚说：“我们还在吃拉贾的苦头。每个他认识的人都受到了牵连。我的卫兵肯定对我很失望，我很喜欢他。我们不得不放弃这个小城。我们一路走过来都被人监视了。”

威利说：“我觉得不是因为拉贾。可能是他哥哥。他并不真的知道自己在做什么。”

“不管是拉贾还是他哥哥，反正我们是被害惨了。一年的工[illegible]都白干了。那些武器花了我们几十万卢比。我们本来是要在这[illegible]一个分队的。天知道其他防区还出了什么事。”

他们离开铁路工人聚居区，到了旧城区。

威利说：“我想去一趟邮局。可能有我妹妹的信。即[illegible]们不会再来这儿，可能我会有一段时间收不到她的信。”

邮局是一幢小巧的石头建筑，由英国人建造，装饰繁复。赭色或紫色的墙壁，边石漆成红色，上面有浮雕图案；石头屋檐宽阔低矮，是印度风格；房子正面顶上有一块半圆形的石头或石料镶板，上面写着“1928”。马路斜对面有一家茶馆。

威利说：“我们去喝杯茶或者咖啡吧。”

咖啡端上来的时候，威利说：“说实话，我现在对于去邮局感到紧张。我和拉贾一起去那儿的次数太多了。你是知道他的。总是脚痒，哪儿都想去看看。有时候我明明知道不会有妹妹的来信，也会到这儿来。可以说，我和拉贾一起来有时候就是为了有个伴，为了搭他的车。后来邮局里的人变得对我很友好。刚开始我觉得有许多人认识的感觉很好。现在这叫我很担心。”

博杰·纳拉亚说：“那我替你去一次。”

他抿了一口咖啡，放下杯子，穿过白晃晃的马路，走向邮局低矮的石头屋檐下阴暗的门廊。他刚刚被黑乎乎的门洞吞没，威利就看见，原来一直围坐在邮局门口的四五个衣着各异的男人全都站了起来。一秒钟后，这些人团团押着博杰·纳拉亚走向一辆车子，先前还以为那是辆出租车，现在才看出来其实是一辆没挂标志的警车。

警车开走后，威利结了账，穿过白晃晃的马路，走到存局候领柜台。办事员是新来的。

他问办事员：“出什么事了？”

办事员操着一口过于正式的英语说：“一个罪犯。警察等他一个星期了。”

威利又问：“这个柜台有邮票卖吗？”

“请到前面购买。”

威利想：“我得走。我得马上走。我得去火车站。我得回基地去，越快越好。”

他快步走在午后的阳光中，随着脑子里闪过一个又一个念头，他越来越清楚自己此刻所处的困境。萨洛姬妮的信，甚至以前有些信，可能都已经落到警察手里了。现在警方已经掌握了他的一切。他已经上了警方的黑名单。他的身份已经曝光了。消化了有关自己的所有这些新情况之后，他才开始回忆博杰·纳拉亚从起身到被捕那短短两三分钟里发生的事情。博杰·纳拉亚以前曾说他知道如何观察一条街，如何辨别谁不是这条街上的人，他是在吹牛。这一天赋最终毁了他。但也许他根本没有想到要运用这一天赋。也许他没有意识到有危险。他可能还在想之前铁路工人聚居区发生的事。

到了火车站，一块积满灰尘、颜色黯淡的黑白指示牌告诉他，下一班开往他想去的方向的是一趟快车而不是客车。客车很慢，沿路各站都要停。而快车停靠的车站离他平时下车的地方有十几英里。他将不得不在夜里步行穿过村庄和田野，惊动村里的狗和野外的鸟，一路惹出很大的动静；或者他在村庄边缘的农民或流浪者的窝棚里借宿，和鸡啊牛啊一起在没门的牲口棚里过夜。

离快车开车还有一个多小时。他突然想到，可能会有盯梢的人看到他手腕上的劳力士表，发现他就是那个和德国有牵连的亡命之徒。然后这假想出的焦虑成了现实，他开始疑心自己是不是在城里就被人跟踪了，是不是他已经逃过了哪个监视街道的警察的法眼，坐在邮局对面的茶馆里时，没有被发现不是本地人。

有一条平坦的通道横跨铁轨通往另一边的站台，上面人来人往。还有一座旧木桥，走道两侧砌了比较高的半墙，也许是为了防止有人跳下去落在火车前头。桥上只有六个人，年纪都很轻，站在那儿是为了寻刺激或者远眺。威利走过去，站在他们旁边，努力想看看下面的行人，他发现他只有头和双肩能够露出墙头。不一会儿他就看呆了，人们来来往往，好像毫不自知，每一个人的举动都是那么特别，都或多或少暴露了他们的个性和身份。

他没有发现任何可疑的迹象。当快车驶进站台的时候，人群蓦地喧嚷起来，小贩也扯开喉咙叫卖，要盖过人群发出的声音。他急忙从桥上冲下去，硬是挤进了一节已经塞得满满当当的三等车厢。车窗敞开着，横着铁栅栏；满车厢都是飞舞的细尘；每样东西都是热烘烘的，每个人都散发着旧衣衫和烟草的气味。当快车离开站台驶入阳光的时候，他想："我还算走运。在这儿我第一次只能靠自己了。"

就在他本想下车的那个列车停靠站不远处，铁轨有一个急转弯。即便是快车，到了这里也必须减速，自以为还算走运的威利准备在那个拐弯附近跳车，这样他就不必在陌生的地方步行一整夜。火车到那个转弯处还得差不多两个小时。

他想："我得靠自己了。博杰·纳拉亚走了。我会遇到另外一些人，接下来的日子会很艰难。"

他打量着同车厢的人。他们说不定和可怜的博杰·纳拉亚及其家庭一样，经过两三代人的奋斗，逐渐摆脱了困窘。所有的努力和抱负，如今都已付诸东流；所有的希望和可能也都已化为乌有。很久以前，那时候他和博杰·纳拉亚还不是朋友，他们在聊起那些事情的时候，他说博杰·纳拉亚家的奋斗历程是成功的。但博杰·纳拉亚并没有接他的话，好像没有听见似的。出身于纺织工种姓的拉贾也有相似的奋斗经历，虽然他获得的成功小得多。他的人生也曾充满希望，但最后也是以一无所获告终。他们的生命意义何在？他们的自杀——假如可以看作是自杀——意义何在？

过了好长一段时间，铁轨开始转弯，离跳车的地方越来越近。威利想："我错了。我是从自己的观点出发来看待上述问题的。对于博杰·纳拉亚而言，一切都是有意义的。他觉得自己是男子汉。这场革命运动，甚至是他的自杀——假如可以当它是自杀——让他觉得自己是男子汉。"

片刻之后，就在威利马上要跳出车厢之际，他想："他的想法虽然浪漫却是错误的。要做男子汉，需要付出更多。博杰·纳拉亚选了一条捷径。”

快车慢下来了，时速差不多是十英里。威利纵身跳到陡峭的路堤上，顺势滚了下去。

天光正在暗下去。但威利知道自己的位置。他步行了大约三英里，来到一个村庄里的一栋棚屋前，更确切地说是农舍，房子的主人和他很熟。季风已经过去，但现在，似乎是老天故意作对，开始下起了雨。这三英里路他走了很长时间。不过，情况本来会更糟糕。如果他没有鼓起勇气在那段陡峭危险的弯道上跳车，他就会被带到十几英里外的快车停靠站，至少要走上一天。

马上快八点的时候，他进了村子。四下里漆黑一片。这里的人都睡得早，夜晚尤其漫长。希夫达斯家的抹灰篱笆墙就在村里的大路旁。威利推了推那扇矮门，喊了一声。希夫达斯答应着，不一会儿，一个皮肤黝黑的瘦高个儿几乎光着身子跑了出来，打开矮门，把威利让进厨房。厨房就在抹灰篱笆墙后面，房子前面，经过多年的烟熏火燎，茅草屋顶已经变得乌黑而粗糙。

希夫达斯说：“真没想到你会来。”

威利说：“出事了。博杰·纳拉亚被捕了。”

希夫达斯听了并没有慌张。他说：“来，把身上擦擦干。要喝茶吗？要吃些米饭吗？”

他朝隔壁房间里的谁喊了一声，那边传出窸窸窣窣的声音。威利知道那意味着什么：希夫达斯是叫他妻子把床让给客人。这种时候，希夫达斯总是会这样做。对于他来说，礼节是一种本能。他和妻子离开主屋，去了后院边上一排门窗敞开的低矮瓦房里，和孩子们一起睡。

将近一个小时之后，威利躺在希夫达斯的床上，头上高高的茅草屋顶黑洞洞的，溜进丝丝凉意，身旁弥漫着热烘烘的旧衣服和烟草的气味，让他想起几个小时前的三等车厢。他想：“我们以为，或者说他们以为，希夫达斯做这些事，是因为他信奉革命，是运动造就了他，他是有新思想的农民，十分难能可贵。但事实上，希夫达斯做这些事，是因为他本能地遵循旧观念、旧习惯和旧礼节。总有一天他不再会把床铺让给我。他会以为他不必这么做。那一天将会是旧世界的末日，也是革命的末日。”

五　树林深处

第二天下午晚些时候，他回到了基地——曾经也是他的领导博杰·纳拉亚的基地。这个村子还保留着些许部落色彩，位于树林深处，迄今还不曾遭到警察的扫荡；在这里他或许可以好好地休息一下，如果可能的话。

他回到基地的那个时间有些人仍旧称之为“牛尘时间”。从前村子里的人会花几个小钱雇个放牛娃，他每天总在这个时间把村里的牛往回赶，带起漫天尘土，那神圣的尘土在傍晚的金色阳光中仿佛涌动的黄金。现在已经没有什么放牛娃了，也没有雇他们的地主了。革命已经终结了这种封建的农村生活，尽管村里仍然有人需要雇人放牛，尽管仍然有小孩渴望有人雇他，以打发无聊的长昼。虽然如此，大家仍然认为，一天中这一时刻的金色阳光是非常特别的。四周广阔的树林被点亮了，有一小段时间，白色的泥墙、村舍的茅草屋顶、这里那里的小块芥菜田和辣椒田显得精致而优美：宛如古老童话里的村庄，静谧，令人神往，但同时又危机四伏，小矮人和巨人，高可参天的原始密林，手持巨斧的男人以及关在笼子里被一天天喂肥的小孩。

这个村子目前处于革命运动的控制之下，是某个指挥部的所在地，隶属于游击队的军事占领区。游击队员一律身穿橄榄绿薄军装，头戴红星军帽，十分显眼：他们都佩枪，是“穿裤子的人”——村民们对他们的尊称。

他住在游击队征用的一栋长长的棚屋里。房间里有一张老式的四柱绳床，他学村民的样子把零碎东西藏在刨光的树枝做成的椽木和低矮的茅草屋顶之间。夯实的泥土地面上敷了一层泥和牛粪的混合物，非常光滑。他已习惯了这里的日子。几个月下来，小屋已经变成了他的家。每次完成任务之后，他总是会回到这里。每当他觉得需要牢牢握住自己的生命线的时候，他就会一一回想所有睡过的地方，如今这个单子上又增加了一个重要的地点。但是现在，博杰·纳拉亚不在了，他在这小屋里感到彻骨的孤独。他很高兴回到这里，但立刻又烦躁起来。

还是得遵守保密的纪律：不许谈论太多自己的事情，不许打听别人在外面的情况。这纪律他到达柚树林营地的第一个晚上就已经宣布了，现在仍然得遵守。

他只认识隔壁房间的人。此人皮肤黝黑，长着一双大眼睛，面目凶狠。他小时候或者说十几岁的时候被某个大地主的恶家丁毒打，从那时起，他就参加了村子里的革命运动。第一次革命是最有历史意义的，如今已成过眼烟云；第二次革命被镇压了；而现在，隐姓埋名了几年之后，他加入了第三次革命。他已经四十好几，快五十岁了，已经不可能重新选择生活方式了。他喜欢穿着军装从这个村子走到那个村子，吓唬村民，谈论革命；他喜欢农村生活，这在某种程度上意味着他要靠村里人养活；他喜欢出人头地。他大字不识一个，杀过人。他一高兴就会唱一些怪腔怪调的革命歌曲，他那些政治历史思想都在这些歌曲里了。

有一天他对威利说："有些人参加革命已经有三十年了。行军的时候你可能会碰到一两个，看到他们可不容易。他们很善于隐蔽。但有时候他们喜欢站出来，和我们这样的人谈一谈，吹吹牛。"

威利想："就像你一样。"

他回来的那个傍晚，听到隔壁那人一遍又一遍高唱革命歌曲，就像威利教会学校的同学唱圣歌那样，威利想："也许某种使命感又会回到我身上。"

夜里他起来了一两次，走到屋外。这里没有厕所，大家都在树林里解决。村子里没有灯光。天上没有月亮。他发现了荷枪的哨兵，说了口令，没过一会儿，他又说了一遍，他一路走着，感觉"同志"这个奇怪的词不断在耳边回响，像是有人在质疑，有人马上做出保证。树林里漆黑一片，到处都是声响：突然拍动的翅膀，鸟和其他动物那惊恐而痛苦的鸣叫，呼唤着不可能到来的援助。

威利想："生命中最令人欣慰的是对死亡的确信无疑。现在我是不可能回到上层世界去了。可是哪儿算上层世界呢？柏林？非洲？也许根本就没有什么上层世界。也许这种想法从来就只是幻想。"

早上，有人来敲威利的房门，还没等威利开门，人就进来了。那人背着 AK-47 突击步枪，脸色苍白，就像爱因斯坦，但个子矮得多，大约五英尺高，很瘦，面庞清瘦而英俊，双手瘦长有力，如果再高上六七英寸，就够得上气宇轩昂了。

他说："我叫罗摩占陀罗。我是某部指挥官，现在是你的首长。你不再是信使了。我们接到命令，你调到我的部队了。你已经证明了自己的能力。今天或者明天，我们要召开防区会议讨论新情况。会址可能在这里，也可能在别处。我现在还不知道。你必须做好准备今晚行军。”

他的眼睛小小的，眼神严厉而疯狂。说话时，瘦长的手指一直在摸枪。说完，他突然变了姿势，猛地转身，走出了屋子。

罗摩占陀罗和爱因斯坦一样，也属于上层种姓，也许还是最高的种姓。这种人正在外面的世界经受磨难；自独立以来，民粹政府对他们设置种种障碍；他们中的很多人因为害怕待在国内会坐吃山空，纷纷移民到美国、澳大利亚、加拿大和英国。罗摩占陀罗和爱因斯坦则走了另一条路。他们参加了革命运动，投向了迫害他们的那些人。而威利，因为他本身的复杂背景——父亲属于上层种姓，温和，消极，倾向于禁欲主义，总认为凡事都能找到解决的办法；母亲则更激进，阶级地位低得多，渴望掌握整个世界——很了解这些人。

他想：“我以为我已经将这一切都抛到身后了。但现在它们又来了，和原来一样，向我扑过来。我已经周游了世界，它们却还在这里。”

不必在树林里夜行军了，这让威利松了口气。防区会议就在他们这个村子召开。第二天，与会者都集中到了这里，没有像在城里开会时那样乔装改扮，大家都是穿着军装来的；而且为了显示同甘共苦的精神，大家吃的是粗陋的农家饭菜，辣椒扁豆和小米扁面包。

爱因斯坦来了。威利一直害怕再见到他，不过现在，见过了罗摩占陀罗，他已经决定不再对爱因斯坦眼神中的恶意耿耿于怀了，甚至还认为爱因斯坦的眼神已经温和多了。

柚树林营地的长官也来了，之前威利和博杰·纳拉亚正是奉他之命去皮匠街的。他温文尔雅，彬彬有礼，甚至颇有魅力，举止优雅，谈吐轻柔，语调抑扬顿挫，像在念台词。威利曾想象过他身穿双排扣灰西装的样子，猜测他在外面的世界是一位大学教师或公务员。威利不知道这样一位完人究竟为什么要跑来参加游击队，在丛林里过这种苦日子，某种直觉告诉他，此君因为妻子的不忠而备受折磨。威利后来想："这可不是我的杜撰。我这么看是因为他出于某种原因想要我这么看。是他自己把这信息传给了我。"现在，两年后再次遇到此人，威利仍然能在他眼中看到淡淡的痛苦，他坚持原先的猜测，半开玩笑地想："可怜的家伙。竟然有那么一个可怕的老婆。"于是就一直这么看他了。

会议在罗摩占陀罗的屋子里召开。大约十点钟开始，这种防区会议历来如此。屋里点着一盏气灯。一开始，气灯发出轰鸣声，光芒耀眼；渐渐地，那声音变作低沉的嗡嗡声，光线也越来越暗淡。泥地上铺着棕色麻袋布，上面堆着棉布被单和毯子，散放着些枕头和靠垫。

公务员，也就是那位柚树林营地的长官，通报了情况。很糟。很多人牺牲了，远远不止铁路居民区那些人。那些不过是一个分队的一部分人马，此外还有三个分队被警方悉数消灭了。一年多来积聚起来的武器损失殆尽。这一下就是好几十万卢比，而且一直没能拿出对策来。

长官说："在战争中，我们不得不接受牺牲。但是这样的牺牲太惨痛了，我们必须重新考虑战略方针。原来我们计划把战争推向解放区边缘的小城市，现在看来必须放弃这个想法。在现阶段这过于雄心勃勃了。应该说，在战争期间，雄心有时候是会得到回报的。当然，我们还会在那些小城市之类的地方重新开始我们的事业。但那是在将来。”

爱因斯坦说：“这一切全都是坎达帕里的思想流毒造成的。说什么通过人民组织人民，多动听啊，甚至让国外的人听了都要喝彩。但是我们这些了解现实情况的人知道，农民必须经过严格的训练才能成为革命的步兵。你难免得对他们动点儿粗。”

一个皮肤黝黑的人说：“你怎么这么说？你自己不也是农民出身吗？”

爱因斯坦说：“正因为我的农民出身，我才这么说。我从来不隐瞒自己的出身。农民根本就没有什么美好的一面。那是坎达帕里的思想。他出身于上等种姓，尽管他隐瞒了自己的种姓后缀。他错了，这场运动可不是什么仁爱的运动。革命不可能是什么仁爱的运动。你们要是问我，我会告诉你们：农民应该被关在猪圈里。”

另外一个人说道：“你怎么能这么说？这太过分了。希夫达斯那样的人就是忠心耿耿为革命服务的。”

爱因斯坦说道：“希夫达斯之所以忠实，是因为他需要我们。他就是想让村里人看到我们和他有多亲近。他利用我们的友情恐吓村民。这个希夫达斯，又黑又瘦，还把卧室让给我们，大谈革命和土地改革。但实际上他就是个骗子，是个恶棍。大地主和封建官僚已经逃走了。村子里既没有警察也没有检查员，希夫达斯每年都要把别人家的庄稼割去好多亩，还把别人家的田地占去好多亩耕种。村里人要不是觉得我们站在他一边，早就把他给杀了。一旦希夫达斯认为出卖我们对他更有利，他就会马上把我们出卖给警方。革命者在任何时候都必须头脑清醒，必须想到他很可能不幸与人渣共事。假如指挥官博杰·纳拉亚没有被我们的非洲朋友引上歧途，我们就不会有眼下这灾难，要跑到这里来商量对策。”

所有人都盯着威利。罗摩占陀罗眼神冷酷。

会议主席，那位柚树林营地的长官，现在显然已经是防区司令员，对威利说道：“我想你应该有机会说点儿什么。”

威利说：“指挥官说得对。是我的错。博杰·纳拉亚出事我应该负主要责任。他是我的朋友。我希望我能这么说。”

爱因斯坦的表情缓和下来。整个会场也显得轻松起来。自我批评是这类会议的保留环节。如果自我批评很快就开始，效果会非常好：它把大家绑在了一起。

长官说：“占陀罗说得很好。我认为他应该受到表扬。”

然后，大家断断续续地询问起各分队人员和武器的损失情况，问起博杰·纳拉亚被捕的情形，花了很长时间比较农民与城市无产者的本性——他们的热门话题，最后，长官将话题引向已确定的新的运动战略方针。

防区长官说：“我已经说过，把战争推向小城市的计划应该放弃。相反，我们要向树林深处推进。每个防区要接管一百五十个村庄。我们将控制这些村庄，宣告解放区正在扩大。这有利于挽回我们的士气。这件事可不容易，会有许多困难，但这正是摆在我们面前的路。”

三个小时后会议结束。其实他们想说的话老早就已经说完了。他们开始重复说过的话。他们开始使用“我个人认为”或者“我强烈地感到”之类的句式，给之前说过的话涂抹上激情，而这表示他们的情绪越来越低落。气灯的光焰逐渐暗淡，再也无法蹿高了。

接下来，气灯发出的光很快缩回到浅棕色的灯罩内，会议结束了。有几个人还在磨磨蹭蹭地说最后几句，现在他们都站着，有的赤着脚，有的穿着橄榄绿的袜子，站在被单、麻袋布上，脚边是他们之前靠着的那些枕头和靠垫；另一些人走到门口，从一大堆靴子里找出自己那双穿上，然后打着手电筒回自己的小屋，手电筒的微光使树林显得更加幽深，也使周围的夜色更加深沉了。后来，爱因斯坦在离开小屋之前，走到威利面前温和地问道："是那个纺织工出身的家伙去警察局告发的，对吗？"

威利回答道："好像是。"

"他付出了代价。因此我想警察会依据第三〇二条逮捕博杰·纳拉亚。当时有人看见吗？"

威利答道："他哥哥。"

爱因斯坦的目光投向了远方。一两秒钟之后，他眨了眨眼，微微一点头，仿佛在确认什么，又抿了抿嘴唇——仿佛正在将信息分类归档。

威利想："但愿我没有犯下另一个错误。"

一个月之内，向树林深处推进以扩大解放区的行动就开始了。每个分队都必须按照指定路线占领一些村庄并对村民实行再教育。有时候两个分队的路线会有一段是重叠的，有时候则会出现例外情况，两个或三个分队在一小段时间里同时驻扎在一个较大的村子里。只有革命运动的高层才清楚各分队的部署及总的方略，只有他们才知道解放区扩展到了哪里。其他人则不问究竟地进行着这场艰苦的战役：在密林里长途行军，吃粗陋的食物，饮不干净的水，时常要和一些战战兢兢、不情不愿的村民打交道；这些村民已经接受过一支作风强硬的先头部队的洗礼，不时被召集起来，谈谈各自的“问题”，或者就只是拍着手唱乡间歌曲。队长会尽他的能力去解决听到的问题。如果他无法解决，就重复一些简单的词汇和口号，宣扬革命主张以及解放区的前景。他定下几条新规矩，以及村民的新义务。然后这个分队继续行军，临走时告诉村民会在几个月后回来，看看他们对这新赋予的自由适应得如何。

对于威利来说，这是一段奇特的时光，仿佛一步踏入了另一种生活：工作没有固定模式，没有回报，没有目标，无所谓孤单或者陪伴，听不到外界的任何消息，收不到萨洛姬妮的只字片语，没有什么可以锚定自己。刚开始时他还竭力坚守自己的时间观念，坚守自己的生命线观念，用他的老办法——回想自出生以来睡过的所有床铺，就像鲁滨逊·克鲁索刻木计日那样，这是他以前在教会学校时读过的一个故事。但是，这样做变得越来越困难了，因为每天的行军毫无差别，经过的村庄也几乎一模一样。就这样，行军，宿营，几个月过去了，或许是一年，或许是更长时间。初时令他感到痛苦的那些事情随着时间的流逝逐渐变成了习惯。他觉得记忆正在溜走，就像时间，而记忆溜走，头脑操练也就失去了意义。这种操练变得非常吃力，令他沮丧；他开始头痛。最终他放弃了，就像身上蜕去了一块皮。

在分队里，同威利的关系最接近友谊的是指挥官罗摩占陀罗。吸引他的是威利身上和分队其他人截然不同的东西。

一天，他们正在树林里休息。一对村民夫妇从他们身边经过，那女人头上顶着个包袱。村民向威利和罗摩占陀罗打了声招呼。威利答道："你是要赶远路吗？"村民说，他们要走好几英里去看亲戚，然后又微笑着说："我要是有照相机，就给你们留个影，让你们记住这美好的一刻。'迷失在树林里'。"说罢，他哈哈大笑起来。

罗摩占陀罗马上警惕起来。他问威利："他是在嘲笑我们吗？"

威利回答："不是不是。他只是表示友好罢了。不过，我的确从没听到过哪个村民开这么精致的玩笑。他想说我们看起来像是迷路了，但没有直截了当说出来，而是用照相机开了个玩笑。他大概是从电影里学来的。"

等村民夫妇走远之后，罗摩占陀罗说道："听说你父亲是位僧侣，出身于上等种姓。如果是这样，你为什么要到我们这儿来呢？你为什么不待在英国或者美国呢？我的很多亲戚都去了英国或美国。"

威利粗略地说了他在英国、非洲和柏林的经历。在树林里，光是这些地名，就足够令人意乱神迷了，尽管威利为了避免遭人忌妒，有意不去过多渲染他充满戏剧性的际遇，谈到的都是些失意屈辱、东躲西藏的事情。罗摩占陀罗没有忌妒。他目光柔和。他听了还想听。就好像威利在那些遥远的地方的经历也是为他而经历的。自那以后，他就不时来找威利谈谈那些遥远的事情，不是太频繁，因为不想表现得过于亲密。

大约两星期后，他说："我和你不同。你属于中产阶级。我是个乡下孩子，很穷。但你要知道，我在乡下身无分文的时候，并不老想着我很穷。有很多参加革命的人不理解这一点。我在乡下的时候，总以为我们过的只是一种平常的日子。我那时常常和一个男孩一起放牛，一个低等种姓的孩子，那时候被称作贱民。你想象一下，放着牛，脑子里却一点儿都没想着放牛的事。那个贱民男孩有时也会跟我一起回家。我爸爸一点儿也不在乎。在他看来，这个男孩胸怀大志，而这对于一个人来说是至关重要的。我妈妈也无所谓，但她坚决不肯洗那个男孩用过的杯子。于是我就给他洗了。我不清楚他是否知道这事。你猜他后来怎么样了？他确实胸怀大志——我爸爸说对了。他如今是一位高级教师，那个男孩，油得像抛饼，胖得像水桶。而我却在这里。”

威利努力想了想，似乎和罗摩占陀罗在一起时，还是有很多陷阱需要设法避开，然后他说道：“他去了他想去的地方。你去了你想去的地方。”

罗摩占陀罗继续说道：“我是直到进了城，上了大学，才明白我们有多穷。你看惯了我穿军装。但我刚进城的时候，常常穿件长衬衫和睡衣。我们那些政治家会特意穿上乡下人的衣服，来显示自己有多关心平民百姓，可那些衣服却是真正的乡下人引以为耻的。我第一次进城的时候，就总是为我身上的衣服感到羞耻。我大学里的那些朋友注意到了。他们都比我富有。或者可以这么说，他们的钱都比我多一点儿。他们带我去一家裁缝店，为我定做了一套衣服。两三天后我们回到那家店里，他们帮我穿上那套新衣。我低头看着自己，简直难以相信。真是套漂亮衣服。我不知道自己是不是敢穿着这么一套衣服走到大街上去。刚穿上那套衣服时的感受，我现在有点儿想不起来了——已经习以为常了。然后裁缝要我站到一面长镜子前。我又吓了一跳。那个乡下孩子没了。是个城里男人在盯着我看。但接下来发生了一些料想不到的事情。我的性欲膨胀起来了。我是个城里人了。我有城里人的欲望。我要女人。但没有哪个女人会正眼看我。”

威利凝视着这张脸，苍白英俊、棱角分明，但身体却如此瘦小，比早先那个村里的放牛娃高不了多少。身体似乎在嘲笑俊美的脸庞，把它贬得一钱不值；而那眼神，曾经那么严厉，此时却充满了痛苦。

威利说：“我们这些生长在次大陆的人，在性方面都有问题。我们过于习惯由父母亲和家里人替我们安排这些事。我们自己什么都做不来。要不是我有这种问题，我就不会娶那个姑娘了。我也就不会去非洲，白白浪费了十八年，也浪费了她十八年。要是我能更自如地对待性，要是我知道怎样得到它，我也许会成为另一种人。我的人生会有无数种可能。我甚至没能把它们看清楚。但我注定没有这种才能。我只能得到我已经得到的东西。”

罗摩占陀罗说：“那也比我强。”

威利觉察到罗摩占陀罗眼神中有那么一丁点儿忌妒，他想最好换个话题。

但是几天之后，在行军途中，罗摩占陀罗旁敲侧击地重新拾起了这个话题。

他问道：“你年轻的时候读过些什么书？”

威利说：“那时候读老师要我们读的那些书，我总感到很困难。我试着读了《威克菲尔德的牧师》，但没弄懂它在说什么。我不明白那都是些什么样的人物，也不明白我为什么要去读他们的故事。我看不出这书和我所知道的事情有什么关系。海明威、狄更斯、玛丽·科莱利[①]，还有她的《魔鬼的烦恼》——我读这些人的书，读所

①玛丽·科莱利（1855－1924），英国小说家。

有其他人的书，都遇到了这样的麻烦。最后我鼓起勇气决定再也不读了。只有童话，我读得懂并且很喜欢。格林童话，安徒生童话。但我不敢把这个告诉我的老师和朋友们。”

罗摩占陀罗说：“我的大学老师有一天问我——你知道，那时候我已经是一个穿裤子的人了——‘你读过《三个火枪手》吗？’我回答说没有，于是他说：‘你错过了一半的人生乐趣。’我就苦苦寻找那本书。在我们那个小城，这本书可不容易找到。可这本书真是令我失望啊！我如坠云雾，也不知道那些穿古装的到底是些什么人。你知道我那时候怎么想吗？我想，我的老师——他是个英裔印度人——之所以说什么我错失了一半的人生乐趣，是因为他的老师跟他说了同样的话。我猜那句话已经传了好几代了，一个老师告诉另一个老师，没人叫他们不要再往下传了。你知道什么书我读起来最容易？什么书我一看就明白，而且符合我的需要？是列宁、马克思、托洛茨基和毛泽东的书。读他们的书，我一点儿困难都没有。我不觉得他们抽象。我真是狼吞虎咽。除此之外，我就只读‘米尔斯和布恩书店’出版的书。”

威利说：“那都是些给小女孩看的爱情故事。”

“所以我才去读。我读那些书是为了看其中的语言，看那些对话。我觉得它们能教会我怎样去接近大学里的女孩。我觉得因为我的出身，我不知道该怎么恰当地说话。我不懂怎么谈论电影和音乐。只有特定的语言才能引出特定的话题，然后才能有性经验——我当时就是这么想的。所以放了学我就回去读‘米尔斯和布恩’，把书里的一些段落背下来。然后我就在大学咖啡馆里用那种语言和女孩们说话。她们听了都放声大笑。只有一个女孩没笑。但没过一会儿她就站了起来，和她等待的男孩一起走了。她一直是在利用我。我恨透了她。我的性欲膨胀起来了，我跟你说过。我希望自己仍然穿着乡下人的衣服，希望自己从来没离开过村子。我希望自己从来没让那些朋友带我去做衣服。我的性欲越来越强。我觉得自己好像坐在弹簧上。正是性欲促使我参加了革命。有位革命者到大学里来鼓动大家憎恨女性。他宣称这是一种新的道德。他常常说：'同志们，你们首先要牺牲性欲。'其他人也都这么说。我听他们说参加革命的都是真正的禁欲者和圣人。禁欲是非常符合我们的传统的，我对之十分向往，也是这么向部下宣传的。我还处决了两个违背我教诲的家伙。其中一个强奸了一个部落女孩。另一个家伙，我看见他在猥亵村里的一个男孩。我没容他辩解。我剥夺了他的一切身份，然后把尸首留给村民们任意处置。"

威利注意到，罗摩占陀罗说到他在性方面遭遇的挫折的时候，就是不愿承认那是因为自己身材矮小。其他原因他都谈到了：出身、衣着、语言、农村传统，但他却遗漏了最明显、最重要的一点。这就像他们在正式会议上所作的那些自我批评，真相往往被有意绕开了，比如威利在谈到博杰·纳拉亚的被捕和分队同志的牺牲的时候，就有意避开了真相。威利很钦佩罗摩占陀罗，居然对自己矮小的身材毫无怨言，表现得好像他和其他男人并无不同，能够对更广泛的问题发表高见。但是无论怎样掩饰，无论怎样同情，都不能化解罗摩占陀罗的不幸和遗憾。当威利看到这位仪表堂堂的男子沉酣入梦的时候，常常不免对他充满怜爱。

威利想："第一次见到博杰·纳拉亚的时候，我以为他是个恶棍。但没多久我就和他成了好朋友，抛弃了先前的偏见。第一次见到罗摩占陀罗的时候，看见他那瘦削的双手摆弄着枪，我以为他头脑狂热，杀人不眨眼。而现在我对他的偏见也已经渐渐消失了。在努力理解他人的过程中，我逐渐迷失了自己。”

有一天，罗摩占陀罗问威利：“你为什么要离开你的妻子呢？”

威利回答道：“我当时在非洲，在一个日落西山的葡萄牙殖民地。我在那儿待了十八年。我妻子就出生在那儿。我住在她的豪宅里，靠她的田产过日子，她的田产至少是这里随便什么人的二十倍。我没有工作。我只是她的丈夫。有很多年我一直认为自己很走运。远离家乡——印度是我最不愿意待的地方——过着逍遥的殖民地生活。你要知道，我是个穷光蛋，真的是身无分文。在伦敦遇到我妻子那会儿，我快大学毕业了，学的尽是些毫无用处的课程，我当时根本不知道该干些什么，该往哪儿去。在非洲生活了十五六年之后，我开始改变了。我觉得自己是在浪费生命，我原先认为自己很幸运，其实满不是那么回事。我感到我的全部生活其实都只是我妻子的生活。房子是她的，田产是她的，朋友是她的，没有一样是属于我的。我开始感到，正是由于我的不安全感——一种与生俱来的不安全感，和你一样——我很容易屈服于一些偶然事件，被这些偶然事件推挤着，日益远离了自己的本心。我告诉妻子，我要离开她，因为我厌倦了过她的生活。她听了之后，说了一句十分奇怪的话。她说，那并不真是她的生活。这两年，我一直在思考她这句话，现在我想我妻子的意思是，她的生活其实和我的生活一样，也是一连串的偶然事件。非洲，葡萄牙殖民地，她的祖父，她的父亲。当时，我以为她这么说只是在指责我，根本不愿意好好想一想她的话。我以为她的意思是，她和我一起生活，使我获得了力量和精神寄托，对世界有了更多的了解：这些都是她赏赐给我的，而我却用它们毁了她的生活。如果我那时候像现在这样理解她的意思，我会十分感动，可能不会离开她。也可能是我想错了。我必须离开她，去面对我自己。”

罗摩占陀罗说：“我觉得我的出生、我的生活，一切的一切都是偶然的。”

威利想：“这正是我们所有人的命运。也许当人们能够更多地主宰自己的命运时，他们才会过上更加合乎计划的生活。也许在外面那个简单化的世界，生活就是那样的。”

他们来到一个村子，这儿和他们去年行军经过的那些村子和林中聚落不太一样。它以前可能是一个封建小领主的领地。用罗摩占陀罗的话说，是一个收税地主：过去，那些境遇悲惨的村民要向他交纳四十到五十种税款，附近二三十个甚至更多的村庄实际上都归他所有。如今他的大宅子仍然矗立在村外，在周围的环境中显得过于宏大。宅子空着，但是没有人进去据为己有，也许是忌惮它往日的威严，或者是害怕有妖魔鬼怪作祟。前厅、铺了砖石的院子、屋门无存的房间，在整幢建筑的每一个部分，在这荒弃已久的石造院落内，到处都充斥着朽木烂石潮湿腐败的气味。这气味来自蝙蝠及其累积的粪便地毯，来自占领此地的鸽子和其他野鸟留在墙上的白色污渍，疙疙瘩瘩，层层叠叠。要把蝙蝠和野鸟留下的污迹清除干净，是件很令人头痛的事。即使有人搬进去住，也要经过很长时间，才能让这宅子重新充满人的气息。

出了村子走上很长一段路，仍然可以见到地主家的田产：杂草丛生的田野，因为缺乏灌溉已经干涸，栽种柠檬和甜橙的果园，因为无人照料已经枝叶芜杂，随处都有刺槐和苦楝树恣意生长。

罗摩占陀罗说："这些村民让你直想哭。他们大多数都没有土地，这三年多来，我们一直想把这六百英亩土地分给他们。我们找他们开了不知道多少次会。我们告诉他们旧制度如何罪恶深重。他们都很赞同。但每次告诉他们，现在该轮到他们拥有和耕种这些土地了，他们却说：'那不是我们的土地。'和他们谈上两个小时，他们似乎也赞同你的说法，但到最后还是那句话：'那不是我们的土地。'你可以叫他们去清洁水箱，叫他们去修筑公路。但你没办法叫他们去接管土地。然后我就明白了，为什么革命必须流血。要让这些人开始理解革命，我们必须杀人。要他们理解杀人倒是毫不费劲。我们在这个村子和许多别的村子里至少建立过三个革命委员会，但都没有保留下来。年轻人加入我们的队伍，想要看到流血。他们都上过中学。有些人还拿过学位。他们要流血，要行动。他们要改变世界。而我们给他们的只有空谈。这就是坎达帕里留给我们的。他们看到什么也没有发生，就退出了。如果我们用铁腕来统治解放区——我们就应该这样做——这六百英亩土地在一个月之内就可以清理干净，开始耕种。人们才会对革命的意义有所了解。这次我们必须得做点儿什么了。我们听说以前那个收税地主的家里人想卖这块地。他们在第一次革命的时候就逃走了，此后一直住在某个城市，过着寄生生活，无所事事。现在他们穷了，就想通过某种秘密交易把这些地卖给一个本地的富农，一个希夫达斯那样的人。此人住在离这里大概二十英里的地方。我们决心阻止这桩交易。我们要把这些地分给村民，看来这次我们不得不拿几个人开刀了。我想我们必须留些人在这里确保我们的命令得以执行。坎达帕里就在这一点上给我们暗中捣鬼。一提到穷人就哭哭啼啼，一句话都说不完整，每个人都很感动，可就是一事无成。”

他们来到地主的大宅前。两层的房子，没有装饰的外墙。门厅的地面比较低，两侧厚实的墙壁上各挖了一个凹室，里面砌了两三英尺宽的高台。以前，门卫就在这间凹室里看门、睡觉、抽水烟，一些无关紧要的访客也是在这里等候主人的召唤。房子的这种格局——院子和房屋交替出现，正中一条走廊，这样一来，站在前门就能顺着这条光影交错的通道一直看到后门——房子的这种格局是当地传统的建筑模式。很多农民家的房子都是这幢大宅的简化版本。这表明一种文化依然固执地存在着，至少在这一方面是如此；而威利，站在这幢半朽的、腐臭弥漫的大宅子里，竟被这突然出现在眼前的景象打动了，这小小的一角令他感受到了自己的祖国。过去是可怕的；过去必须被消灭。但过去也具有某种完整性，对此，如罗摩占陀罗者不会在乎，但也取代不了。

第二天晚上在村里召开的会议的情况正如罗摩占陀罗所料。他们缠着短头巾，裹着或长或短的腰布，穿着长衬衫，毕恭毕敬地来到会场，仔仔细细地聆听训话，看上去精明能干。身着军装的革命者都亮出了枪，这是罗摩占陀罗下的命令。罗摩占陀罗本人则显得有些不耐烦，神色严峻，瘦削的手指轻叩着他的 AK-47。

“这里有五六百英亩土地。你们有一百来人，每人可以分到五英亩耕种，让土地重新开始产粮食。”

他们一齐叹了一声，仿佛听到了他们渴望已久的事情。然而，当罗摩占陀罗一个一个问他们的意见时，他们的回答却无一例外是：

“这地不是我们的。”

后来他对威利说：“你看看传统的规矩和生活方式是怎样把人训练成奴隶的。这就是我们的政客们所谓的古老文化。还不仅如此。我了解这些人，因为我就是他们中的一员。我只要稍微动动脑筋，就能把他们的心思看个一清二楚。有些人阔，他们能接受，他们完全不介意。因为那些阔人和他们不一样。和他们一样的都是些穷人，他们认定了穷人就该一直穷下去。我叫他们每人领十英亩地的时候，你猜他们在想什么？他们在想：‘我不能让斯瑞尼瓦斯拿到十英亩地。他会叫人吃不消的。最好我不拿这十英亩地，让斯瑞尼瓦斯和拉格哈瓦也拿不到他们那份。’只有枪杆子才能带来革命。我在想，这次我们要留半个分队的人在这里，让他们清醒清醒。”

那天晚上他对威利说：“我觉得我们总是进一步退两步，而政府就在那儿等着看我们失败。队伍里有些人参加过所有暴动，我们现在做的这些事，他们已经做了三十年。他们如今是真的不想有任何事情发生。对于他们来说，革命、躲藏、敲开村民的门、问他们要吃要住，这已经成了一种生活方式。我们的这些隐士一直就在树林里晃荡。这已经融入了我们的血液。人们为此给我们喝彩，但这不会让我们有丝毫进展。”

他亢奋起来，激情盖过了对威利的尊重，当他们最后各自去睡觉的时候，威利舒了口气。

威利想：“他们都想了结旧的生活方式。但旧的生活方式是人们的存在的一部分。如果旧的生活方式没有了，人们就不知道自己是谁了，而这些村庄，原本自有一种美感，也将沦为丛林。”

他们留下分队的三个人，向村民们宣传耕种地主土地的必要性。

这天早上，罗摩占陀罗恢复了理性，像一只突然将愤怒置于脑后的猫，说：“他们不会有任何进展的。”

走到村子外面一英里的地方，一些年轻人从树林里出来，和队伍步调一致往前走。他们并没有任何嘲弄的意思。

“我们的新兵，”罗摩占陀罗说，“你知道的，都是中学生。我跟你说过。我们让他们看到了他们以前的生活。但是他们没钱继续待在他们接受教育的小城市里。他们看我们，就像你看那些从伦敦、从美国回来的人一样。我们会让他们失望的，所以我觉得还是现在就让他们走了更好。”

中午他们休息。

罗摩占陀罗说道：“我还没有告诉你我为什么要参加革命。原因其实很简单。你知道大学里有几个男生是我的好朋友，还为我买了一套西装。那所大学里还有一位老师不知什么原因对我也很不错。拿到毕业证书的时候我想我应该做些什么报答他。你知道我当时是怎么想的吗？你可别笑话我。我想我应该请他吃顿饭。这是‘米尔斯和布恩’的书里经常写到的。我就问他是不是可以和我一起吃顿饭。他说可以，我们就约了个时间。可是我不知道应该怎么安排这顿饭。它让我伤透了脑筋。我从来没有请人吃过饭。我突然生出了一个荒唐的念头。那个小城里有家人很有钱，是小实业家，制造水泵之类的东西。在我看来已是厉害极了。我不认识他们，但我还是鼓起勇气去了他们家的豪宅。我穿了那套给我带来那么多快乐和痛苦的西装。你想象一下：车道上的轿车，缤纷的灯光，宽敞的露台。人们来来往往，一开始谁都没有注意我。客厅中间有一个吧台，那些住摩登大屋的人家里都有这样一个吧台。到处都是人，根本没人会多看我一眼，我甚至觉得可以坐到吧台前向系着领结的侍者要一杯酒。我觉得我也只能和他说上话。我没有向他要酒。我问他这家的主人是哪位。顺着他手指的方向，我看见主人正和其他人一起坐在露台上凉爽的夜色中。那是一个中年人，健壮而不臃肿，稀疏的头发一丝不苟地朝后梳着。我心里七上八下，我走到露台上，当着那里所有的人，对那位大人物说：‘晚上好！先生。我是一名大学生。我的老师古马拉斯瓦米教授派我来邀请您。他非常希望能和您一同进餐——我说了时间——不知您是否有空。’那位大人物站起身来，说道：‘古马拉斯瓦米教授在这个城市里备受敬仰，能和他一同进餐真是莫大的荣幸。’我继续说道：‘古马拉斯瓦米教授特别希望由您来做东，先生。’这些话都是从米尔斯和布恩的书里学来的。要是没看过那些书，我根本不可能说出那些话来。这位了不起的实业家吃了一惊，但他立即说道：‘那将是更大的荣幸。’我说：‘非常感谢，先生。’然后几乎是跑着离开了那幢豪宅。到了约好的那一天，我穿上那套让我欢喜也让我痛苦的西装，叫了辆出租车来到教授家里。教授说：‘罗摩占陀罗，我真是高兴。但你何必坐出租车来呢？我们要去的地方很远吗？’我什么也没说。我们坐车到了实业家家里。教授说：‘这房子真是宏伟，罗摩占陀罗！’我说：‘先生，我一定要把最好的东西献给您。’我把他带到露台上，实业家和他的妻子还有其他人正坐在那儿，然后我再次逃也似的离开了那幢房子。第二天，在校园里，教授对我说：‘罗摩占陀罗，昨天晚上你为什么要劫持我到那儿去？那些人我一个都不认识，他们也根本不认识我。’我说：‘我是个穷光蛋，先生。我没法请一个像您这样的人物吃饭，可我又只想给您最好的东西。’他说：‘但是，罗摩占陀罗，我的出身和你一样。我们家和你家一样穷。’我说：‘我错了，先生。’我真是羞愧万分。这些都是那套西装还有米尔斯和布恩的书惹出来的。我恨自己。我要把那些看到我蒙羞的人统统干掉。我仿佛听到露台上那些人正在哈哈大笑。我觉得我在这个世界上活不下去了，除非那些人统统死掉，除非我的教授也死掉。我几乎忘了他们的模样，但我仍然记得当时的羞辱和愤怒。”

我说道：“一些微不足道的小事有时会带来意想不到的后果。我遇到过很多令我感到羞耻的事情。在印度，在伦敦，在非洲。二十年后我仍然记忆犹新。我认为它们永远不会消亡。它们只会和我一道消亡。”

罗摩占陀罗说道：“我也是这么想的。”

傍晚时分，分队行军经过树林的时候，一群年轻人从树林里走了出来。他们可能已经等了整整一天；在这里，时间几乎毫无价值。从他们欢欣的表情和急切的举动中可以看出，这些年轻人愿意加入到队伍中来。他们被困在村子里，时时梦想着冲出去：梦想着城市、摩登的穿戴和娱乐，梦想着一个时间在其中更具意义的世界，他们中间更有野心的几个也许还梦想着剧变和权力。在行军途中不断地有这样的年轻人成群结队地跑来跟着队伍走，他们的姓名、出身以及所属村庄都被记录下来。但是，眼前这群年轻人和以往的不同。他们带着情报，这情报令他们激动得发狂。

他们搜寻着随身武器最贵重的那个人，认定他就是指挥官。罗摩占陀罗与他们谈起来。过了一会，罗摩占陀罗示意纵队立定。

罗摩占陀罗说：“他们说前面地势较高的地方有埋伏等着我们。”

威利问道："是谁？"

"谁都有可能。如果情报属实。可能是警察。可能是坎达帕里的支持者。可能是想买以前的地主的田产的那个富农雇来的人。他们可能当我们是敌人。甚至可能是村民，我们老是待在村里，他们烦透了，想除掉我们。他们认为我们没有说到做到。这是我们在这儿的困境的一部分。人人都感觉到旧世界在改变，但没有人看得清将来。我们已经错失良机，现在有几百种可能的原因。如果我们的队伍训练有素，就会知道怎样应对埋伏。但我们没想用枪。我们只练习过童子军和军校学生那套玩意儿。扛枪，亮枪，稍息。如果只有你带着枪，那是没问题的。但实际上别人也有枪。我不知道该怎么办。我能想到的就是冲上去把他干掉。我不能让你们跟着我，因为我不知道该怎么办。要是前面真有埋伏，要是我出了事，你们就原路返回。现在你们就悄悄离开吧。"

威利叫道："罗摩占陀罗！"

"我有把好枪。"

他们在那片树林里一直等到天黑。后来，送来情报的年轻人中的一个从林间小径上朝他们喊：

"他们把他杀了。"

"他们是谁？"

"是警察。他匍匐前进到他们附近，用枪向他们扫射。杀了他们三个人。这一下暴露了他自己，他们就把他杀了。我跟你们说，这事会上报纸的。"

威利问道："他杀了他们三个人？"

"没错，先生。"

毕竟，这听上去是个好消息。威利想：“他终于为自己赢得了美名。在印度史诗里，罗摩占陀罗是最高贵的人。他不仅仅是一个虔诚的人。你可以相信，他在任何情况下都会行为端正，做事妥当。”

那个带来情报的年轻人又说：“真可惜，你们损失了一支枪。”

过了一会儿，他们按照罗摩占陀罗的最后一道命令原路撤退，离开了林间大路，在黑暗中慢慢移动，他们决定，如有必要会连夜行军，以避开可能追踪而来的警察。他们默默地在昏昧的林子里走了一段时间之后，威利想：“我没有去想那些死去的警察。我把自己都忘了。现在我真的迷失了，彻底迷失了。我不知道前面有什么，后面又有什么。我现在只知道要活下去，要走出去。”

六　坎达帕里的末日

惶惶不安地过了两天，他们又回到了那个村子，又看到了地主家空荡荡的大宅子。地主家荒芜已久的田地一片枯黄，其间点缀着疯长的寄生藤明亮的绿色。果园里，一味伸展的枝条耗尽了果树的营养，寥寥几片枯萎黯淡的叶子悬在细瘦干枯的枝头，果子散落在地上，倒像丰收了似的，却早有黄蜂在腐烂的甜橙和柠檬那灰白的果皮里安了家。

对他们来说，这已经不是原来那个村子了。在之前驻扎的两个星期里，他们是天上的星星。他们扛着枪穿着军装，军帽上的五角星鲜红如血，说出的话都很要紧，即使没人真信他们。而如今一切都变了。全村人都听说了他们被警察伏击的事，也知道那个气势汹汹的指挥官已经死了。村民们也不来挑衅，只是抱着精明老到的人自以为是的谨慎态度处理村子里琐碎的日常事务——他们似乎已经看透了返回村子的这些身穿军装的人。

他们想找到那三个留在村里组织村民分地的人。这件事现在看来令人震惊，他们当初就该考虑到这种情况。那些天那三个人的处境肯定极为难堪。村里没有人知道他们上哪儿去了。甚至好像没有人记得他们。不久，威利他们和基索——黑黑胖胖的临时指挥官，考试没及格的医学生——就明白了，那三个人开小差了。基索知道开小差是怎么回事。

他们占领并解放这个村子之后，经常借宿在村民们的小屋里。现在基索认为，不该再向村民们借宿了，甚至在村里过夜都是很危险的。他命令大家继续行军，按照罗摩占陀罗生前的指示，一步一步原路返回基地。

基索说道：“你会不由自主地觉得罗摩占陀罗说得对。我们一旦解放了一个村子，就该杀几个人，那样的话，我们的进展会大得多。我们现在也会更安全。”

他们不熟悉树林，所以行军时不敢离开林中道路或者绕过村子。他们开始把村民当作敌人，尽管他们饮水吃饭仍然得靠村民。每天晚上他们都在村外半英里处宿营；每天晚上他们都要安排一个士兵持枪放哨（当初那些粗陋的军事训练遗留的印记）。村民们知道他们的这些措施，这使他们免受某些村民的劫掠。

在离开村子的路上，威利开始意识到，参加革命的这些年，他一直对乡村与树林抱有一种田园牧歌式的幻想，而这种幻想正是革命思想的基础。他让自己相信，眼前的乡村就是这样的；他从未怀疑过这一点。他让自己相信，在喧闹忙碌糟糕的城市之外有一个完全不同的世界，这里的一切都遵循古已有之的模式，而这种模式正是革命所要推翻的。在这种田园牧歌式的幻想里，农民辛勤劳动却深受压迫。这种幻想忽略了一点：在他们于行军途中解放（然后放弃）然后有幸在某一天再次解放的那些村子里，恶棍无处不在，褊狭、凶恶、残忍，就像他们身处的环境，他们的存在与劳动和压迫的观念没有任何关系。

让威利纳闷的是，为何以前在离开村子的路上他没有见到过这些恶棍。也许是罗摩占陀罗瘦削而刚健的手指按在AK-47上的形象把他们震慑住了。如今他们这支队伍元气大伤，在每个村子里都会受到那些恶棍的骚扰和挑衅。在其中一个村子里，有个脸色苍白的家伙骑着马挥着枪——他们当初怎么会漏掉他呢？——冲到他们的宿营地大叫："你们都是中情局的，中情局的。统统该被杀掉。"基索下令不理睬他。这是最好的回答，但并不容易做到。骑马来的那个人是村里的一个恶棍，替村里人出头，来显示他们的勇气，而这样的勇气就在几天前他们藏起来还来不及呢。

有些村子里的人认为，这支队伍里的人都是些四处游荡的枪手，可以雇来杀人。那些想要杀人的家伙通常都没几个钱，但他们自以为能够通过软磨硬泡和谄媚叫这些人就范。也许这就是他们过日子的方式，什么事都靠乞求解决。这从他们贪婪的眼神和懒散的身体就能看出来。

威利想起罗摩占陀罗曾经说过："我们千万不要妄想去改造每个人。在这一点上，有太多的人已经走得太远了。我们得等到这一代人全都死了。这一代人，还有下一代人。我们只能指望第三代人。"

就这样，他们一步一步往回撤，威利那田园牧歌式的幻想仿佛着了某种魔法，一点点自行消解。他们在村民帮助下修筑的路消失了；淘尽了淤泥的水箱又堵塞了。牵涉土地、水井或继承权的家庭纠纷，小得不能再小，已经罗摩占陀罗裁决，似乎都已解决了，如今纷争又起，闹出了至少一起人命官司。

一天，在村子外面，一个肤色黝黑的中年人走近正在行军的部队。他问基索：“你参加革命有多久了？”他这么问，似乎就是为了让他们听听他那一口漂亮纯正的发音，让他们知道尽管他穿得像农民，肩头挂着条薄毛巾，但实际上他是城里人。

基索答道：“八年。”

那人说：“每次碰到你们这样的人——我确实经常碰到你们这样的人——我总会忍不住想，你们只是上尉或者少校，初出茅庐，晋升的路长着呢。请原谅我这么说。我参加革命三十年了，所有那些运动都参加过，而且我觉得我还能再干三十年。只要时刻警惕，你就不会被抓住。所以，我自以为够做将军了。或者准将——如果你们觉得我话说大了。”

威利问道：“你这么些年都做了些什么呢？”

“当然是逃避追捕啰。除此之外就极其无聊了。但是，即使为这样的无聊所包围，我的灵魂也从未停止对世事的判断，但从未发现它的价值。这一点很难向外人解释清楚。但我总是乐此不疲。”

威利问道：“你是怎么参加革命的呢？”

“老一套。我那时还在大学里读书。我想知道穷人的生活是什么样。学生们曾对这类问题有过一些非常激烈的讨论。革命运动的一位侦察员——我们周围有不少这样的人——安排我去看穷人的生活。我们在火车站碰头，上了一趟慢车的三等车厢，走了整整一个晚上。我就像是观光客，而我的向导则像是陪同的导游。我们最后来到一个贫穷的村子。真的非常穷。我从没想过我的向导为什么会选这个村子，它是如何被革命运动发现的。当然，村子里没有任何卫生设施。那在当时的我看来可是非同小可。也没有什么吃的。我的向导问了他们一些问题，然后把他们的回答翻译给我听。有个女人说：‘我家里已经三天没生火了。’她的意思是她已经三天没做饭了，她们全家已经三天没吃东西了。我非常激动。第一个晚上即将结束的时候，村民们围坐在露天的篝火旁唱起歌来。他们那样做是为了给我们看还是自娱自乐，他们是不是每晚都那样，我从没想过这些问题。我只知道自己迫不及待想要参加革命。当时的革命，三十年前的革命。一切都由向导帮我安排。费了点儿时间。我离开了大学，赶到一个小城，和联络员见了面。他们派我去某个村子。从小城出发走了很久。公路变成了泥路，接着天黑了。正是三月份，天气还算舒服，不太热。我一点儿也不害怕。然后我到了那个村子。不算太晚。一看到村子，我首先注意到了大地主的宅子。好大一座宅子，茅草屋顶修葺得整整齐齐。穷人家的屋顶可不会那么整齐，屋檐都是不加整饬的。我的任务就是干掉那个大地主。刚到村子第一天就看到我要杀的那个人的宅子，真是耐人寻味。看见那宅子的时候我就是这么想的。如果我有另一种信仰，就会认为这是上帝的安排。上帝指引我前进。我接到的指示是杀掉那个大地主。我不会亲自动手。我要找一个农民去干。那就是当时的观念，使农民转变成反抗者，通过他们来发动革命。说来你也许不信，刚看见那宅子，我就看见一个农民在夜色中朝我走来，他刚干完农活，因为某些原因回家晚了。又是上帝的安排。我跟他作了自我介绍。我直截了当地说：‘兄弟，晚上好！我是一名革命者。我需要找地方过夜。’他管我叫先生，请我去他家的小屋过夜。我们到了他家后他让我在牛棚过夜。这是典型的革命故事。那个牛棚很糟，不过我如今也见过很多比那更糟糕的牛棚了。我们吃的是难以下咽的米饭。喝的水是从一条小溪里打来的。可不是故事书上流水潺潺、清澈见底的英国小溪。我们是在印度，先生们，那是条浑浊的泥沟。什么东西你都得煮过，好去掉臭烘烘的怪味。我和主人聊起了他的贫困、他的负债，以及他生活的艰难。他似乎很吃惊。接着我就请他去杀掉那个地主。你们也觉得我太沉不住气了吧？我到村里的第一个晚上就想把所有的事情做完。那个农民一口拒绝。这让我松了口气，真的。我还不够强硬。要是那个人说：'先生，你说得对，我早想这么干了。你来看我怎么宰了这个杂种。'说不定我就逃之夭夭了。但他却说，过去的三个月他就靠地主给他钱和吃的过日子。他还说——仿佛是要用他自己的智慧来回报我告诉他的理论——杀了地主就像是杀了会下金蛋的鹅。他的话里尽是类似的格言。第二天，我一大早就逃走了。这也是一个典型的革命故事。大多数人会回到城里，坐汽车或者坐火车回家，回到书斋里，或者去和女佣纠缠不清。但是我却坚持下来了。于是你们就在这里见到我了。三十年了，仍然和农民混在一起，向他们灌输那种杀人的哲学。"

威利问："你整天都做些什么？"

基索说："我正要问他这个。"

"我住在某个农民家里。在那里过夜。不用为租金、保险和生活起居操心。我早早起来下田干活。我已经习惯了。我怀疑自己是否还能回到安坐在四面墙包围的小房间里的生活。我回到农民家里，吃点儿他们的东西。还读一会儿书，马克思、托洛茨基、毛泽东、列宁的经典著作。然后我去村里各家串串门，安排后面哪天开会。再回去。主人从田里收工回来，我们会谈上几句。其实我们没谈什么。很难。彼此间没什么可说的。你不可能真正融入村里的生活。过一两天我就换个地方。我可不希望主人家讨厌我，到警察那儿告发我。就这样过了一天又一天，每天的生活没什么两样。我都觉得我是在描述一个高级执行官的生活。”

威利说：“我不明白。”

基索说：“我也不明白。”

那人说：“我指的是无聊。一切都为他们安排好了。一旦进入那些机构，你一辈子就没什么可操心的了。英美烟草公司，皇家烟草公司，联合利华，铁箱公司，都一样。我听说在皇家烟草公司，那些小伙子们就吃顿中饭，然后上各家门店转悠，检查香烟盒子上的生产日期。”

他察觉到了对方的不信任，不免焦躁起来，说话也有了戒心，不再像原先那样讲究修辞了。他不想再和部队的人待下去了，于是一看见他可以进去休息的一片小屋，他就告辞了。

基索问道：“你看他是不是在哪一家大公司里干过？”

威利答道：“我觉得他可能申请过但没被录用。要是他们招他进了铁箱公司或其他哪家公司，也许他就不会跑到乡下来教农民杀人了。他说的那些上尉啊少校啊自己够做将军之类的废话，也许说明他想参军却没部队肯要他。他有点儿让我恼火。”

“那是过分了。”

“我对他恼火是因为，起先我想他尽管一副小丑相，但大概还有点儿小聪明，我可以用到。我听得很仔细，以为我能慢慢明白他所说的一切。”

基索说：“他是个疯子。我看他没有被捕是因为警察认为抓他不值得。而农民们可能都把他当笑话看。”

威利想：“但村民们可能也是这样看我们这些人的。也许我们也都有点儿疯了，精神错乱了，自己却还不知道。基索以前也许想做医生。而现在他过着这种生活，还努力让自己相信这是真实的。要看出别人是否不正常，总是很容易。那些村民叫我们帮忙杀人，我们能看出他们是在发疯。那些人的面孔扭曲丑陋，仿佛他们真的生在一个可怕的时代。但我们看不见自己不正常的地方。不过我已经开始感到自己不正常了。”

他们最终回到了基地。威利在基地有自己的房间。革命高层扩大解放区的愿望落空了，人人都知道这一点。尽管整体的气氛十分阴郁，能回到自己曾经待过的地方，威利还是很开心。他觉得自己不再被抛入半空中；他觉得他也许能够再次掌握自己的命运。他喜欢干净低矮的茅草屋顶——如此让人安心，尤其是当他躺在绳床上的时候——他可以在茅草和椽木之间藏一些小东西；他喜欢抹过灰泥的夯实的泥土地面，踩在上面脚底下会发出空洞的声音。

威利希望能再次见到防区长官，那个温文尔雅的人。但他没有露面。听人说他开小差了，在一番讨价还价之后向警察投降了。他在投降之后领到了警方的赏金，游击队员投降后都可以领到那笔赏金。然后他回到了原先生活的大城市，花了好几天时间跟踪分居的妻子，最后一枪要了她的命。如今没人知道他的下落。也许他已经自杀了。但更有可能，他揣着获取自由的同时拿到的那笔赏金，正在这个幅员辽阔的国家四处逍遥，尽情施展当游击队员时学会的那套乔装隐匿的技巧，也许甚至逐渐摆脱了旧时的个性和隐忍多年的痛苦。

要不是警方几乎在同时逮捕了坎达帕里，以上消息本该会引起更大的轰动。从目前的情况看，坎达帕里被捕这件事更为重要，虽然他已经失去了大多数追随者，而且已经几乎构不成安全威胁，警方在逮捕他以及押送他上法庭的时候都没有采取特别的预防措施。最引人注目的是他那本随身携带的剪报簿，里面贴着从报纸上剪下来的孩子的照片。这些照片蕴含着某种深沉的打动人心的东西，但坎达帕里已无法说清；他已经丧失了理智，剩下的只有这种深沉的情感。威利被深深地感动了，甚至比在柏林第一次听萨洛姬妮说起坎达帕里时还要感动：他对人类的深情，他眼眶中的泪水。现在已经没法同她联系了。这些天来，威利一直怀着一种无能为力的悲戚，为他自己，也为这个世界，为每一个受伤的人和动物，他想要进入那个丧失理智的人的内心。他竭力想象那个身材瘦小的老教师怎样从报纸上挑选照片，又怎样把它们贴进簿子里。究竟是哪些照片吸引了他？它们为什么会吸引他？但他还是不能理解那个人，那个人始终是他思想的囚徒，永远被孤独地囚禁着。想到他已经精神错乱，没有人能够和他交流，想到他头脑里从过去到现在积累的难以想象的纠缠和转折，威利比听到这个人的死讯更感动。

甚至他的敌人也被感动了。爱因斯坦认为革命运动应该做出表态，表明与老革命家休戚与共。他在防区的正式会议上提出此事。

他说："他的耻辱也是我们所有人的耻辱。我们和他争论过，但我们不能抹杀他的贡献，他在革命遭到镇压奄奄一息的危急时刻挽救了革命。我建议我们劫持中央政府的一个部长，如果做不到，就劫持地方政府的一个部长。我们要清楚这样做是一种姿态，表示对坎达帕里的声援。我愿意参加这次行动。我已经调查过了，已经想到了一个目标，也知道什么时候可以下手。我需要三个人、三把手枪和一辆汽车。我还要一个人等在部长官邸旁边的交通信号灯前面，在我们逃走的时候把横向行驶的车辆拦住三四秒钟。他要假装拦车是为了部长。整个行动不会超过两分钟。实际上我已经演练过一次了，用了一分五十秒。”

一位重要的分队长说：“目前我们不应该做任何长警察志气灭自己威风的事。但请你先说说你的计划。”

“部长宅邸在阿齐兹纳加尔。我们需要提前一个星期或者至少四天赶到那里，熟悉周围的道路。我们需要一辆汽车。我们可以从其他什么地方租一辆。我们三个人早上就坐在大门外的车上。部长宅邸与马路之间隔着一道高墙。那再好不过了。卫兵会过来问我们要干什么。我们会记下他，时候一到就干掉他。我们就说我们是大学生——我会选出一个人来回答——想请部长出来和我们谈谈什么的。我会判断什么时候人少，时机成熟。我从车子里出来，经过卫兵面前到达部长宅邸的前门。我走过去的时候，我带的一个人会开枪打卫兵的手或脚。这时候我已经进了部长宅邸。有人来拦我，我就朝他开枪。我会冲进部长的办公室或会客室，同时大声喊叫并开枪。我会立刻射伤他的手，并不停地大叫。他一定会吓坏的。他一受伤我就押着他走出前门到我们停在门口的车子前。我研究过他的体格。我能对付得了他，能把他押出来。做这些时必须冷静、准确、坚决。一步都犹豫不得。然后我们就开车穿过设定好的信号灯。就两分钟。勇敢、冷静的两分钟。这次行动会对我们很有利。大家会知道我们仍然在活动。”

那个队长说：“不错，很简单。也许太简单了。”

爱因斯坦说：“最有效的行动都是简单直接的。”

基索说："我担心交通信号灯会出问题。行动时索性把它们关掉是不是更好？"

爱因斯坦说："关得太早，他们会修好的。关得太晚，路口就会堵车。最好有人走到十字路口，如果我们离开的时候正好是红灯，那个人神情严肃地戴上警察的白手套，拦住横向行驶的车辆。如果正好是绿灯，那就用不着了。"

长官说："十字路口有警察或警亭吗？"

爱因斯坦说："有警亭的话我就不会想这么干了。我们过了十字路口后，那个人会镇定地穿过马路，脱下白手套，钻进一辆汽车或出租车离开现场。所以可能我们还需要一辆车。如果有人注意到了，他们会认为这不过是一个印度式的街头玩笑。四个人，两辆车，三支枪。"

基索说："我觉得你已经下定决心要干了，我们说什么都没用。"

爱因斯坦说："我认为这件事很有挑战性，而且出人意料，因为我们没有什么理由针对那个部长。我喜欢出人意料。我认为这能给我们的人树立一个榜样。在制定军事行动计划的时候，我们当中绝大多数人只会想到那些最老套的办法。对方于是总能堵到我们，而我们就只有进监狱的份儿。"

后来，爱因斯坦和威利有一次谈话。

爱因斯坦说："我听说你们在向内地推进、扩大解放区的时候遇到了些挫折。那个战略糟透了，有些人为此付出了代价。我们的摊子铺得太大了，什么事也干不成。"

"我明白，我明白。"

"那些首长真是令我们失望。生活太奢侈。老是去国外开会。

争着去国外宣传、筹款。对了，你还记得那个纺织工家庭出身的小子吗，那个几年之前把我们出卖给警方的家伙？”

威利问：“就是博杰·纳拉亚那件事？”

“他没有牵扯任何人。我认为他们并没有依据第三〇二条指控博杰·纳拉亚。”

威利说：“那我就放心了。”

“我想让你知道这事。我知道你们俩关系不错。”

“你真的要实施那个行动吗？”

“这件事我不会再多说什么了。你看，你们对这种事总是说个没完。这就像你年轻时遇到的数学题。你闷声不响的时候，答案自然而然地冒了出来，连你自己都不知道是怎么回事。”

威利想起他最后一次见到那个小小的纺织工聚居区的情景：天边一片艳红，用以纺纱绩线的前院干净整洁，拉贾兄弟住的房子前面停着一辆三轮摩托车。他还记得，在一百码之外卷烟工人家半敞的厨房里，炉膛里的火在黄昏的余晖中显出些许节日的气氛：卷烟工人挣的钱是纺织工人的两倍，或者说，他们贫穷的程度是纺织工人的一半；那早早燃起的炉火似乎在标记两者之间的差异。他还记得，那个嫂子，身着农妇的棉布裙子，倒在小屋里的泥地上，倒在博杰·纳拉亚面前，抱住他的膝盖，求他给她小叔一条生路，身旁是一台自家装配的织布机。

他想：“这里有谁会知道我在关心那些人呢？也许那兄弟俩还是死了的好。也许就像罗摩占陀罗说的那样。对于拉贾兄弟这样的人而言，损失已经太大了。这一代已经没有希望了，也许下一代仍然没有。也许那兄弟俩已不必再忍受无穷无尽的徒劳和没有必要的痛苦了。”

现在每隔两个星期就要召开地区会议。各个分队的队长或他们的代表会从分散于树林各处的解放区——他们在那里模拟旧时的社会生活——赶来参加。他们带来了一些非官方的消息，关于警察的抓捕，关于游击队内部的清算，但是，有关革命成功、解放区扩大的信口开河仍在继续，至少仍然出现在正式的讨论中，这使得讨论变得越来越抽象。比如说，他们会极其严肃地争论究竟是封建制度的矛盾更深刻还是帝国主义的矛盾更深刻。某人可能对帝国主义表现出极大的愤慨——其实帝国主义在目前的形势下离他们很遥远——事后可能就会有人对威利说：“他当然会那么说。他爸爸是地主，他谈论帝国主义的潜台词其实就是：‘随你们这些人干什么，就是别碰我爸爸和我的家人。’”或者，他们会辩论——每两个星期就有这么一次辩论，而且人人都知道对方会说些什么——发动革命的究竟应该是农民阶级还是工人阶级。尽管杀戮时时发生，但革命却日益变成了抽象的空谈。

这期间传来了爱因斯坦实施行动的消息。他按当初所说的计划行动，但失败了。爱因斯坦曾说过，部长宅邸的高墙对行动有利，因为它可以使躲在汽车里的爱因斯坦他们不被发现。但是他的调查并没有他在防区会议上吹嘘的那么彻底。高墙同时也使爱因斯坦无法看清部长宅邸的安全保卫措施。他原以为部长宅邸只有一名武装警卫守在门口。直到行动当天，离实施劫持计划不过几秒钟的时候，他才发现原来里面还有两名武装警卫。他马上决定取消整个行动计划，刚走进院子就立刻返回，从门口的警卫眼前跑过，钻进汽车。

信号灯也对他们不利，但他们安排去阻止横向行驶的车辆的那个人倒是干得很漂亮，他慢步走到马路中央，戴上大号白色手套，指挥起了交通。先前有些人还以为这会是整个行动中最薄弱的环节。但事实证明，这是唯一发挥作用的环节。而且，正如爱因斯坦所说，几乎没被人察觉。

当他再次露面的时候，他说："也许这是最好的结果。不然警察可能已经对我们下重手了。"

威利说："你真是冷静，在最后关头取消了行动。要是我，可能会继续下去。我越是发现自己陷入困境，就越是会继续向前。"

爱因斯坦说："每个计划都应该留有一点儿变通的余地。"

接下来的一次防区会议上，有一位革命委员会的高层领导出席。他六十多岁，比威利预计的要老得多。如此看来，那个夸夸其谈的疯子说自己参加革命有三十年了，也许并非全然信口开河。那位领导还有些纨绔气，身材高大修长，精心修剪过的银发闪闪发光。这也是威利所没有料到的。

爱因斯坦不再谈论自己那不得不放弃的计划，转而对这位领导说："我们真的不应该再谈什么解放区了。我们对大学里的人说，树林是解放区，我们又对树林里的人说，大学是解放区。然后意想不到的事情发生了：那些人碰到了一起。我们谁也骗不住了，而且会把我们想征募的那些人赶跑。"

那位领导大发雷霆，气得脸都扭曲了，说："这些妄想质问我的人都是谁？我读过的那些书他们都读过吗？他们读得懂吗？他们懂马克思懂列宁吗？我可不是坎达帕里。那些人，我怎么说他们就会怎么做。我叫他们站他们就站，我叫他们坐他们就坐。我大老远赶来就是为了听这些昏话吗？我冒着随时可能被捕的危险来到这儿是想谈谈新战术的，结果却听到了这篇胡言乱语。”

他的愤怒——一个自行其是太久的人的愤怒——笼罩着会议接下来的部分，再没有人敢提出什么严肃的观点了。

爱因斯坦事后对威利说：“这个人让我觉得自己像个傻瓜。他让我们所有人都成了傻瓜。真难以想象我们一直以来所做的事情就是为了他这种人。”

威利一时忘形，流露出些许他那古老的伦敦大学式的机智，说：“或许他读过的那些大部头讲的都是本世纪的伟大统治者的故事。”

本该在这次会议上讨论的新战术成了由革命委员会直接下达的命令。今后，解放区将与外界隔绝并严加管控。解放区的人将只能知道革命运动想要他们知道的事情。周围的道路和桥梁都将被炸毁。没有电话，没有来自外界的报刊，没有电影，甚至没有电。并老调重弹，再次强调清理阶级敌人。由于封建地主早已逃之夭夭，这些村子里已经没有严格意义上的阶级敌人了，所以清理对象改成了那些富农。威利和基索碰到的那个革命疯子曾经说过，杀人哲学是他赠送给穷人们的革命礼物，是驱使他一个星期接着一个星期从一个村子走到另一个村子的伟大事业。与这种哲学类似的观念重又开始盛行，并被奉为圭臬。必须消灭阶级敌人——如今指的是地产稍多的农民——以对抗警方的镇压。部队的纪律必须加强，士兵必须互相举报。

威利被调入另一支队伍，他发现自己顷刻间落入了疑心重重的陌生人中间。那屋檐低矮的农舍里的小屋，他早已视为己有，如今不再属于他了。在负责摧毁道路和桥梁的部队里，他住的是露营帐篷，又像从前那样不断迁移了。他丧失了方向。他想起那段借着一一回想睡过的床寻求安慰和依靠的时光。现在，这种依靠已不再可能。他如今只热切地希望能拯救自己，能再次触摸自己的内心，能离开这里回到上层世界。但他不知道自己身在何处。身边的那些陌生人，他无意去解读他们的个性，彻骨的疲乏和迷失感使他宁可继续保持这种不了解的状态。现在，他唯一的安慰就是——他不确定这在多大程度上能算个安慰——他还能在两周一次的防区会议上见到爱因斯坦。

现在部队得到命令，要发动村民镇压富农。这已不再是可以选择、可以等条件成熟才达成的目标了。这是命令，就像是零售连锁企业命令下面的分店提高销售额一样。革命委员会要的是数字。

某天黄昏，威利和分队另一个人提着枪去一个村子。威利想起那个疯子的故事，他在夜幕降临后来到一个村子，看见第一个农民，就要他去杀地主。那是三十年前的事。而现在威利就正在经历这样的事。只不过现在已经没有了地主。

他们叫住了一个出来干活的人。此人皮肤黝黑，包着短头巾，粗糙的双手上长满老茧。他看上去吃得还行。

威利的同伴说："晚上好，兄弟。你们村里谁最有钱？"

这个村民似乎已经明白他们的意图了。他对威利说："请你们带着枪走吧。"

威利的同伴说："为什么要我们走呢？"

村民说："你们两个是什么事也不会有，干完就回你们那舒舒服服的屋子。而我要是听了你们的，完事之后就会被人打烂屁股。我敢说就是那么回事。”

威利的同伴又说：“要是你干掉那个富农，压迫你的人就少了一个。”

村民对威利说：“那你替我干吧。再说，我也不知道怎么使枪。”

威利说：“我会教你的。”

村民说：“你去杀他吧，那样事情对每个人来说都简单多了，真的。”

威利说：“我来教你。你就这样拿稳，然后从这儿朝下看。”

从瞄准器里望去，只见一个农民走了过来。他正从一个小山坡上下来，刚干完一天的农活。威利和同伴还有那个村民就藏在村路边的灌木丛里。

通过瞄准器看着那个人，手中的枪微微移动，仿佛在回应他头脑中的游移与确定，物体的尺寸应威利的调整而改变着。这种事他在葡属非洲殖民地也干过，发生了针对殖民者的大屠杀之后，政府向那些想学射击的人开放了警用射击场。威利对枪械一窍不通，但当他通过瞄准器观察周围的世界，事物尺寸的变化令他着迷。那感觉如同在暗室里注视一团火焰：那神秘的一瞬间令他想起了自己的父亲，以及父亲传播这类启示的静修处。

有个声音说：“那个富农进入你的视野了。”

无须朝说话的人看，威利已听出那正是他的新指挥官。

指挥官已经不年轻了，他说：“我们一直在为你们担心。你们不能要求别人去做你们自己做不了的事情。开火。快。”

然后，那通过瞄准器一会看得到一会又不见了的目标向一侧旋转了半圈，仿佛受了一记重击，倒在斜坡上。

指挥官对那个目瞪口呆的村民说："你看见了吧。就这么回事。"

威利冷静下来后想："我是在一群疯子中间。"

过了一会儿，他又想："这是我到柚树林营地后生出的第一个想法。那时我任由它被掩埋。我那时候必须这样做，才能和我周围的人相处。而现在这个想法又浮出来了，它是来惩罚我的。我已经疯了。我必须逃走，趁我还有机会找回自己。我知道我还有机会。"

后来，指挥官用几乎算得上亲切的语气说："六个月。六个月之后你就没事了。"他微笑着。这个四十多岁的人，爷爷是农民，父亲是温驯的政府职员，脸上展露出生活的艰辛和磨难。

他可以步行去一段尚未炸毁的公路。不到十英里。那是一条简陋的乡村公路，红土上面铺了两道窄窄的混凝土。沿路没有公交车往返，也没有出租车或摩托车。这是一个游击区，常有不测，出租车和摩托车都不敢靠近。所以他得尽量打扮得不引人注目，披上薄毛巾，套上带大侧兜的长衬衫，穿上裤子——裤子很有用——从那里步行到最近的公共汽车站或火车站。

到这里，逃跑的梦断了。他已经上了警方的黑名单，警察会在公共汽车站和火车站等着他。他是革命运动的一分子，到了外面，他倒是有可能隐蔽起来——利用革命运动的网络。但如果他脱离了革命，又要躲避警方的追捕，他就得不到任何保护了。他没法单靠自己。他在当地没有熟人。

他想，他要等到开防区会议的时候向爱因斯坦坦白。这很冒险，但他觉得他找不到第二个人说这事了。

他一向爱因斯坦开口，就把对他的疑心都抛开了。

爱因斯坦说："有一条更好的路线，一条捷径，连着另一条路。我要和你一起走。我也累了。路上有两个村子。这两个村子的纺织工我都认识。他们会留我们过夜的，还会找一辆摩托车送我们上路，越过邦界。他们在那一边也有朋友。纺织工们也有他们的网络。你一定看得出我已经调查过这条路线了。当心这里的人。不得已的时候，要顺着他们。如果他们发现你要开小差，他们会杀了你的。"

威利说道："纺织工。还有摩托车。"

"你在想拉贾兄弟。是的，就像他们俩。但事情有时会那样。很多纺织工卖力干活，然后买了摩托车。银行会给他们贷款。"

开会那几天，他们一直在商量逃跑的事。

爱因斯坦说："你不能直接跑去向警方投降。他们可能会杀了你。这事有点儿复杂。我们必须躲起来，也许得躲很久。我们可以先和另一个邦的几个纺织工待一阵，然后继续前行。我们还要争取一些政治家的支持。他们很愿意获得说服我们投降这样的名声。他们会帮我们与警方谈判。甚至可以就找我想劫持的那个部长。世界就是这个样子。人们一会儿站在这一边，一会儿又站在那一边。你第一次见到我的时候并不喜欢我。我第一次见到你的时候也不喜欢你。世界就是这样。不要拒斥任何事情。还有，我不想知道你在革命运动中都干过什么。从现在起，记住这一点：你什么也没干过。你一直是在旁观。动手的都是别人。而你什么也没干。你后半辈子都必须记着这一点。"

他们用了六个月的时间。他们脱离革命生活的过程有时候像是这种生活的延续。

第一天晚上，在到达借宿的纺织工小屋之前，他们把军装脱下埋了，点火焚烧太冒险了，他们也不想让那些纺织工看见他们烧军装。接着就是一连几天冒着酷暑，坐着低矮的三轮摩托，走过各种各样崎岖不平的道路。两人有时候搭一辆摩托车，有时候又分坐两辆，这是爱因斯坦的主意，为了安全起见。摩托车篷很深却太窄，有点儿像童车的车篷，阳光总是斜斜地射进来。在繁忙的路段，烟雾和褐色的尾气从四面八方向他们袭来，他们的皮肤被阳光灼得隐隐作痛，变得像砂纸一般粗糙。他们晚上就在纺织工居住区休息。只有两个房间的农舍当年似乎是为了保护珍贵的织机而建，而不是为了住人。看起来真的没有地方给威利和爱因斯坦睡，但总是能腾出地方。他们走进的每一幢房子都和他们之前离开的那一幢相差无几，只有少许地区差异：前一家是参差不齐的茅草屋顶，后一家是瓦片屋顶；前一家是泥砖墙，后一家是抹灰篱笆墙。最后他们终于跨过了邦界，在那边的纺织工网络的保护下，又度过了两三个星期。

这时，威利对他们的方位有了大致的概念。他强烈地希望与萨洛姬妮联系上。他想他也许可以写封信给她，再叫她寄信到他们要去的某个城市的邮局。

但爱因斯坦说不行。警察如今已经知道这一招了。存局候领的信件并不常见，警察可能会留意来自德国的存局候领信件。多亏纺织工的帮助，到目前为止他们一路上还比较顺利，威利可能会认为他们未免过于谨慎了；但是威利必须记住这一点，他们在警方的黑名单上，可以“当场击毙”。

他们从一个城市逃到另一个城市。一路都由爱因斯坦说了算。他正在寻找一位公众人物，为他们去和警察谈判。

威利对他很是钦佩。他问道："你是从哪儿知道所有这些的？"

爱因斯坦说："我是从以前那个防区长官那儿学来的。就是那个脱离革命之后又把他妻子杀了的人。"

"那就是说，我认识他的那段时间，他一直在策划逃跑？"

"我们中有些人是这样的。而有时候就是这些人，一直留在革命队伍里，十年，十二年，然后变得昏头昏脑，其他任何事情都干不了了。"

威利觉得，这次等待，这次逃往新城市的行动，和他待在皮匠街那会儿一样，他不知道接下来将会发生什么。

爱因斯坦说："我们现在在等警察。他们正在审查我们的案子。他们要先知道我们都犯了哪些罪，然后才能接受我们的投降。你的情况有点儿麻烦。有人告发了你。因为你有国外关系。你认识一个叫约瑟夫的人吗？我不记得什么约瑟夫。"

威利刚想开口。

爱因斯坦说："不要告诉我任何事情。我不想知道。这是我们的协定。"

威利说道："实际上也没有什么事。"

"那种情况几乎是最难办的了。"

"如果他们不接受我投降，那会怎么样？"

"你得躲起来，否则他们会杀了你或者逮捕你。不过船到桥头自然直。"

又过了些时候，爱因斯坦宣布："没问题，我们俩都没问题。你的国外关系毕竟没那么具有威胁性。"

爱因斯坦给警方打了电话。到了那一天，他们前往所在城市的警察局。他们坐了一辆出租车，威利看到了很久以前在另一个城市拉贾兴致盎然地指给他看的那一切的翻版：建于英国殖民时期的军事化地区，那时就已种下的老树，地面以上四五英尺高的树干上刷了石灰，镶了白色边石的小道，沙地阅兵场，带阶梯的凉亭，福利建筑，两层高的住宅楼。

警长办公室就在一楼某处。他们走进办公室，身着便服的警司站了起来，微笑着迎向他们。这样的礼遇大大出乎威利的意料。

他想："博杰·纳拉亚是我的朋友。我同情罗摩占陀罗的遭遇。要不是爱因斯坦，我不可能知道怎样到这里来。但这间办公室里站在我面前的这个人更像是我的同类。我的心灵和理智已经向他展开。他的脸上闪耀着智慧。我不必容忍他。我觉得我们是作为平等的人会面的。在树林里待了这么些年，我为了生存强迫自己相信我怀疑的事情，现在我感觉很幸福。"

七　不恨罪犯

那位受过良好的教育和体格锻炼的警司与他们进行了一番亲切的交谈，临近结束时，他想他自由了，甚至在他被迫与爱因斯坦分开并被带到一个边远地区的监狱里时，他仍然这么想。他和爱因斯坦在安排投降时遇到了一些麻烦，而爱因斯坦又曾解释说投降之所以迟迟不能进行是由于警方要“审查”他们的案子，也许是以上两点使威利把投降和赦免混为一谈了。他原以为去警察局投降之后，就会被释放。甚至当他被带到监狱的时候，仍然怀着这种希望。办理入狱手续，就像是入住简陋的乡村旅馆，只不过负责登记的是一身卡其布制服的粗暴狱吏。登记手续重复而烦琐，新来的人每经历一道手续，心里就又凉了一层。

“当然，这一切让我感到焦躁，”威利想，“但对狱吏来说，这不过是例行公事。假如我把自己放在他们的位置，就不会那么不安了。”

他努力这样做，但他们似乎并没有注意到。

办完登记手续后，他被安排进一间营房似的狭长的屋子里。里面已经住了很多人，大多是乡下人，身材矮小，被打蔫了一般，但一双双黑亮的眼睛盯着威利，仿佛要吞了他。这些人犯的案子各式各样，正在等着判决；所以他们仍然穿着平常的衣服。威利不愿意卷入他们的不幸。他不愿意这么快就被再一次投入情感的牢狱。他不愿意把自己当成这间长屋子里的居民之一。他相信自己很快就能离开这里重获自由，他想他该写封信给在柏林的萨洛姬妮，一封轻松开朗的信——语气他都已经想好了——把最后一次通信之后发生的事情都告诉她。

但是写信并非想写就写得出来，即便他手头有笔有纸。他要到第二天才能考虑写这封信，而看守大发善心拿给他的那张纸看起来像是被摩挲过许多次，大概是从一本活页账簿上撕下来的，窄窄一条，被划分成窄窄的格子，左侧的小孔都裂开了，左上角是紫色橡皮图章盖下的监狱名称，右边则印着一个大大的黑色数字。这张信纸很薄，没打孔的一边还卷了起来，令他十分沮丧，没心思写信了。

接下来的两三天，他熟悉了监狱的日常作息。他把马上就能获释的念头置于脑后，开始适应新的生活，就像之前各个时期适应那些摆在面前的生活一样。每天早上五点半起床，矗立在院子里的水塔，味同嚼蜡的三餐，枯燥沉闷的放风，每天晚上囚室关闭后躺在地上挨过的无聊长夜：他竭力想通过以前那套精神瑜伽来适应这一切，他回到印度这么久——或许在此之前，或许这一生——每当日常行动和要求突然变得令他痛苦不堪的时候，他都是用那套瑜伽来对付。他有意识地操练着这种瑜伽，直到新生活带来的种种艰难逐渐变成了习惯，变成了生活本身。

在入狱几天之后的一个早上，他被带到监狱前面的一间屋子里。他喜欢的那个警司在屋里等他。他仍然很喜欢他，但在他们的谈话结束的时候——他们好像什么都谈了，却又好像什么都没谈——他开始觉得自己的案子不像原先料想的那么简单。爱因斯坦曾经提到威利的“国外关系”会给他带来些麻烦。所谓的“国外关系”只能是指萨洛姬妮和沃尔夫，那也正是他历险的起点。但是，警司和他的一位同事第二次找他谈话的时候，对他的“国外关系”只字未提。而有一件事是威利不得不忘掉的，也是爱因斯坦说他不想听的——他知道的显然比他声称的要多。事发当时有目击证人，他们可能已经报了警。但是，在监狱前面的那间屋子里，没人提起那件事。只是在第四次谈话时，威利意识到，警司和他的同事想了解那三名警察被杀时的情形。威利想起当时的情景，心里更多的是对罗摩占陀罗的怜悯和崇敬；而那三名警察，他既没见过，也从来不认识，他们的死已经离他很远了。

在前几次谈话中，他一直在和一些幽灵搏斗，说了些他其实并不知道的事。他现在发现警司掌握了罗摩占陀罗每一个部下的名字，也知道威利和罗摩占陀罗关系亲密。由于警司也知道当时警察那边的情况，那么他对事件的原委自然比威利了解得更全面。

威利不免心慌意乱。当他发现自己将作为谋杀那三个警察的从犯受到指控时，他的心沉了下去。

他想：“太不公平了。我参加革命的大部分时间，其实几乎是全部时间，都是在无所事事中度过。大部分时候我都感到极其无聊。我原想写一封半开玩笑的信——可惜最终没写成——告诉萨洛姬妮，我什么也没做成，我的革命生涯真是无可指责，最终无聊感促使我向警方投降。但是，警司可不这么理解我在游击队的日子。我的所作所为在他眼里要比在我自己眼里严重二十倍。他不会相信在那些事情中我不过是个旁观者。他只会数尸体。”

威利已经很久不曾一一回想他睡过的床了。他在印度度过的童年和少年岁月；在伦敦消磨掉的忧心忡忡的三年，他这个护照上的学生，实际上的流浪汉，一心要远离原来的自己，却不知该何去何从，不知将来的生活会是什么模样；接下来是非洲的十八年，飞逝而过、漫无目的的十八年，过的全是别人的生活。他能一一记起那些年睡过的所有的床，这种回忆会给他一种奇怪的满足感，使他觉得，尽管他处世消极，他的人生还是有意义的，这种意义就在他身边累积。

但是，他回来之后已经被印度消解了。他看不到任何模式、任何思路。他回来是因为他想行动，想真正地在这世上拥有自己的位置。但他却成了一个流浪者，而世界则比以往任何时候都扑朔迷离。这种扑朔迷离所带来的不安，在可怜的拉贾像孩子般兴奋地骑着摩托车带他去见识“敌人”那天就有了——老树荫蔽下的地区警察总部，沙地阅兵场，预备警察部队的士兵荷枪把守的大门，门前那些挨过一轮季风的污迹斑斑的脏沙袋。威利认识那条路，也熟悉沿途的乏味景色。但是那天他所看到的一切有某种特殊的性质。一切都显得那么清爽而新鲜，就好像他在地下生活了许久之后来到了地面上。但是他不能留在那儿，不能留在那清爽和新鲜之中。他必须乘着拉贾的摩托车返回另一个世界。

那种扑朔迷离让人混乱。他一度回想不起来睡过的那些床。这么做不再有任何意义，他放弃了。而现在，谈话、出庭、从甲监狱转到乙监狱——监狱、监狱设施和罪犯构成了一个完整的另类世界，他以前对此一无所知——当这些全新的体验降临到他头上，他重新开始回想睡过的床，但不再从头开始，而是从投降那天开始。

终于有一天，他认为他应该给萨洛姬妮写封信了。轻松的心境早已离他而去；最后当他脸朝下匍匐在鲜艳而粗糙的监狱地毯上，开始在被分隔成许多窄行的纸上写信的时候，他惊讶地发现自己竟生出了悲哀之感。他想起自己在柚树林营地的第一夜，整个晚上树林里不断传来禽鸟拍打翅膀和鸣叫的声音，以及其他动物绝望的求救声。写字的姿势很不舒服，当他费力地在纸上细线隔出的窄行间写字的时候，他觉得手似乎被缚住了。最后他想没必要听命于这些线条。于是他开始跨行写。纸不够，他发现这不成问题，只要签名就可以领到纸。他原以为在监狱里写信只能用一张纸；他从来没有问过，他以为在监狱里世界整个儿缩小了。

如果狱卒不给他的信找麻烦，信应该在一个星期后送到柏林萨洛姬妮手中，如果她的地址没有变。如果她马上回信，如果狱卒不找什么麻烦，她的回信应该在又一个星期后送到他手中。那么，两个星期就够了。

但是两个星期过去了，然后三个星期、四个星期过去了。没有萨洛姬妮的回信。等待让人心力交瘁，而对付它的办法就是彻底放弃，接受什么都不会发生。这就是威利的办法。恰在此时，他的法庭生活和监狱生活发生了戏剧性的变化。

他被判监禁十年。他安慰自己说本来可能更糟。最后他被转到一所监狱，前门上方有一块大牌子，上面写着一行瘦瘦高高的字："恨罪行，不恨罪犯。"他坐着囚车进入监狱的时候看见了这行字，后来经常想起它。它所表达的是一种难以做到的宽恕，究竟是甘地的思想，还是基督教的思想？也许两者都是，因为圣雄的很多思想也符合基督教的教义。他还常常想起前门处墙壁另一侧写的字。墙壁内侧写的是：“感谢您的光临”。这不是写给犯人的，是写给来访者的。

一天，他收到一封信。印度的邮票，印度的信封——绝对没错，寄信人的地址威利再熟悉不过：那是他度过童年的那个家，是他父亲那充满感伤的静修处。他原本不会展开那沓信纸——狱卒已经把信封裁开了——要不是他看见这封信并不是他父亲写的，而是萨洛姬妮写的，更令人意想不到的是，信是从夏洛腾堡转来的。威利心想，她这么快就丧失了在柏林养成的气质。她回到了他面前，仍是二十八年前还没有认识沃尔夫、还没有出国、还没有脱胎换骨时的样子。在她写这封信的时候，早先的某些个性仿佛又占据了她。

亲爱的威利：

我早就离开夏洛腾堡的公寓了，你的信从一个地址转到另一个地址，最后终于送到了我手上。柏林人做起这类事情来非常拿手。很抱歉让你等了这么久。你肯定很难受。而实际上我一直离你很近，不到一天的路程。但你不要以为，我会不经过你允许就来看你。你在伦敦上大学的时候我去看你，你就不太乐意。我还记得这些事。而我只不过是想对你好。这就是我烦恼的根源。你的事情那么快就变得那么糟。我又能说什么呢？我永远不会宽恕我自己。我知道，我这么说也无法安慰你。我们不该把你送到那些人中间去，而事实上，另外那一方也好不了多少。无论送你去哪一方，你都会有麻烦的。

我回到这里，是因为我需要离开柏林休息一阵子，而且我觉得应该回来陪爸爸，他已经快走到生命尽头了。这我以前就告诉过你，而我现在觉得他其实比我们原先认为的要好。也许到最后，某一种生活方式其实和其他任何一种生活方式一样好，但这或许只是失败者的自我安慰。我对自己所做的那些事并不怎么满意，尽管我总是出于最好的愿望。说起来真可怕，但我发现我给许多国家的许多人带去了厄运。我现在才知道，近几年来许多国家的有识之士在追随我们的脚步。我们的所作所为赢得了他们的信任，我们也没有让他们失望。然而，同样是在这几年间，那些被我们说服同意让我们给他们拍电影的人后来一个接一个被抓起来了。我可以告诉你他们都来自哪些国家。当然事情并非都是如此，也和沃尔夫不相干。他和我们其他人一样都太容易上当受骗了。

我都不知道自己怀着这个想法怎么还活得下去。我的所作所为总是出于最好的愿望，但到头来人家却说我心存险恶。也许现在最好是有谁出来杀了我抵罪。

这会我也不想再说什么了。我写了这么些，你也不会相信我的心都碎了。如果我把这封信重读一遍，就会把它撕了，绝不会再写一封。所以我就这么寄给你了。请告诉我是否要我来看你。在监狱里，留点儿钱总能派上用场的。请记住这一点。

他花了些时间才完全理解了信中的内容。开始时他觉得这封信虚情假意，有些地方还很孩子气。但是过了一段时间，他想她写信的时候可能完全沉浸在孩提时的绝望中——他自己也会如此——又转而觉得信里每句话都是真诚的。背叛的消息并没有令他吃惊，不过这可能是因为他这些年来已经看惯了人性在适应新的环境时的反复无常。令他沮丧的反倒是她——在误导了他之后——一直都离他这么近，又忏悔得这么深。当这个世界在他面前变得扑朔迷离的时候，当他在荒无人烟的树林里跋涉露宿，看不到尽头，看不到希望的时候，他其实随时都可以向她伸手求援，也就是说，随时都可以重新触到现实。

他等了几天才动笔写回信。他想要理清自己的思路，找到合适的措辞。（没有必要着急。现在每件日常琐事都必须拖着慢慢完成：一种新的瑜伽。）而这一次她的回信十天后就到了。

亲爱的威利：

我以为你会在信里责骂我。但你没有。你真是圣人。也许不管怎么说，你的身上流着爸爸的血……

而他所有的只是严密控制、高度戒备的监狱生活：九个小时的户外活动，十五个小时的监禁。

“谢谢您的光临”这句给来访者看的话写在前门处的墙壁内侧，在通往双层大门的走道尽头。给犯人看的话则用生动的斜体字写在几块略小一些的牌子上面：“真理战无不胜。愤怒是最大的敌人。行善是最伟大的教义。工作就是敬神。非暴力是最最伟大的教义。”总有一天他会对这些牌子视而不见。但刚开始的时候，威利生出一种学生似的调皮劲儿——虽然他已年近半百——想在墙上涂鸦：小洞不补，大洞吃苦。但他从没真的去写过。那会遭到严厉的惩罚。

但他总是想象那句话悠然自得地插在其他那些毕恭毕敬的话语中间，暗暗窃笑了好几个星期。

威利的囚室里还住着其他七八个犯人。人数时多时少：有人进来，有人出去。这间囚室很宽敞，三十英尺长，十到十二英尺宽。对于某些犯人而言，这间囚室比他们在外面见过的房间都要大。

有一两个犯人是在某个城市的工厂贫民区长大的，在家时和父母及兄弟姐妹同住一室。那里的房间通常都是四四方方的，长宽高都是十英尺，大概七英尺高的地方搭出一个小阁楼，这对于上夜班的人特别有用，他可以在那里睡上一上午或一下午而不影响下面其他家庭成员忙忙碌碌。把这些告诉威利的那个人，开始时说得很实在，但后来发现威利听了很震惊，就忍不住夸大其词了。威利问了他很多问题，最后他不得不勉强——因为很煞风景——承认他所谓的一大家子同住一室，之所以可以相安无事，是因为有很多事情是在室外，在宽敞的走廊上和院子里做的。至于其他，那人说，就像是挤公共汽车。你以为自己上不去，可你不知怎的就上去了；你上去了，又以为会坚持不住，可没过一两分钟，车子一开动，每个人就都安稳了，再过一会儿，每个人就都舒坦了。这有那么一点儿像监狱，那人说。你以为自己会受不了，可不久你就发现事情没那么坏。有一个像样的屋顶，大热天里有吊扇，结实的混凝土地面，一日三餐按时供应，每天早上院子里的水塔都会供水，甚至还能看会儿电视，只要你不介意和别人一起站着看。

那个人对监狱生活的满足给了威利些许安慰。甚至在那个人被转到其他地方之后——这在监狱里司空见惯——威利仍然记得他说的那句有关“安稳”的话，还把它纳入了他的瑜伽。

慢慢地，囚室里的犯人都换成了威利这样的人，脱离了革命，向警方投了降。之后，他们的待遇得到了明显改善，对此监狱长似乎有意作出解释，某天他在全体毕恭毕敬的狱吏簇拥下作每周例行巡视，训话的时候他说他们现在是“政治犯”。监狱长说，当年英国人设立了这一罪犯类别，专指像甘地和尼赫鲁那样的民族主义者，他们触犯了法律，但不能像对待普通犯人那样对待他们。

威利为自己将享受优待而感到兴奋。但是这种兴奋并没有持续多久。关押在两间政治犯囚室中的犯人可以在监狱制度的范围之内自由地组织活动。而威利很快就发现，这样的优待其实把他带回了他好不容易才挣脱的那种生活中。政治犯的日常生活几乎等同于当初柚树林营地的生活，只不过没有枪和军事训练。每天五点半被唤醒。六点钟在室外集合，接下来的两个半小时在监狱菜地和果园里劳动。九点钟回来吃早饭。吃罢早饭阅读当地报纸（由监狱提供）并讨论当日新闻。但上午严肃的脑力工作是研读毛泽东和列宁的著作。在这种半虔诚半敷衍的学习中，犯人们会就农民阶级、无产阶级和革命说一些他们认为必须说的话，对此威利深感乏味，认为那完全是对教养和智力的浪费，不久，尽管能够享受优待，尽管这种学习能保证他在监狱中得到尊重，威利还是忍无可忍了。他觉得，如果他不得不每天花三四个小时参加这类讨论，他脑子里剩下的那些东西会腐烂的。甚至在下午的体育锻炼，排球、慢跑等等——那是为了让他们身体疲乏以便入睡——结束之后，晚上六点半囚室上锁了，大家还在进行政治讨论，喋喋不休地重复那些浅陋而虚伪的老生常谈。

威利想："我坚持不住了。我不可能安稳的，就像那个人说的公共汽车一开动挤上车的人就都安稳了。在公共汽车上你能安稳下来是因为受挤迫的只是你的身体。没人要你费脑筋。可在这里，你却不得不以一种可怕的方式摧残自己的部分甚至全部心智。甚至在睡梦里也不得清静，因为你知道醒来之后将要面对什么。可怕的日子没个尽头。难以相信一个人居然会这样对待自己。"

大约两个月后的一个星期一，监狱长在他那些属下的簇拥下作例行巡视的时候，威利跨出了犯人队列，对监狱长说："阁下，我期盼您能在办公室接见我，如果可能的话。"那些狱吏、看守、看守长和总看守长，纷纷举起手中的长棍要把威利打回去，但是威利彬彬有礼的谈吐以及那声"阁下"发挥了保护作用。

监狱长对狱吏说："巡视结束后把他带到我的办公室去。"

这就是监狱的等级制度！和军队、大公司一般无二，也有点儿像革命运动中的等级制度。看守、看守长和总看守长相当于步兵，虽然"看守"一词听上去颇为文雅。下级狱吏和狱吏则是军官，尽管这个词会使人马上联想到腰间钥匙叮当作响的野蛮之徒，威利总觉得它应该指那些在囚室外面来回走动的低级狱卒。下级狱吏和狱吏之上是副监狱长，最高层则是监狱长。犯人刚进监狱的时候，可能对监狱等级制度一无所知，尽管自己的生活完全由它操控，也许也不能识别各种制服，但是很快他就会对各种制服和头衔作出本能的反应。

监狱长办公室的墙上镶着可能刷过漆的暗褐色木板。墙壁顶端有一方饰有钻石图案的铁栅，那是通气孔。一面镶着木板的墙上贴着巨幅监狱平面图，标出了各幢大楼、各个囚室、集合场地、菜园、果园以及两堵环形围墙，每个重要的出口都划着粗粗的红叉。

在监狱长的肩头，这座邦监狱的金属质地的字母缩写熠熠生辉。

威利说：“阁下，我之所以请求您接见我，是因为我希望能够搬离我所在的囚室。”

监狱长说：“但那是监狱里最好的囚室啊。宽敞舒适，户外活动多，犯人都受过良好的教育。还有政治讨论之类。”

威利说：“我就是忍受不了政治讨论。这种事，我已经忍受了八年。我希望保持自己的思想。请将我转到普通犯人那边吧。”

“很少有人会提这样的要求。其他囚室的条件很差。我们给你的待遇，可是相当于英国人给圣雄和尼赫鲁他们的啊。”

“我明白。不过还是请把我转走吧！”

“那边的日子可不好过。你是个受过良好教育的人。”

“让我试试吧！”

“好吧。但要等到大概两个星期之后，让大家忘记你来找我的事。我不想让他们认为是你自己请求搬离的。他们也许会感到受了污辱，也许会认为你是来告密的，可能会想方设法找你的麻烦。监狱里每个人都在战斗。你必须记住这一点。”

三个星期后，威利被转到了监狱另一区的囚室里。那里条件很差。一间长方形的混凝土房间，看上去没有任何设施。囚室正中是一条六英尺宽的通道。通道两侧是犯人睡觉的地铺。威利的地铺大约三英尺宽，铺着一块有鲜艳的蓝色图案的小地毯。仅此而已。没有桌子，没有橱柜，犯人们只能将自己的家当放在地铺顶头。地方有限，一块地毯紧挨着一块地毯。犯人们或睡或醒，头靠着墙，脚直伸到通道边。每块地毯的图案和颜色各不相同，便于每个人分辨自己的铺位，对看守也很有用。

威利想：“我不能再去请求监狱长将我转回政治犯那边。每次想到这事，我并不确定自己是否真的想搬回去。他们可以在可爱的菜园和果园里劳动。但是，每天上午要讨论新闻——那根本不是什么讨论——晚上还要学习毛泽东和列宁的著作，代价也太大了。即便在非洲和当地人待在一起，也没有那么糟。如果我更坚强些，或许能容忍那一切而不受影响。可惜我在这方面并不坚强。”

第一天晚上，正当威利在地毯和铺位之间的通道上走动时，一个小个子男人突然从一块地毯上跳起来，尖叫着冲到威利脚边，抱住了他的双腿。他不过四英尺九英寸或十英寸高，是来自孟加拉国的非法移民；每次他服刑期满被送到边境，孟加拉国的人就会把他赶回来，然后他只好再流浪几个月，直到被哪里的印度监狱收容。这样突然尖叫着跳起来冲到新来的狱吏或犯人面前抱住人家的膝盖，已经成了他的保留节目，他做起这些来就像一只驯兽——他的整个人生只剩下这个了。

萨洛姬妮寄来一封信。

亲爱的威利：

爸爸去世了，昨天火化的。我没想用这件事打扰你，因为我认为你不喜欢被打扰。不管怎么说，我就是想告诉你这件事。我决定接管爸爸的静修处。这件事我已经思考了很久，我想你是知道的。我没有什么宗教智慧，不能像爸爸那样给别人提供什么帮助。我想我所能做的就是把静修处变成一个静心冥想佛理的地方，我从沃尔夫那儿学到过一点点佛理。你说怪不怪，我这一生都很少接触这种地方，现在却要做这么一件事。但是生活有时就是这样捉弄人的。让我过来看你吧。我想和你面对面地详细谈谈……

他向看守要了一张格子纸，在地毯上躺下，身子微微向隔壁铺位倾斜，这样他就能伏在囚室低矮的窗台上写信了。他写道：

亲爱的萨洛姬妮：

你从一个极端走到了另一个极端。静修所信奉的是一种死亡存在于生命中的理念，这和你所信奉的一切背道而驰。我们在柏林谈到的那些仍然是对的。我很感激你帮助我面对自己，面对我的出身。我把这当作生活的赐予。我目前身处的这种困境，我不知道该如何应对，但这肯定不是静修能解决的，也不是我参加的那场愚蠢的战争能解决的。那场战争不是你的也不是我的，更与我们声称为之战斗的村民无关。我们老是在说他们饱受压迫，但事实上我们一直在剥削他们。我们把自己的思想和言谈看得比他们的生命和理想还重要。这对我来说很可怕，而这一切甚至在这里继续，空谈者得到了优待，穷人的待遇一如既往那么可怜。这里大都是乡下人，又矮又瘦。他们最主要的特征就是矮小。你很难把他们和那些重罪及冲动犯罪——绑架啊，拐骗啊——联系起来。我想如果你是村民，你会认为他们是罪犯，他们很危险，但是如果你隔着一点儿距离看他们，就像我现在这样——尽管我现在日日夜夜和他们在一起——你就会被他们身上的人性所感动，在这些弱小的身体里人性是那么健全。他们那粗野饥饿的眼神一直萦绕在我心头。我觉得他们承载着这个国家最深重的不幸。我认为没有哪一种简单的作为可以消除他们的不幸。你不可能拿一支枪就把这不幸消灭了。你所做的只是杀人。

萨洛姬妮来看他了。她一袭洁白的纱丽——白色表示悲哀——当然，她不用和其他来探监的人一道在囚室外等候。她的举止、谈吐以及衣着，很快就为她赢得了特别关照。她不必像其他探监者那样，在全副武装的看守的严密监视下，服服帖帖地两人一排蹲在日头地里。她坐在监狱前面的一间屋子里，威利被唤出来与她会面。他喜欢她那身纱丽，以及她的风度，就像当初喜欢她在柏林时穿的牛仔裤和厚套头衫。

那些乡下人在烈日下排队等候探视亲人的情形把她激怒了。

他说："他们毫无怨言。他们很高兴能排上队。有些人走了很远的路来到这里，等了整整一夜，却在第二天一早被拒之门外。因为他们没钱给看守塞小费，或者因为他们不知道要给看守塞小费。在监狱里只要有钱一切都好办。看守也得养家糊口，你知道的。"

"你这是在吓唬我。不过我想到这一点了。这说明你精神还不错。"

"我们的确可以想办法把我送到医院去。那儿大约有十六到二十个床位。病房宽敞通风，光秃秃的，不过也没人指望监狱里会有什么内部装修。如果我们每天都偷偷塞给看守三四十卢比，那我在监狱里就可以享清福了。我会有一张带床垫的铁床，比睡在地毯上强多了，而且一日三餐会直接从厨房送过来。早中晚饭都在床上吃，就像在宾馆里一样。”

“那真生病的人怎么办？”

“他们待在属于他们的地方，就在囚室里。你还能指望什么呢？”

她十分严肃地说：“如果我给看守钱，你会去医院吗？”

“我会。我厌倦了待在囚室里。我还想找些书读。那些人可以没完没了地讨论列宁和毛泽东。但是在公共囚室里他们只给你读宗教书籍。”

“等到释放的时候，你脑子都退化了。”

“我想你说得没错。我脑子里储备的东西就要耗尽了。有一次在非洲，我约了一个人在海滨小城见面，大概是在咖啡馆里。由于种种原因，我迟到了很久，有一个多小时吧。但我赶到的时候，那人还在那儿，平静地等着。他是个葡萄牙人。我觉得很抱歉。他说：‘没关系。我的头脑储备丰富。’我觉得这话说得真好。或许他也是从别人那里听来的，但我把这当作我的理想。自那之后，每次我在医生的候诊室里，或在医院的门诊部，我从不去翻那些破烂肮脏的杂志消磨时间，而是仔细检点我那储备丰富的头脑。我在囚室里也经常这样做。但现在我的头脑要让我失望了。储备快要耗尽了。我回忆了我们的双亲和我的童年。真的有许多回忆。我回忆了伦敦，回忆了非洲，回忆了柏林。非常重要。我回忆了参加革命的那些年。假如我有宗教信仰，我就会说我是在修复自己的精神生活。我一一回想了曾经睡过的床。”

萨洛姬妮探监之后的两个星期，他被转到医院病房。他收到她送来的书籍，重新开始读书。每本书都令他赞叹。每本书都让他觉得不可思议。每一位作家似乎都是天才。很久以前他也有过类似的感觉，那时他过着一种与现在截然不同的生活，努力地写小说，有时会笔尖滞涩，思路壅塞。那个时候，他经常深陷在故事中不能自拔。他惊讶于居然有人有勇气写下句子。他甚至会凝视着阿司匹林或者止咳糖浆的瓶子，惊叹居然有人如此自信，写下了那些药品说明和注意事项。就这样，现在，任何人只要能把文字组织起来，他就会对他心生敬意，读到的任何文字都能让他心潮澎湃。这种体验真是令人激动，他甚至认为，单为了这个，为了这种高度的智性愉悦、这种生活中某种原先知之甚少的东西豁然开朗的感受，蹲监狱也值了。

他搬到医院病房五个多月后，发生了一件不寻常的事。

那是一个星期一的早上，监狱长正在做例行巡视。威利觉得监狱长扫了他一眼，下意识地想到自己住医院病房的日子怕是快到头了。果不其然，那天晚些时候，监狱长的一条命令经过层层转述，传到了他耳中。

第二天，威利来到监狱长那间墙上镶着暗褐色木板、通气口铁栅栏上饰有钻石图案的办公室里。

监狱长说道："我看你是腿脚有伤。"

威利做了个手势，请求原谅。

"我来告诉你我为什么叫你过来。我向你解释过，你在监狱里可以享受特殊待遇，任何时候你都可以使用这一特权。我们遵循英国时期的政策。你在投降的时候，曾经保证你没有犯下任何第三〇二条规定的十恶不赦的罪行。这是投降条件的一部分。你们所有人都做过保证。于是我们陷入了尴尬的境地：我们有几百甚至几千人被你们的组织杀了，但我们却找不到一个做过这种事的人。你们所有人的供词都说动手的、扣扳机的另有其人。假如现在监狱里有人希望翻供，愿意指名道姓地说出来哪些人确定杀过人。”

威利问：“有这样的人吗？”

监狱长说：“也许吧。监狱里每个人都在战斗。我告诉过你的。”

他在监狱长办公室的时候，还十分清醒。但后来，当他躺在医院病床上的时候，脑海中起了阴霾，他的意识陷入了黑暗。仿佛有冰冷的液体在他体内流淌，仿佛真有什么疾病，令他一阵阵发冷。然而头脑中尚有冷静沉着的部分，使他可以继续思考，好像他正在将一些东西清理归档，以备将来之用：“干得漂亮。假如你不得不出卖或者毁掉某人，这倒不失为一个办法。没有人会想得到，不会留下证据。”

一个头戴无边白帽的犯人从监狱厨房为他送来晚饭。一如既往，一个塑料碗里盛着小扁豆汤，稠稠的，大概是加了面粉——要喝了才知道。还有六片薄面包，很快就冷了、干了。

当他半夜醒来，孤独地躺在医院病房里，他想：“昨天我还很快乐。”

他告诫自己要远离政治犯干活的菜地和果园。但第二天早上，当他走过去看他们的时候，他看见了那个他害怕见到的人：爱因斯坦。他立刻就想到他是叛徒，而且他是第一次在监狱里看到他，这似乎是一种肯定。威利看到爱因斯坦第一眼就本能地不喜欢他（威利始终记着这最初的不喜欢），本能地不信任，但随后他们成了患难与共的同伴，而如今他又怀疑他了。威利知道，爱因斯坦对他的感觉也是一样。他渐渐发现，尤其是在树林的最后几年里，人与人的关系中有一种纯粹的互惠。如果你喜欢一个人，你就总能和他融洽相处；如果你觉得他难以相处，他对你多半抱有同感。在狱中，爱因斯坦和其他许多人也许已经恢复了昔日的仇恨，每个人都重新捡起自己早先的仇恨，就像是进入了某个秘密宝藏，在如今这前路未卜的时候，凝视着这宝藏有助于他们恢复活力。（威利还记得他们在树林里见过的那个夸夸其谈的无知的革命者，从老早之前被镇压的叛乱中幸存下来，三十年来一直怀揣着他那幼稚的杀人哲学在各个村子间流浪，如今不能理解任何高明点儿的思想，一有动静就畏缩不前。）不必费多少心思，就可以看出狱中的爱因斯坦是如何日日端详他心底的仇恨宝藏，无须理由，也许也不计报酬，出卖威利令他感到莫大的满足。

见到爱因斯坦后，威利回到医院病床上。他向看守要了一张信纸，给萨洛姬妮写了封信。

两个星期后，她来看他。他把发生的事告诉了她，她说："事情很严重。"

他一眼就看出，虽然过起了静修生活，虽然身穿素白的棉纱丽，但她作为调停者的头脑仍在运转。为全世界的政治犯奔走早已是她政治事业的一部分。他看得出，在这间狱中小屋里，她的头脑正在飞速思索着各种可能的办法。

她问："你那本书，那本故事书，是由谁在伦敦出版的？"

他告诉了她。现在看来，那像是另一个世界。

"那是一家有名的左翼出版公司。是在一九五八年吧？"

"伦敦发生诺丁山种族暴乱的那一年。"

"显然那些暴乱对你产生了影响，是吗？"她的口气像一名律师。

“我不知道。”

“不管你知不知道，这也许是条路。你当时和什么重要人物有过联系吗？比如说，某个到大学里做演讲的人？”

“有一个牙买加人。他去过南美洲，和切·格瓦拉共过事，但他们后来不要他了。之后他回到牙买加开了一家夜总会。我猜这在你看来没有多大用处。另外还有一个律师，曾上过英国广播公司的节目。我就是在那儿认识他的。他为我那本书出过不少力。”

“过了三十年，他也许已经变得很有名了。”

他告诉了她那个律师的名字，而她则让他生出了一种不真实的感受，仿佛一半回到了过去，在那黑暗的年代写下的那些荒诞的故事如今只剩下些模糊的记忆，令他局促不安，另一半仍在医院病房里，因为自己的困境一阵阵发冷。

威利告诉萨洛姬妮，律师名叫罗杰。威利的书出版几个星期后，罗杰曾写信给他谈及这本书。威利将这封信当作护身符，保存了很多年。他把它带到了非洲，在最初那几年还经常找出来看看。罗杰以他那老式知识分子的口吻写道：“诚如那位拉丁诗人所言，书自有其命运，而这本书留存世间的方式或许将会令你惊讶。”当时威利把这些话视作一个善意的预言。但并没有什么奇迹降临到他身上，后来他也就把这预言置于脑后了。离开非洲的时候，他也没有想到把这封信带上；而且那时他多半已经找不到它了：又一件在非洲那场动乱中遗失的东西。但如今他在狱中又想起了罗杰信中的话，依旧把它视作一个善意的预言。

这预言似乎开始发动了，因为几个星期后，监狱长又把他叫去了。

“腿受伤了，行走还是有困难啊，”监狱长抬出那个旧玩笑。接着他换了一种口气说道：“我们从没听你说过以前是作家。”

威利说：“那是很久以前的事了。”

“确实，”监狱长说着从桌上拈起一张纸，“据说你曾是现代印度小说的开拓者。”

威利知道，正如他父亲在三十年前给远在英国的大人物写信，最终将他送往伦敦，现在萨洛姬妮正在运用她丰富的政治经验，为他奔走活动。

六个月之后，威利被特赦，他再次前往伦敦。

八　伦敦豆藤

把威利带到伦敦的那架飞机在着陆之后滑行了好长一段时间，似乎已经到了机场边缘。当人们终于走下飞机，不得不往相反的方向走了很久，才到达移民检查处和机场中心位置。行李也只得循同样的路线送回，十五到二十分钟之后才到达。大多数行李都透着穷移民的寒酸：用绳索捆牢的纸板箱；金属包边的木箱；新打的老式船用箱，为的是应对海上恶劣的天气；鼓鼓囊囊的手提箱，几乎是清一色的黑色人造革，任谁都别想轻易地徒手搬动或提起，倒是印度的铁路脚夫更有可能顶在头上运走。

威利体味到从前的激动，从前的悲哀涌上心头。但随后他想："我去过那儿了。我已献出生命的一部分，现在我没什么可给她了。我不能再回去。我得让自己的那一部分死去。我必须丢弃那份虚荣。我必须明白大国的兴衰得靠内力的作用，而非任何个人所能控制。我现在必须尽力只做自己。但愿还有这种可能。"

罗杰站在栅栏外面，身边尽是些手持名片的出租车司机和吵吵嚷嚷地等待亲人拖着沉重的行李走出来的家庭。威利不由自主地寻找着三十年前那张面孔，当然没能马上就认出罗杰。第一眼看见罗杰，他觉得他像是乔装改扮过。

威利向他道歉，自己让他久等了。

罗杰说："我已经学会了保持耐心。我从显示牌上得知你已经着陆，然后又得知你可能就在行李大厅。"

那声音和语调是他所熟悉的。它们还原了那个消失的人，那个威利记忆中的人，仿佛他现在就藏在眼前这个人的体内。这种感受让他忐忑不安。

之后，威利的小手提箱放进了罗杰的汽车后备厢，自动收款机结清了停车费，这时罗杰说："这就像看戏。但发生在现实生活中却让人身心疲惫。第二幕结束，幕间休息之后，演员走出来，头上戴着扑了粉的假发，脸上满是皱纹。你发现他老了。衰老常常被看作是一种道德缺陷。在现实生活中，你发现某个人突然变老了，就像是发现一种道德缺陷突然清晰地展现在你面前。然后你就懂得对方其实也是这样看你的。你在这里还认识什么人吗？你们还有联系吗？"

"我以前认识一个在德本汉姆香水柜台工作的女孩。其实也算不上认识。她是一个朋友的朋友，而且当时她和另一个人订了婚。整个事情现在想起来真是太尴尬了。你觉得她过了二十八年还会记得我吗？"

罗杰说："她会记得你的。她在计算曾有过多少情人的时候——这种事肯定经常发生——会把你计算在内的。"

"真可怕。你觉得她会遭遇些什么呢？"

"发福。不忠。被甩了。怨恨这邪恶的世界。虚荣。唠叨。更粗俗了。女人要比你想象的更现实，更浅薄。"

威利问："我是不是要永永远远待在这里了？"

"这是协议的一部分。"

"我会遇到什么事呢？我该如何度日呢？"

"现在别去想它了。就让它发生吧。让它来吧。让它从你身上流过。"

"记得我到非洲的第一天，从浴室的窗口往外看，隔着那层生锈的窗格打量外面的一切。我从没想过要一直待在那儿。我想马上就会有什么事情发生，我都没必要打开行李。可我一待就是十八年。我参加游击队也是如此。在那个柚树林里度过的第一夜。太不真实了。我不想待下去。马上就会有什么事情发生，我会重获自由。但是什么也没有发生，我一待就是七年。我们总是在树林里行军。有一天我在一个村子里遇见一个人，一个革命者，他说他已经在树林里待了三十年。他可能是夸张了，但他确实在树林里待了很久。他参加过上一次革命。那次革命早就结束了，但他还在继续。这已经成了他的生活方式——扮成一个农民东躲西藏。就像古老传说中隐居在树林里的苦行僧。或者像鲁滨逊·克鲁索，远离大陆过活。这人是个疯子。他已经丧失理智了，就像一个停了的钟，他脑子里盘旋的还是钟停止的那一刻存在于他头脑中的念头。那些念头十分尖锐，说起那些的时候，他就像个清醒的人。监狱里有不少这样的人。我总是会后退一步，考虑自己的处境。但有时候我能感觉到自己的改变。整个事情是那么不可思议，包含着一连串不真实的片段，我想我早晚也会发疯的，和其他人一样。头脑如此微妙，人能适应各种各样的环境。我就是这样一路走过来的。你也是这样过来的吗？至少在某些方面？"

罗杰说："我本想说我们所有人都一样。不过我这三十年并不是那样。我一直觉得我生活在真实的世界里。那也许是因为我总觉得生活待我不薄。这样说好像有点儿沾沾自喜，但我确实没有经历什么意外。"

威利说："我的生活倒是意外连连。不像你，我什么都掌控不了。我以为我能。我父亲和他身边的所有人都以为自己能。但是，看上去像是作了决定，其实并不是真正的决定。那对我来说只是放任自流的一种形式。因为我不知道我有什么其他的路可走。我以为我想去非洲。我以为会发生点儿什么事，然后我会找到正确的路，为我一个人准备的路。可是我一上船就被吓坏了。你怎么样——你和珀迪塔结婚了吗？"

"我说不清是为什么。我想是我的性欲不强。大约有六七个人，我可以和她们结婚，不过结局大概都会同和珀迪塔结婚一样。我真是幸运，我们婚后不久她就有了外遇，和我的一个朋友好了很久。这个朋友在伦敦有一幢很大的房子，虽是祖上传下来的，但这么一幢伦敦豪宅着实让珀迪塔兴奋。她太热衷于那人的豪宅了，真叫我失望。不过这个国家的大多数人都有点儿俗气。贵族总是对头衔津津乐道。富人们总是在数口袋里的钱，总是在计算别人挣得比他多还是少。以前中产阶级有一种浪漫的观点，认为真正的贵族——不是那班突然发迹的中产阶级——有一种不自知的风度。其实不然。我所认识的那些贵族通常都有很强的自我意识。他们可以非常俗气，那些所谓的贵族。我就认识这么一个人，喜欢穿着睡袍出现在赴宴的客人面前，分发酒水饮料，把我们这些应邀来他豪宅的客人羞辱过了，才下去换正装。'可真是衣冠楚楚啊，亲爱的，'事后他一五一十地告诉某人，‘我们可真是气派啊！’他说‘我们’，当然是嘲讽。他其实是在说‘他们’，那些受他邀请盛装赶来的客人。我就是其中一个，同时也是后来听他描述这一切的人。所以我认为珀迪塔身上的俗气并不少见。只是我希望我的妻子会更好一些。”

威利从指示牌上看到了许多久违的伦敦地名。不过他们的车正沿着一条新建的高速公路行驶。

罗杰说：“这都是你以前常走的地方。后来他们修了这条贯通这一片的路。我想只有那些平庸的人才是我所谓的不俗气的人。浅薄无知，自私自利，装模作样。不管怎么说，珀迪塔和这个坐拥伦敦豪宅的无赖勾搭上了，两人都很满意，无赖偷了人家的老婆做情妇，珀迪塔出入伦敦豪宅，自觉魅力非凡。后来珀迪塔怀孕了。这对她而言已经很晚了，也许是太晚了。她那个情人吓坏了。他还没爱她到那个地步，愿意为她照顾孩子一辈子。于是珀迪塔转而求我帮忙。我不想看她落得这么惨。你要知道，我对她总是硬不起心肠。但我当时不了解情况，误解了珀迪塔的感情，说了些我愿意放弃一切权利之类的话，愿意放她走。我还以为那就是她想听到的话。谁知她听了反而暴跳如雷，她没想到两个男人都对她毫不怜惜。我们谈了好几次，哭得很伤心。有两三个星期，我都害怕回家。然后我就说那个孩子可能是我的，我很高兴马上就有孩子了。当然，这不是我的真心话。

“我很害怕这个孩子降生。有一段时间我一直想离开珀迪塔，去找一间小公寓住。在我的想象中，这间小公寓越来越温馨可人，远离尘嚣。这给了我很大的宽慰。但接着，发生了一点儿事情，珀迪塔流产了。生活整个儿乱作一团。就像此前我躲进角落里，梦想着自己的温馨小公寓，这下她也把自己封闭起来了。有好长一段时间她过得很放纵，比以前更糟。有的时候我真的连家都不想回，想搬到旅馆去住。她和情人——那个无赖，我的老朋友——一刀两断。又过了一段时间，我觉得她似乎已经安于现状了，那个时期，我和她在一起就像是和一个断了手脚的人一起生活，这种伤残引人注目，但不会危及生命。

“一天，她那个无赖情人给她寄了——你肯定猜不到——一首诗。我知道这件事，是因为她特地把这首诗放在餐厅的柜子上，好让我看见。是一首长诗，不是他从什么地方抄来或者是摘引来的。他说这首诗是他专为她写的。她知道我一向瞧不起那个家有豪宅的蠢货，我猜这首诗摆在那儿就是为了刺我的眼的。而且，可以肯定，这对男女的把戏又开场了，在豪宅里或是在我家里，兴致盎然地共度下午。不过也许这时候他们两个的兴致还没有那么高，也许只是出于旧日的习惯。

“我当然知道那首诗绝不会是他的大作。但就像有时候某些早先的流行歌曲会让我们魂牵梦萦一样，我被这首写给珀迪塔的诗缠上了。于是我开始随手翻找，终于有一天被我找到了。是在 W. E. 亨利的一本诗集中，此人是维多利亚－爱德华时代的诗人，吉卜林的朋友。威利，万万不可低估拙劣技巧的能量。我本该什么都不要说，本该随这对情人去的，但珀迪塔的愚蠢和扬扬自得把我惹火了，她居然故意把那首诗放在外面让我看到。于是有一天我对她说：‘珀迪塔，给你看一本诗集，写得很棒。’我就把亨利的那本诗集给她了。我这样做是不太地道，但想到珀迪塔和她的诗人情人之间将要发生些小插曲，我就不由得窃喜。当然，他们有一段时间没来往。

不过我相信他们已经又勾搭上了。”

这时，车子在罗杰家门前停了下来。这是一幢半独立住宅，又高又大。

罗杰说：“那出好戏就是在这幢房子里上演的。我猜这样的好戏这儿每幢房子里都在上演。”

威利说：“而你却说你的生活中没有任何意外。”

“我的确这么想。无论我做了哪些努力，无论我和谁结婚或者一起生活，我告诉你的这种事最后总会发生。”

路灯下的街道十分宁静，挤满了树木和阴影，这幢房子显得非常雄伟。

罗杰说：“大理石拱门附近的那幢小楼就像是一颗种子。它慢慢升值，就像长出了豆藤，我顺着这根豆藤往上爬，一直到了这里。这条街上至少有一半人是这样过来的，尽管我们可能假装有别的致富门路。”

房子很高大，但他们爬了两层楼进入的那个房间却很小。威利觉得他能看出珀迪塔布置房间的心思。他有点儿感动。厚重的窗帘是拉上的。他把窗帘撩开一条缝，望着街上的树木、路灯、阴影以及停着的车辆。过了一会他下楼来到大厅。大厅的一半是会客室，另一半则是厨房兼餐厅。他高声赞叹墙纸、白漆、厨房正中的炉灶以及抽油烟机的罩子，连连说：“真漂亮，真漂亮。”炉灶上放锅子的地方是陶制的，表面是平的。威利又赞叹了一番。罗杰说：“威利，你太夸张了。这毫无必要。这些东西没那么好。”但当他看向威利的脸，他发现威利并没有夸张或嘲讽的意思，他是太激动了。

事实上，在罗杰家的第一个晚上，威利真是百感交集。天色已暗，但还没有黑透。会客室的后窗还没有拉上窗帘，威利可以看见窗外枝干黝黑的小树以及屋后墨绿忧郁的小花园。他觉得自己从未见过如此优美宜人的景致。他舍不得把目光移开。他对罗杰说："蹲监狱的时候，我们要照看一个果园，但是那根本不能和这儿比。打游击那会儿，我们在树林里穿来穿去，可树林里热烘烘的，阳光灼人。那时候常常一边走一边想，我需要麻醉剂。我喜欢这个词儿。现在我想喝点儿什么。我们在树林里什么也喝不到。在非洲的十八年里，我们还能喝到葡萄牙和南非的酒。"

罗杰的声音像是从很远的地方传来："要来杯白葡萄酒吗？"

"我想要威士忌，香槟。"

罗杰为他倒了一大杯威士忌。他一饮而尽。罗杰说："这可不是葡萄酒，威利。"但他又一口气灌下了第二杯。他说："真是太好喝了，罗杰。又甜又浓。我从来没喝过这么好的酒。从来没人告诉我威士忌会有这样的味道。"

罗杰说："那是因为你现在很放松。我们有一次从阿根廷救出来一个人，大概是在一九七七年或者一九七八年。他受尽了折磨。他到这里以后想做的头一件事就是逛商店。他去了利利怀特体育用品商店，就在皮卡迪利广场那儿。他偷了店里的一套高尔夫球棒。他从来不打高尔夫球，不过是顺手牵羊而已。出于老游击队员或者是罪犯、亡命之徒的某种本能。连他自己都不知道为什么会这么做。他把那套球棒拖到汽车站，又从迈达谷一路拖回家，并且把它们都摆了出来。就像猫把老鼠拖回窝里似的。"

威利说："在革命组织里，我们不得不过一种俭朴的生活。大家经常吹嘘自己的克制力，说自己靠着多么少的一点儿东西对付日子。

在监狱里，其他犯人都有各自的麻醉剂。但我们政治犯从来没有。我们洁身自好。奇怪的是，这是我们力量的一部分。但就在我们开车进入伦敦的时候，我听着你说话，产生了一种奇异的感觉。我开始意识到自己已经不在监狱里了，有一个人，不完全是我自己，原先躲在角落里，现在慢慢爬了出来。我不知道自己是否能够和这个新人和谐相处。我不确定能否摆脱他。我觉得他会永远在那儿等着我。”

后来，他发现自己从一场令人沉醉的深沉的睡眠中醒来。过了一会儿，他想：“我想这儿是罗杰的漂亮房子，有漂亮的大厅和种着小树的绿色花园。我想是罗杰带我到这里的。”然后，一个新的想法——那个已经占据他内心的新人提出的——缠住了他：“我从来没有在属于自己的房间里安睡过。小时候在印度的家里没有过。在伦敦没有过。在非洲也没有过。我总是住在别人的房子里，睡在别人的床上。在树林里自然是不可能有什么房间的，后来就是在监狱里了。我还有机会睡在一间属于自己的房间里吗？”他吃惊于自己以前从未想到过这些。

后来有人敲门。是珀迪塔。如果在大街上，他不可能认出她来。但她的声音没怎么变。他还记得那些往事，又见到她，心中有些激动。他问道：“你还记得我吗？”她答道：“我当然记得你。罗杰的细腰印度男孩。至少那时候我是这么看你的。”他不知道该怎么回应这句话，就没有回答。他穿上自己房间浴室里的一件浴袍，下楼来到正中放着炉灶的大厅。他被美丽的夜色彻底征服了。她从结构复杂的咖啡机里倒了一杯咖啡递给他。

接着她出其不意、直截了当地问道：“你和谁结的婚？”诸如此类的问题，仿佛生活就是一篇老套的故事，而婚姻能抹平一切是非，甚至还能给三十年前威利笨拙的举动加上一分。仿佛威利在婚姻这档子事上左右逢源。或者也许满不是那么回事。仿佛从另一方面来看，威利作为男人，拥有她从来没有拥有过的特权。

威利答道："我遇到一个非洲来的女人，跟她去了那儿生活。"

"真妙啊！不错吧？我常常想，过去的非洲应该很不错。"

"在印度蹲监狱的时候，我们不时会在报纸上读到一些战争报道，那些战事就发生在我以前待过的那个地方。我们经常讨论这场战争。讨论这些非洲的解放运动是我们政治教育的一部分。有时候我读到的新闻就是有关我住过的那个地区的。很显然那地方整个儿被摧毁了。每一幢混凝土房子都被烧了。混凝土当然是烧不掉的，但窗户和屋顶的椽子以及房子里的一切都是能烧掉的。我常常会去想象那情景。每一幢混凝土房子都没了屋顶，屋顶下面和窗洞四周都是烟熏的痕迹。在监狱里，我常常回想曾经走过的那些路，想象一些人走过那些地方，把所有的混凝土房子一一点燃。我常常想象，要是没有外面世界来的东西，那儿的生活会是什么样子。没有金属，没有工具，没有衣服，没有线。什么也没有。当非洲人还与世隔绝的时候，他们已经掌握了精湛的冶金和纺织技术。但是他们结束与世隔绝的状态已经很久了，那些技术已经被遗忘了。如果他们重新回到与世隔绝的状态，会发生些什么呢，应该很有趣。"

珀迪塔问道："和你一起回非洲的那个人后来怎么样了？"

威利说："我不知道。我猜她离开那儿了。我想她不会在那儿一直待下去。不过我不知道。"

"噢，天哪。你就这么恨她吗？"

“我不恨她。我常常想要找到她。这是可能的。我那时候可以从树林里或者从监狱里写信给她。但是我不希望听到什么坏消息。于是我不想听到任何消息。我想忘记一切。我想开始新生活。那你还好么，珀迪塔？一切都顺利吗？”

“谁又能一切都顺利呢？”

他望着她那凸起的肚子——女人有这样的肚子可真是丑，比男人丑得多。她的皮肤也很差，粗糙干燥。他想：“我从来都没觉得她漂亮。但那时候我还是想跟她做爱，看她脱光衣服的样子。现在真是难以想象。难道就像他们说的，是因为年龄，因为我穷，因为荷尔蒙？抑或有什么别的原因？因为那时候觉得英国仍然非常强大，这种印象给英国女人的脸上添了光彩？”

珀迪塔说：“我想罗杰昨天晚上没来得及给你看这个。”说着，她从橱柜上拿起一本小小的平装书。威利看到了自己和书的名字，认出那正是他二十八年前写的那本书。她说：“是罗杰的主意。它使你获释。它证明你是一位真正的作家，而不是政治犯。”

威利说不出是哪家出版社出了这本平装书。书页正是他记忆中的样子。这本可能是原版复印的。封面是新的，威利看到上面写着，本书是印度后殖民文学的开创之作。

他拿着书回到楼上他自己的小房间里。他惶恐不安地读了起来，生怕撞见过去的自己。但他很快就被吸引住了；绷紧的神经放松了。他忘记了自己身处的房间乃至城市，忘记了自己正在阅读。他觉得自己仿佛受一种魔力驱使，开始了时间旅行，回到了二十八年前写这本书的时候。他觉得自己甚至可以重新回到那些日子，再次看到当时的大街、天气和报纸，重新变成那个不知前途将如何展开的人。

他重新回到了纯真或者说无知的年代，甚至连世界地图都还没有读通。这太不寻常了，他不时清醒过来，接着再次回到自己的书中，进入另一种生活，重新经历那一个又一个星期，一个又一个月，焦灼不安，直到遇到安娜，去往非洲。

假如有人问他，他会回答说，他一直就是同一个人。只不过，是另外一个人在隔着遥远的距离望着那个旧他。这本书就如同一个时间舱或者时间机器，整个早上威利乘着它，忽而深入他早年的个性，忽而抽身返回，就像是一个小孩或者一个头一次见识空调的人，在炎炎夏日一会跑进凉爽的房间一会又跑出来，渐渐地，威利看清了今天的自己，看清了非洲、树林中的游击生活、监狱以及其后的简单生活留给自己的东西。他感到拥有无穷的力量，这种感觉他从未有过。仿佛他终于合上了头脑中的开关，看清了黑暗房间里的一切。

珀迪塔叫他下楼吃中饭。她说："平时我就吃点儿三明治什么的。但我特地为你准备了一样东西。玉米面包。是昨天烤的。你不是非吃不可。这种事情我不怎么拿手，但我想还是应该这么做。"

面包又油腻又笨重。但想到这个糟糕的面包毕竟是珀迪塔亲自烤的，威利心里十分受用。

他说："我离开伦敦之后时常想起你的模样。我还记得在华都街的法国餐馆里第一次见到你的情景。我觉得你很有格调。我觉得那就是伦敦的格调。我以前从来没有见过像你这样的女孩。你戴着一副条纹手套，不过我已经记不清是布的还是皮的了。"

她说："那时候流行这个。"

他看得出她正在回想过去，他想："过去的三十年她过着真正的生活。如今她已经没有生活了。不可能有了。我们已经换了位置。"

他说："后来你和罗杰在大理石拱门那儿的房子里为那个编辑——那个胖子——举行晚餐会，我又在那儿见到了你。有人在说话。我远远地朝你那边看，发现你也正在看着我。有那么几秒钟，我捕捉到了你的目光，热切地想要和你做爱。后来我尝试过，表现得很糟糕。但我的确是鼓足了勇气。我不知道你有没有意识到。那两次见面的场景一直留在我心里，无论是在非洲举步维艰的时候，还是在其他那些地方。我从未想过还会有机会再次见到你。"

他起身走到她的椅子背后，双手搭在她的肩膀上。

她说："你坐回去。"

类似的话她二十八年前就说过，当时把他吓坏了，把他所有性的勇气都带走了。但这一次，他按住她的手又加了几分力道。然后，循着本能——他从来没有在女人身上这么试过——手掌继续紧紧地按住她，然后慢慢滑入她那薄薄的衣衫，直到抚上那小而松弛的乳房。他看不见她的脸，只能看见她身体的一部分，这让他的胆子又大了几分。他的手掌就停在她的乳房上。他保持这姿势站了片刻，还是看不见她的脸，只端详着她花白的头发。他说："上楼去我的房间吧。"他松开了手，她把椅子往后一推站了起来，任凭他领着进了那个小房间。她挣脱他的手，开始小心翼翼地脱衣服。她和情人在一起的下午就是这样的，威利想，那个拥有豪宅的男人，现在她只是把我纳入她的午后例行事务中了。

他一边像她那样有条不紊地脱去身上的衣服，一边说："我要用巴厘人的方式和你做爱。"这话有一半是在开玩笑，但只有一半，他想用这种方式在失败过去了这么多年之后重新向她展示自己。那套巴厘人的方式是多年前他在非洲时从一本讲性的小书上看到的，那也许是一本严肃读物，也许是淫秽读物——他已经记不清了。他说：“巴厘人不喜欢紧贴对方的身体。在巴厘岛，男人骑在女人身上，这样小伙子和老女人做爱也不会觉得难以忍受。”他这些话说得毫无顾忌。但她似乎并没有听见。在印度树林和印度监狱过了这么些年的节制生活之后，他确确实实回想起了巴厘人的姿势；他的双膝和臀部还能运动自如。她迎合着但有些冷漠，他完成了那个姿势，如释重负，她却并没有在意，就像对他之前的那番话一样不在意。她还没有沦为残花败柳，有些部位的皮肤依然滑腻。

他打量着四周，这间她亲手布置的房子。家具——床、桌、椅——表面的油漆或清漆或罩光漆看上去几乎都已被磨光了，陈旧的木料裸露着，上面散布着斑斑点点的白色，可能是没磨掉的底漆，但也可能是漂白的效果。窗帘很厚实，镶着褶边，象牙白或者乳白的底色上疏疏落落地印着淡蓝色的小花朵。从窗帘的褶边和厚实程度来看，它们会朝屋里扬起。这，以及漂白的家具，都说明房子外面就是大海和清新的海风。昨天匆匆忙忙来到这里，之后喝了威士忌有些神志恍惚，威利虽看到了屋里的一切，但并没有特别留意。而现在，他终于看清了所有这些东西都是怎样精心布置的。松松的椅套、在漂白的桌面边缘打下几道褶的桌布，用的布料与窗帘相同。带凹槽的木灯柱上也有那种像是漂白留下的白色斑点。灯罩是深蓝色的。一个编织紧密的小草篮里面放着几支雪茄烟盒颜色的铅笔，都细心地削过。旁边是一个亚光实心玻璃球，正中的小孔里插着一些粉红头的火柴。昨天晚上威利看到它觉得很好奇，早上起床后就把玩了一番。玻璃球出人意料地沉。表面布满了规则的横向沟槽，所以显得没有光泽。威利发现有几道标记斜穿过这些沟槽，于是明白了，火柴的粉红头只要在沟槽上划一下就能点燃。他试了试，火柴果然点着了，然后他把划过的那根火柴棍插回小孔里，和没用过的那些粉红头火柴放在一起。它还在原处。他觉得珀迪塔的这点儿格调来自她的过去，也可能是她还待字闺中时对自己未来小家的一些憧憬。他不由得对珀迪塔充满了同情，她做爱时总是那么冷冷地迎合着，头侧向一边。

他想："这间屋子的装饰里蕴藏的她的灵魂比其他任何地方都多，甚至比……"他低头看着她，"比她衰老的身体里都多。"紧接着，出乎他的意料，并没有剧烈的抽搐，她竟得到了满足，慢慢地也把他带向了满足，那感觉似乎来自遥远的地方。他想："我绝不能忘记珀迪塔这样的女人。伦敦到处都有她们的身影。我绝不能忽视这些被忽视的人。假如我想留在这里的话，就应该这样。"

她轻轻拿起椅子上的衣服下楼去了她自己的浴室，留下他进了他房间里的浴室。他想："她和情人在一起的时候就是这样的。这是她生活中比较重要的一部分。"他想她不会再回来，但她回来了，已经穿戴整齐。他又回到了床上。她说："我不知道罗杰有没有跟你提起过他和那个浑蛋银行家之间的瓜葛，他陷得很深。"

威利说："我想他跟我说过那个银行家的事。那个穿睡衣的男人。"

她又下楼去了，他则重新拿起自己的书，在过去的时光中进进出出，在他的旧我中进进出出，沉浸在极度的兴奋中，因为这个房间，这幢楼房，这座伟大的城市。他就这么躺在床上，像个孩子、像个妻子似的，等着罗杰回家。他慢慢睡着了。醒过来的时候，他发现乳白色的窗帘后面日光正渐渐褪去。他听见罗杰回来了，之后又听见他打电话。没听见珀迪塔弄出的响动。威利不知道是否应该穿上衣服下楼去。最后他决定待着不动，而且尽可能不发出任何声音，就像一个玩捉迷藏的孩子。过了一会儿，罗杰上楼来敲门，看见威利还躺在床上，说了声：“真幸福！”

威利收起他的书，说：“我第一次来英国是坐船来的。一天，我们快到苏伊士运河的时候，船员说船长要来亲自视察。这真是有点儿像在监狱里。船员很紧张，就像监狱长巡视时狱卒们很紧张一样。我想船长来视察，这跟我有什么关系。所以，他和手下进来的时候，发现我衣衫不整地躺在铺上。他恨恨地瞪了我一眼，什么也没说。我永远忘不了他的眼神。”

罗杰说：“你能爬起来去楼下喝一杯吗？”

“让我穿上衣服。”

“穿上你的便袍吧！”

“我没有便袍。”

“珀迪塔肯定为你准备了浴袍。”

“那我就像你那个银行家了。”

他穿着浴袍下楼来到会客室，窗外汹涌的绿色在渐暗的天光中显得有些不真实。没有珀迪塔的身影和声音。

罗杰说：“我希望你会在这里再住几天，直到你找到落脚点。”

威利不知道该说什么。他抿着威士忌，说：“昨天晚上的威士忌又浓又甜。从嘴里一直甜到心里。今天却只有第一口是甜的，还只是刚刚入嘴的时候。然后就又是我印象中威士忌的味道了。它好像把我的味蕾粘在舌头上了。我以前没多少酒量。”

罗杰说道：“像今天这样，我就不想回家。”

威利想起在非洲他和安娜的关系开始恶化的时候，她对他说过的一句话。她说：“我刚遇到你的时候，感觉你来自一个完全不同的世界。”这句话，她说得直截了当、平心静气，却击中了他的心：他从来都不知道自己在她眼中原来是那个样子，一个凭自己的本事活在世上的男人——那正是他渴望成为的那种人。这句话使他半心半意地希望自己能在她心目中一直保持这样的形象，虽然他自知已无可能。而现在他感觉这也是他如今在罗杰眼中的样子：一个可靠的人，来自完全不同的世界。

第二天下午，他又把珀迪塔带到楼上那间摆着漂白过的家具的小房间，他问她：“昨天罗杰回来的时候你去哪儿了？”她答道：“我出去了。”这样一具衰老的身体也会令男人痛苦，这让威利感觉到一丝羞辱。他想知道却又不敢问，她是不是去找她的朋友了，那个抄了亨利的诗当成自己写的献给她的家伙。骑在她身上的时候，他想：“我现在是不是应该打发她走了？”他觉得这个主意很妙，但转念又想到可能招来的复杂后果：他可能会被迫离开这所房子，罗杰可能会赶他走。于是他仍然保持着巴厘人的姿势。他想：“我能想到现在想到的这些，这说明她不能羞辱到我。”

或许罗杰不愿意回到自己这幢房子里。威利却不然。这幢房子位于圣约翰树林。每次出门游荡，返回的那段路程总是令他满心喜悦——跳上公共汽车，沿埃奇威尔大道而行，在迈达谷下车后步行，抛开市井喧嚣隐入圣约翰树林的树木和静谧之中。这对他来说是一个如此新鲜的世界。三十年前，他远赴非洲，收拾起简单的行李，腾空了大学里那间小屋，悄无声息地销声匿迹，那时他觉得自己正在拆解一种不可能重现的生活。那卑贱的生活。他从来都知道这一点；他千方百计要自己相信它并没有那么卑贱；他精心安排作息时间，让自己相信他的生活充实而有序。回想起那些自欺欺人的花招，他自己都觉得惊讶。

他去了以前熟悉的那些地方。开始他还想玩一玩回印度打游击时玩过的游戏。那时候他喜欢看着他那个印度世界的内容一点点萎缩，旧时的记忆被忘却，旧时的痛苦被消除。但是他的伦敦世界并不是他童年的世界；它只是三十年前的那个世界。它并没有萎缩，反而更加凸显。他看见这整个世界，这里的每一幢大楼，都是由人，由不同时期的许多人建造的。它并不是一种单纯的存在；他这种观察方式的改变就像一个小小的奇迹。现在他明白了，过去，在这些地方，由于认识上的无知和片面，他的头脑里始终存在着一团昏昧，他的内心深处始终盘旋着一种疼痛，一种渴望，渴望某种他并不了解的东西。

如今那团昏昧和沉重已经离他而去。他一身轻松地站在那些由许多不同的人建造的大楼前。他从一个地方走到另一个地方——那所规模不大但自命不凡的大学以及校园里的仿哥特式拱门，那令人胆怯的诺丁山广场，牛津街北面那条有小夜总会的街道，大理石拱门附近罗杰以前的家所在的那条小街——每一处都见证了那小小的奇迹，他感觉到压迫已经消失，感觉到自己已获新生。他从来没有，自孩提时起从来没有想过他可能变成什么样子。现在他觉得自己正在被赐予一种思想，虽然难以捉摸，不可理解，但很真实。他的本质是什么，他至今仍然不知道，尽管他在世上活了这么久。此时此刻他所知道的就是，无论从哪个方面来说，他都是自由的，而且拥有一种新的力量。这怎么可能，这实在不像他以为自己是的那个人，无论是在印度家中，在伦敦，还是在非洲那十八年的婚姻生活中。我怎么才能做好这个人呢？走在曾经熟悉的伦敦街道上，他扪心自问。他找不到答案，于是便把这个疑问丢到脑后了。

市中心的街道上人潮汹涌，有时候甚至连走路都困难。到处都能看见黑人、日本人，以及阿拉伯人模样的人。他想："这个世界发生了天翻地覆的变化。现在的伦敦已经不是三十年前我待过的伦敦了。"他感到说不出的轻松。他想："这个世界正在被某些力量所撼动，某些超乎我想象的巨大力量。十年前在柏林的时候，萨洛姬妮告诉了我许多祖国的事情，那些贫穷和不公让我难过得差点儿得病。然后她送我回去参加游击队。如今我不必参加任何组织。如今我只要庆祝我的今天，或者庆祝我变成现在这样。"

这样的游荡结束后，他会回到圣约翰树林的那幢大房子里，回到罗杰那儿，或者，经常是在下午，回到珀迪塔那儿。

九　云端上的巨人

两个星期过去了，他的兴奋之情已经退潮，他对身陷其中的日常生活开始感到厌倦。珀迪塔已经成了一种负担，她的身体已经毫无新意。时间沉甸甸地压在他手上，他觉得百无聊赖。伦敦已经看够了。他那全新的观察方式已经不能给它带来新的东西。重访旧日的伦敦已经令他兴味索然。过于频繁的重访像是在剥除他对这座城市的记忆，这让他丢失了一些珍贵的片段。现在，那些著名的景点宛如照片，定格于一瞥之间，留给他的不比一张明信片多多少——尽管有时候泰晤士河仍然会令他吃惊：那广阔的视野，那光，那云，那变幻莫测的色彩。他对历史和建筑所知不多，也就无从寻觅。而车流、烟尘以及成群结队的游客也让人心烦。于是，在这个大都市里，就像他当年在树林里、在监狱里时那样，他不知道该如何消磨时间。

某个周末罗杰出门了，到星期天，甚至到星期一还没有回来。他不在家，房子里就显得死气沉沉的。而奇怪的是，珀迪塔似乎也有同感。

她说："他大概是去找他那个相好的了。干吗这么吃惊？他没告诉过你吗？”

威利想起罗杰在机场所说的话，衰老被视为一种道德缺陷。他讲这话差不多是在刚见到他的时候，这多半是当时他头脑里正在盘旋的一句话，他以这种方式让威利为此刻这种状况做好准备。

这个新闻像一团巨大的悲伤，把他砸倒在地。他想：“我必须离开这幢死气沉沉的房子。我没法和这样的两个人住在一起。”

把珀迪塔带到楼上那间留有海洋和海风痕迹的小屋，仅仅是出于习惯，不是必需，也没有兴奋。这每一件事都更加坚定了他离开这幢房子的决心。

周末到来之前，罗杰回来了。一天晚上，威利下楼来和他一道喝酒。

他说：“我一直想再次品尝刚来的那天晚上喝的威士忌的滋味。又醇又甜又浓。就像是小孩喝的饮料。”

罗杰说：“要是你想再尝到那个滋味，你得在树林里过上好几年，再到监狱里蹲上一阵。要是你伤了脚踝，断了腿，一连几个星期裹着石膏，到了除掉石膏、试着站起来的那天，感觉会特别美妙。那其实是感觉暂时失灵，刚开始那几秒钟真是甜蜜。但很快就过去了。肌肉几乎立刻就开始恢复。如果你还想要那种感觉，就得再断一次腿，再伤一次脚踝。”

威利说：“我一直在想，你和珀迪塔都对我很好。但我想我该走了。”

“你知道去哪儿吗？”

“不知道。但我希望你能帮我找个落脚的地方。”

“到时候我肯定会帮你的。但这不仅仅是找落脚的地方的问题。

你还需要钱。你还需要工作。你以前干过什么工作吗？”

“这几天我一直在想这个问题。我从来没有干过什么工作。我父亲就没有工作过。我妹妹也没有干过像样的工作。我们成天都在想命运如何对我们不公，却从未认真学过任何有用的技能。我想我们的情况有一部分就是这样。我们只能想到反叛，你现在要是问我觉得自己能做些什么，我只能说什么也做不了。假如我父亲或是我叔外公有一门手艺，我想我大约也会有一门手艺。我在非洲那么些年，从来没想过去学一门手艺，或者找一份职业。”

“并非只有你才是这样，威利。这儿有成千上万的人都是这样。社会给了他们一种假象。大约二十年前我认识了一个美国黑人。他很喜欢德加[①]，非常认真地喜欢，我觉得他应该顺着这条路走下去，成为职业画家。但他不同意，他认为民权运动比画画更重要。只有当民权斗争取得了胜利，他才会考虑德加。我告诉他，他在绘画上取得的成绩，和政治行动一样，最终将有益于他的民权运动事业。但他却看不到这一点。”

威利说：“现在印度的情形已经不同了。像我父亲这样的人如果在如今的印度长大，他会自然地想到要找一份职业，而我在他的影响下也会自然地想到要找一份职业。这样的变化比任何游击战争都要深刻。”

“但你千万不要对工作抱什么过于浪漫的想法。工作实际上是非常可怕的。你明天就坐十六路公交车去维多利亚。你就坐在车子上层，看看经过的那些写字楼，特别注意一下大理石拱门和格罗夫

---

①埃德加·德加（1834－1917），法国印象派画家，代表作有《芭蕾舞女》、《洗衣妇》等。

纳花园附近的写字楼，想象你自己就在那里上班。古希腊的哲学家们从来不必为工作问题烦心。他们有奴隶可以使唤。今天我们都是自己的奴隶。”

于是第二天，威利就照罗杰说的那样，闲散地坐着十六路公交车去了维多利亚。他一路经过迈达谷、公园路、格罗夫纳路和格罗夫纳花园，看见那里亮着日光灯的局促的写字楼。这是从另一个角度认识这座大城市里那些重要街道动听的名字，他的心收紧了。

他想：“工作，工作。如果工作是一种使命，是人的追求或自我完善，那样的工作是崇高的。但我现在看到的只让人觉得可怕。”

再见到罗杰的时候，他说：“如果你能让我在这儿再住一段时间，我将十分感激。我得好好考虑一下这整件事。你说得对。多亏你提醒，我才没有走错路。”

第二天早上，珀迪塔来到他房间，问他：“他有没有告诉你他那个相好的事？”

“我们谈了别的事情。”

“我很好奇他是否会告诉你。罗杰很鬼。”

一天，罗杰对威利说：“我的那位银行家邀请你共度周末。”

“那个穿睡袍的人？”

“我向他透露了一点儿你的情况，他听了很兴奋。他问：‘是国大党的人吗？’他就是那种人。什么都知道，谁都认识。或许他会给你些建议，谁知道呢。这也是他能成功的一个原因。他总是留心新人。从这个角度看，你可以说他一点儿都不势利。当然，从另一个角度看，他可是势利得超乎想象。”

在他们出门度周末的前两天，罗杰说："我想我应该告诉你。他们会开你的行李箱。"

威利说："听着像监狱。监狱里向来是要开你的行李箱的。"

"他们会接过你的手提箱，当你上楼走进你的房间时，你会发现有那么一个穿条纹裤的人已经把你所有的衣服和其他东西都从箱子里取出来分门别类地收拾妥了。他们就当你知道东西都在什么地方。如此一来，你在用人们面前毫无秘密可言。这会让你大吃一惊。你第一次遇到这种事的时候，会觉得受了奇耻大辱。我时常想要以牙还牙，带个肮脏的行李袋，装些破烂货，让他们知道我根本不在乎他们。但我从来没有这么干过。我总是到最后关头没了勇气。我会不由自主地想到，到了那边，那些底下人会打开检查，所以我总是仔仔细细地收拾行李，几乎有点儿像在布置展品。但你可以试试，可以想办法羞辱他们一下。你是个外人，你做什么对他们来说无关紧要。没有多少人知道如今还有这种豪宅用人存在。他们能看穿你的心思，他们摆出一副自命不凡的架子。他们让我不舒服。我觉得他们有点儿阴险。我看他们从来就很阴险，这些豪宅里的用人。如今，他们让每个人都觉得难堪，从男管家和主人身上就能看出来，他们会装得家里有这么一堆用人很平常。我那位银行家有时候还喜欢假装人人都有个管家。"

星期五那天，他们（还有他们的手提箱）坐了辆出租车前往火车站，路上罗杰说："我会和这个银行家搞在一起，其实是因为珀迪塔。你信不信，我就是为了要让她记住，要她知道我认识的这个人，他家的房子比她那个情人的大十倍。我也不是要她离开那个情人。才不是呢。我只是想要她看清楚，他这个人和其他人相比，究竟处于什么地位。我要她感觉到自己有那么一点儿龌龊。对我而言，这可真是一场灾难！”

到了火车站，罗杰说：“这种时候我总是买头等车厢的票。不过这次我想我就买二等车厢的好了。”他扬了扬下巴，仿佛在表明他的决心。

威利和他一道排队买票。轮到罗杰的时候，他要了两张头等车厢的。

他对威利说：“我不能那么干。有时候他们会到站台上来接人。现在我会说这种过时的蠢事我根本不在乎。但事到临头，我可不敢让一个讨厌的用人看见我从二等车厢里出来。我恨自己的不争气。”

头等车厢里只有他们两个人。这不免令人失望，因为没人看见他们坐在这里。罗杰沉默着。威利搜肠刮肚，想找个话题打破这沉闷的气氛，但他想到的每一句话似乎都能牵扯上他们这次奢侈的旅行。过了很久，罗杰开口了：“我是个胆小鬼。但我了解我自己。我做的每件事都不会出乎我的预料。”

当他们到达车站时，站台上并没有人来接他们。那个男人穿着制服，没戴帽子，坐在停车场里一辆普通大小的车子里，等着他们找到他。但这时罗杰的心情已经轻松多了，能够派头十足地对付那个司机了，虽然不免有些夸张。

他的主人在豪宅的台阶下面迎接他们。他一身运动打扮，一只手上摆弄着一样白色的东西，威利觉得那像是一颗拔下来的臼齿——他没见过高尔夫球和球座。那人看上去严厉、冷酷、体格强壮，就在他们见面的那一瞬间，他的全部精力，罗杰的，威利的，以及从楼梯上走下来的那个大腿粗壮、穿着条纹裤的用人的精力，都倾入了这场装腔作势的好戏，仿佛这样一幢房子前面的这样一种欢迎仪式，对任何人来说都是再平常不过的了。

威利觉得，这一刻笼罩着一种虚幻，或者说，一种难以把握的现实。这和他当初在树林里和监狱里时的感觉很像，仿佛远离了周遭的人和事。他还没弄明白是怎么回事，就和罗杰分开了，然后就顺从地——像在监狱里那样——跟着一个用人，也没细看房子里的陈设，就来到了楼上的一个房间。窗外是一大片田野。威利在想他是该下楼去田野里散步，还是该待在房间里躲着。下楼问路去田野里，这个想法让他感到有些压力。于是他决定躲着。梳妆台的玻璃护板上放着一本装帧结实的旧书。是一本旧版《物种起源》。这件窄窄的维多利亚时代的印刷品——文字由于年深日久而漫漶不清——以及那起皱的故纸和容易令纸张起皱的陈年油墨散发出的气味——让人联想到当时阴暗的印刷厂和忧郁的排字工人——令人不由得心生敬畏。

那个穿条纹裤的人（也许是东欧人），开始了威利早有耳闻的收拾行李的工作。但因为此人来自东欧，所以威利并没有像罗杰预料的那样忐忑不安。

威利坐在梳妆台旁，那个人收拾行李的时候，他就在翻看《物种起源》。打开书中的插图时，他瞥见一个小小的柳条花瓶或容器，里面放着几支削好的柏木色铅笔。就像罗杰家他房间里的那个小篮子。之后他又看见一个小水晶球，实心的，很重，从上到下刻着一道道平行线，顶上有一个小孔，插着长长的粉红头火柴。这也和罗杰家他房间里的那个玻璃球很像。罗杰出人意料地把她带到一种不属于他的富丽堂皇面前，让她敬畏，就像一个穷人带着来客去参观镇上最漂亮的房子——正是从这里，或许也从其他地方，甚至从她还是姑娘时见过或了解的一些地方，珀迪塔得到了一些有关室内装饰的想法，尤其注重一些细微、次要并且容易做到的东西。威利对她产生了深深的同情，与此同时，想到自己的种种感受，他不免心情沉重，那一刻他感到黑暗近在咫尺，那每个人都置身其中的黑暗。

过了一会儿，他走进浴室。浴室建在这间布置古旧的房间内部，隔墙很薄。墙纸的图案很夸张，尽情铺展的绿色藤蔓使人觉得空间开阔。不过有一面墙上没贴墙纸，没有开阔的感觉，而是贴满了书页，来自一本叫《画报》的旧画报，维多利亚风格的窄窄的灰色专栏，穿插着描述世界各地发生的事情的线条画。这些书页都是十九世纪六七十年代的。画家或记者（极有可能是一身兼二职）大概是通过海运将自己的画作或速写寄到编辑部；然后在画报编辑部里由一名专业画家修改整理，后者很可能全根据自己的想象添油加醋一番；一周又一周，这些插图，这些先进的新闻业的产物，以当时最先进的方法印刷出来，为感兴趣的读者描绘发生在大英帝国及其他地方的大事小情。

威利觉得大开眼界。在这些糊在墙上的书页中，历史如在眼前，触手可及。他读到了反英大暴动后的印度，读到了非洲的开发，读到了军阀混战时期的中国，读到了南北战争后的美国，读到了牙买加和爱尔兰的叛乱，读到了尼罗河源头的发现，读到了维多利亚女王，似乎她尚且健在。他一直读到日光消退，那些小字在昏暗的灯光下已经难以辨认。

这时有人敲门。罗杰进来了。他一直在和银行家谈生意，看上去很憔悴。

他看见梳妆台上的那本书，问道："你这儿是什么书？"他拿起书来，说："噢，这可是初版。他就喜欢把这些书随意摆放着让客人翻阅。然后再小心翼翼地收起来。这次我那儿是一本简·奥斯汀的小说。"

威利说："我一直在读《画报》。就在浴室里。"

罗杰说："我浴室里也有。我来告诉你这是怎么回事。用他们的话来说，我有一个癖好。有一段时间我常去逛查令十字路那儿的书店。现在已经做不到了，情况不一样了。一天，我在一家书店外面的人行道上看到一套《画报》。很便宜，一册只要几英镑。我简直不敢相信自己会有这么好的运气。《画报》非常有名，是《伦敦新闻画报》的前身之一。这套《画报》装订得整整齐齐。那时候的人常常这样做。也不知道是杂志社装订的，还是图书馆或者订阅的人装订的。我只能带两册回家，还得坐出租车。我说过，它们块头很大，而且相当重。那时候，我刚开始和这位银行家交往。我渐渐开始体会到骨子里的利己主义者对他周围的人的巨大的影响力。事实上，我不知不觉地开始向往这种影响力。在聪明人——比如我——看来，利己主义者在某种意义上是很可怜的，因为他像我们中的其他人一样，没有意识到那些荣耀之路只能通向坟墓。而聪明人正是这样入彀的。一开始他俨然屈尊俯就，最后却沦为弄臣。不管怎么说，我来这里之前刚看到那套《画报》。这位大人物还在向我献殷勤，而我实际上已经入彀。我不是在玩文字游戏。他给我看了他的一些图片，告诉我他是怎样收集到这些图片的。而我不甘示弱，告诉他我最近是如何弄到那两大册《画报》合订本的。我有点儿吹嘘。

他当然不了解《画报》，于是我就炫耀了一番自己对这本画报的了解。吹嘘完之后，我就想，回到伦敦应该再去搞几本《画报》来。但我一无所获。我们的这位朋友已经派了辆大车把那些画报一股脑儿全运走了。这是他妻子的主意——把《画报》的书页贴在卫生间墙上。以后如果这房子重新装修，或者易主，改成旅馆什么的，所有这些书页就会被扔进工程队的垃圾堆。”

“你说这幢房子会改成旅馆？”

“差不多吧。普通人不可能住这样的房子。需要很多用人。这房子建造的时代还是大量使用用人的时代。十五名园丁，不计其数的女仆。这些人，当时所谓的服务人员，如今已不复存在。他们曾经占据人口的很大比例。”

威利问道：“他们去哪儿了？”

“问得好。我想一个答案全是他们死光了。但那并不是你想问的问题。我知道你想问的是什么。如果我们经常这么问，我们也许就会渐渐理解我们所生活的这个国家了。我发现以前从来没有听到过别人提这个问题。”

威利说：“如今在印度的很多地方这是个重大问题。他们称之为种姓大地震。我认为这比宗教问题更加重要。某些中层阶级地位上升，某些上层阶级则流落到了底层。我参加的那场游击战争就反映了这一变革。只是反映，仅此而已。很快印度就将以一副不可捉摸的面孔展现在世界面前。这不会多么令人愉快。人们不会喜欢的。”

后来他们下楼去喝酒吃饭。不是什么正式宴请。银行家的妻子没有露面。除他们之外，只有一位客人，是一家画廊的老板。银行家有一长串头衔，包括画家，他希望能在伦敦举办画展。他之前跟威利和罗杰谈起那位客人时说："请他来一起谈谈会更好。这种人喜欢讲点儿派头。"这最后一句话既吹捧了威利和罗杰，又强行把他们变成了他的同谋，一起对付那个画廊老板。

画廊老板和罗杰一样，穿得中规中矩，一双手红润粗大，仿佛整天都在画廊里搬运大画框。

灯光从大厅的天花板上洒下来，照亮了银行家的三幅画作。这时威利开始体会到罗杰所谓的骨子里的利己主义者的巨大影响力。威利、罗杰和画廊老板尽可以直言不讳地说银行家选中的这三幅画不过是二流作品，业余水平。他们尽可以把它们批评得体无完肤。但是银行家表现得太过天真无辜，叫人不忍伤害他。

画廊老板显然很受罪。应邀来豪宅做客，有优雅的衣服让人家打开、注目，不管这些曾让他多么兴奋，此刻也已经烟消云散。

银行家说："钱对我来说不重要。你们知道这一点。我敢肯定你们知道这一点。"

画廊老板很想说，他经营画廊就是为了赚钱，而他最不感兴趣的就是不需要钱的画家，但最终忍住了，只说了两三句无关痛痒的话，就闭嘴了。

于是这个话题就不了了之了。天花板上的射灯依然打在银行家的画作上。这场自我和权力的表演已经足以让威利明白，在支付了不菲的艺术赞助费以后，任何与画廊老板有关的安排，都将秘密进行，不会有其他人在场。

银行家问威利："你认识马金纳戈尔的土邦主吗？"没等威利回答他又说道："他来过这里，那时候甘地夫人刚宣布不承认印度王公的地位，取消了他们的经济补贴。大概是在一九七一年前后。他还很年轻，在伦敦居无定所，因为失去经济补贴过得极为潦倒。我想我应该帮帮他。我父亲和他祖父是老相识。由于印度所发生的巨变，这个年轻人刚来到这里时，自然特别维护自己的尊严。没有人计较那些，但我发现他并不喜欢我给他介绍的那些人。如果他愿意，会有很多扇门向他敞开，可他毫无兴趣。他们做出这副样子，然后又去了别的地方，说什么在这里得不到尊重。在伦敦的时候，我请他去街角俱乐部吃午餐。你听说过街角俱乐部吗？它比赛马俱乐部更小，甚至更私密，尽管很难想象。餐室很小。街角可不是徒有其名。不瞒你说，那些人一看见这位年轻的土邦主，眉毛都挑起来了。但自那以后我就再没听说过他的任何消息。大约十五年后我去了趟德里，偶然听人说有可能推行经济自由化。我在电话簿里找到了那位土邦主的名字。他已经是印度上议院议员了，在德里有一处宅邸。一天晚上，他请我过去。房子的安全保卫真是气派，门口有警卫和士兵站岗，还垒起了沙袋，院子里还有荷枪实弹的士兵。尽管戒备森严，土邦主却显得轻松自在。他说：'彼得，我们上次去吃饭的那个小餐厅可真是好笑。'这就是我对印度人的印象。'好笑的小餐厅'。街角俱乐部！你全心全意待别人，得到的就是这个。"

威利没吭声。画廊老板低低一笑，已显得很高兴自己被允许参与这类有关大人物的讨论；但是罗杰始终一言不发，似乎很痛苦。

第二天会有更多人来。威利却并无期待。他不知道这是为什么。他想："是因为虚荣。只有和那些了解我的人在一起，我才会觉得轻松。或者只是因为这幢房子。它对来这里的人提出了太多要求。我敢说它改变了他们。它显然已经改变了那位银行家。它也改变了我。它让我刚到这里的时候看不清东西。"

早上，他下楼吃罢早饭，见到了银行家的妻子。没等他开口，她就先跟他打了声招呼，大步走上前来，张开双手，仿佛在表示最热烈的欢迎。这个女人还很年轻，富有弹性的长发，丰满挺翘的臀部。她用悦耳的声音说了自己的名字，然后说："我是彼得的妻子。"她窄窄的肩膀，窄窄的胸部，很迷人：是一个非常现实的人，威利想。接下来关于她的一切就都不如那第一眼的感觉了。她不过就是一副笑脸和一副喉咙。

威利想："我必须想清楚，为什么我和这些人在一起会觉得不自在，那位土邦主在街角俱乐部也有这样的感觉。他觉得自己受到了冷遇，在十五年后报了这个宿怨。我的感觉不一样。我没有觉得自己受到了冷遇。相反，我觉得来这里的每一个人都很乐意会会银行家邀请的客人。我只是觉得，我忍受这样的场合没有任何意义。我不期望培养任何人，也不希望被任何人培养。并不是我认为他们太物质。这世上没有比印度富人更物质的了。但是树林和监狱改变了我。经历过那种生活，人不可能一无改变。我已经抛弃了那个物质的自我。必须如此，为了生存。我看这些人根本不知道事物的另一面。"这些话突然涌入他的脑海。他想："这些话原本可能有某些含义。我必须弄清楚这些话意味着什么。这里的人不懂什么叫虚无。我在树林里见识过物质的虚无，以及随之而来的精神虚无，我那可怜的父亲一辈子都在忍受后者。我觉得这种虚无已经刻在我的骨头里了，我随时可以回到这虚无中去。如果我们不理解人们的另一面，比如印度人、日本人、非洲人，我们就不可能真正理解他们。"

银行家一直在和罗杰谈论生意上的事，手里摆弄着那个高尔夫球座，就像在数念珠似的。他们从刚才谈话的房间出来之后，银行家带着罗杰、威利、画廊老板，以及另一位刚刚到达的客人，参观了他的一些收藏。他做了一次环球旅行，拜访生意上的合作伙伴，像出访的国家元首那样，带回了许多别人赠送的礼物。有些礼品被陈列了出来，其中有不少被他嘲笑了一番。他特别嘲笑了一只高大的蓝色瓷瓶，半透明的瓶身上粗糙地绘制了一些当地花卉。银行家说："它可能出自当地经理的夫人之手。那种地方长夜难遣啊。"那瓶子底部很窄，瓶口又太宽，手指一碰就晃个不停，已经摔倒过好几次，上面有一道长长的斜缝，而且已经磕掉了一块。

而罗杰，也许是因为谈生意的时候发生了什么不愉快的事，带着怒气——这在他可不寻常——挑衅似的说道："我看这瓶子很漂亮。"

银行家说："是你的了。我把它送给你。"

罗杰说："带走太麻烦了。"

"一点儿也不麻烦。我会叫人把它包好，送上火车。珀迪塔肯定用得着它。"

第二天下午，用人们果然就那么做了。罗杰最终买下的头等车票终于等到了他所期待的见证人，而他也避开了他最害怕的羞辱。但是，在付小费的时候，他一冲动，给了用人十英镑。

他对威利说："我坐在车子里一路都在想究竟该给多少小费，为了那个可恶的花瓶惹出来的麻烦。最后我决定给五英镑，但事到临头我又改了主意。这都是因为那个狂妄自大的家伙。我就这么随他侮辱，他送我那个破瓶子就是想侮辱我，而我过后还费尽心思给他找借口。我对自己说：'他就像个小孩子。他对现实世界毫无概念。'总有一天，某个毫无顾虑的人会狠狠地羞辱他，然后魔咒就解除了。

但是在那之前，对于像我这样的人，他仍握有权力。”

威利问：“你说，到时候狠狠羞辱他的那个人会不会是你？”

“现在看来不会是我。我顾虑太多。我有太多事得靠他。不过到最后，我想我会的。当我父亲躺在医院里生命垂危的时候，他的性格整个儿变了。他原来是非常绅士的一个人，那时候却侮辱每一个来看望他的人，侮辱我母亲，我哥哥。侮辱他的每一个生意伙伴。说的话刻薄极了。对每一个人他都是想到什么就说什么，毫无顾忌。死亡将临，他可以这样了。我想可以这么说，对我父亲而言，临死的那一刻是他最真实、最快乐的时刻。但我可不想那样死去。我想要另一种死法。像梵高那样——我在书上读到过——安详地抽着烟斗，同所有人、所有事和解，不记恨任何人。但是梵高有资格浪漫。他有自己的艺术和事业。而我父亲没有，我也没有，我们当中没几个人有。现在，我已经能看到自己人生的终点，我觉得我父亲其实也有他自己的东西。这使死亡成了一件值得期待的事情。”

他们回到圣约翰树林的房子后，罗杰对珀迪塔说：“彼得送了你一件礼物。”

她激动极了，马上跑去拆那个用人笨手笨脚、马马虎虎（用了很多黏胶带）包起来的包裹，拿出那个难看的大花瓶。

她说：“多漂亮，多精致。我要给彼得写封信。我正好有个地方可以放它。没人会注意到那条裂缝的。”

花瓶在她选的地方放了几天，之后就不见了，也没人再提起它。

大约一个星期之后，罗杰对威利说：“彼得很欣赏你。你知道吗？”

威利回答："可为什么？我几乎没跟他说什么话。我一直在听他们说话。"

"可能就因为这个。彼得讲过英吉拉·甘地的一个故事。他一向看不起她。他认为她没有什么学识，也不怎么了解其他国家的人。他认为她只会虚张声势。一九七一年孟加拉建国那会儿，他去了一次德里，想设法见到她。他手头有一个项目。她没理他。整整一个星期他就待在旅馆里掰手指头。他气坏了。最后，他遇到英吉拉·甘地身边的一个人，就问他：'甘地夫人是怎样看人的？'那人回答：'她的办法很简单。她总是等着看求见她的人想要什么。'毫无疑问彼得学会了这一招。他一直在等着看你想从他那里得到些什么，可你什么也没提。"

威利说道："我没想从他那里得到什么。"

"这勾出了他最善良的一面。他后来跟我谈起你，我跟他说了你的一些情况。最后他给你提供了一个机会。他和一些大建筑公司有来往。他们办了一本现代建筑方面的高端杂志。这是一种高级的公共关系策略。他们并不公开推销任何公司或者产品。他认为你也许愿意为他们工作。兼职或全职都行。你看着办。我可以这么说，这个工作绝对可靠。现在是彼得最得意的时候。这本杂志是他的骄傲。"

威利说："我对建筑一窍不通。"

于是罗杰知道他有兴趣。

他说："他们为你这样的人开设了培训课程，就像拍卖行开设艺术史课程一样。"

就这样，威利终于在伦敦找到了一份工作，或者说找到了每天早上的去处。或者说得更具体些，找到了暂时离开圣约翰树林的理由。

杂志编辑部位于布卢姆斯伯里的一幢正面平直的窄窄的老楼里。

罗杰说："它就像是一个典型。"

威利不明白这话的意思。

罗杰说："以前在好莱坞，电影公司会有一个部门负责搭建一些夸张的外国场景的布景。夸张，而且很俗套，这样观众就能一眼看出这是什么地方。比如拍摄《圣诞颂歌》，如果有人要他们搭一幢狄更斯式的建筑、一间狄更斯式的办公室，他们就会搭一幢和你们那幢楼差不多的楼，再用浓雾把它包裹起来。"

房子不远处就是大英博物馆，可以看见山形墙、圆柱、巨大的广场和又高又尖的黑色铁栅栏。附近还有英国劳工联合会大厦，紧挨着大街，很现代，大约有三四层楼，玻璃和混凝土构成的墙面被划分成若干长方形，正门上方有一尊展臂欲飞、造型怪异的青铜人像，表现了劳工的威胁或者劳工的胜利，也可能只是表现了劳工或者劳动的观念，但还可能主要表现了雕塑家为这个社会主义题材所做的努力。

威利每天都会经过这尊雕塑。最后他对它视而不见，而在刚开始的几个星期里，它让他觉得内疚：他在杂志社的工作实在太过轻松，每天的大部分时间几乎完全无事可做。

对于伦敦的这个地区，威利在二十七八年前很熟悉。曾有一阵子回想往事会令他觉得羞耻，如今已经不会了。为他出书的那家出版社位于一个黑色的大广场上。威利原来觉得那幢楼并不显眼。但当他走上正门台阶的时候，他惊讶地发现它似乎变得宏伟起来了；在那些黑色旧砖的后面，楼内的一切都比他预料的明亮精致。到了楼上，在一间原先可能是大厅的房间里——出版商是这么说的——他被带到高高的窗户前，他俯视着街心广场，出版商叫他想象《名利场》中的马车、仆佣和随从。他为什么要想那些呢？在这个豪华的二楼房间里，想象奴隶贸易兴盛时期商人和经纪人奢靡生活的场面，这样做合适吗？当然，他的确那样做了。不过他还想证明另一个观点。那就是，在《名利场》中，在这样一个房间里，富商想要逼迫自己的儿子娶一位圣基茨来的黑种或黑白混血女继承人。出版商有没有说过，对于那些富人而言金钱超越一切，甚至超越了男人对其血统的责任？然后，他有没有换了一个角度说，富人对于金钱的这种态度使他们在血统上保持了某种纯洁？没有，他没有说过那些话。他一直在批评。他说话的口气就像是在告诉威利一个民族的秘密。他究竟是什么意思？他是不是在说，任何头脑正常的人都应该避开黑白混血的女继承人？在非洲的时候，每次想到自己那本可怜的小书，威利就会仔细思考一回出版商对《名利场》的解读。然后他确定，出版商那样说毫无用意，他不过是想在威利面前摆出一个观点，激起他对富人及黑人和黑白混血儿的境遇的一点儿小愤怒而已，所有这些他会在下一位客人走进房间时忘个一干二净。

每天从地铁站步行去杂志社的时候，威利经常——也许每天有一两秒钟——会想："我第一次来这儿的时候，什么都看不见。如今看这个地方却满眼细枝末节。仿佛我合上了一道开关。但我能轻而易举地回想起什么都看不见那会儿的情形。"

威利工作的那幢楼，那幢典型布景似的楼，只是外表陈旧而已。

而内部，频繁地改造、复原，接着又毫不在乎地摧毁重来，砌起隔墙，接着又推倒，以至底楼的模样就像是一家没有个性的商铺，装配都是临时的，脆弱易损，线条锋利的新鲜软木上刚刷了一层薄薄的油漆。那些装配工人，仿佛随时可以被召来，拆走他们刚装好的东西，换上一套全新的布置。在不断的交替更迭中幸存下来的只有那些墙壁和配有红木细栏杆的窄楼梯，那也许要感谢某项强制性的继承法细则。楼下那间小会客室前面是一道玻璃隔墙，就在前台的后面。一面墙上挂着一帧黑白老照片，是彼得和建筑公司的另两位董事恭迎女王陛下的情景。在一张形若肾脏的小桌上，放着几本他们出版的现代建筑杂志。这本杂志配了很多漂亮的照片，夺人眼目，看起来应该价格不菲。

编辑部在楼上，占据着朝向广场的房间，比二十八年前为威利做书的那个出版商的办公室朴素得多。主编是一个四五十岁的女人，容颜饱受摧残，黑框眼镜后面鼓着一双大眼睛。在威利看来，她似乎为一切家庭的不幸和欲望的痛苦所困扰，每天都有四五次、五六次得先从那个洞穴里爬出来，然后才能着手做其他事情。她对威利亲切和蔼，当他是彼得的朋友，这使得她脸上的痛苦更加令人不忍直视。

她说："我们先看看你适应得如何。然后再送你去巴内特。"

巴内特就是公司为新人讲授建筑课程的地方。

后来，威利向罗杰详细讲述了与主编见面的情景，罗杰说："我每次见到她，总能闻到一股明显的杜松子酒气。她属于彼得手下的那种无用之辈。不过她的分内事还算做得不赖。"

杂志每个季度出版一期。文章都由专业人士撰写，稿酬优厚。

主编负责约稿，图片编辑负责物色照片，其他人负责编辑、核对、审校来稿。版面设计由专业人员完成。楼上有一间建筑资料室。那里的图书厚重得吓人，但威利很快就找到了应对的办法。他常常泡在资料室里，过了两个星期，每当他无所事事，被主编问起在干什么的时候，他就说："我在核对稿件。"这句话总能让她平静下来。

一天午休时，他正在一个安静些的广场散步，一辆豪华轿车突然在他身旁停住了。一个女人下了车。她拿着一封贴了邮票的信投进了旁边的邮筒，然后和威利打了声招呼。直到这一刻他才想起来这女人到底是何许人。她那清脆悦耳、抑扬顿挫的声音让他立刻记起了她，那声音，以及那富有弹性的头发和挺翘的屁股。正是彼得的妻子。她用轻快的语调说道："我听说你在为彼得做事。"她居然还记得他，他不免受宠若惊，但她没容他说什么，继续用清脆的声音说："彼得正在举行个人展览。所有的报纸都报道了。我们希望你会来。"她又用同样轻快的语调介绍了车子里只看得清半张脸的司机，然后，没等他们两个开口，她就钻进汽车走了。

威利把这次见面的情形告诉了罗杰，罗杰说："那是她的情人。她完全可以另找一个邮筒投信，但她就是要让你看见她和情人在一起。她要让每一个见过她和彼得在一起的人都看见她和另一个男人在一起。彼得为此很受折磨。这抵消了他的一切。他一定满脑子揪心的做爱场面。而她让你看见的那个男人非常平庸。肚子里没多少墨水，是个小打小闹的房地产商，所以彼得认识他。彼得的房地产生意，说得委婉些，不太成功。他现在无论怎样都赢不回妻子的心了。很多年前她刚嫁给彼得的时候，我在他们家见到了她。她同我谈起她的前一次婚姻，以及为什么会离婚。她说那场婚姻让她感到压抑。我不明白她的意思。她说：‘蒂姆会说，我牙膏用完了，给我买一支，说完就上班去了。我只是举个例子。然后我一整天都在想着要买一支牙膏给他。蒂姆待在办公室里，处理那些令人激动的生意，和有意思的人一起吃饭，而我却待在家里一心想着要给他买一支牙膏。你懂我的意思吗？那让我感到压抑。你明白，对吗？’她用她动人的声音这么说道，同时用她动人的眼睛凝视着我，我竭力想弄清楚她所谓的压抑究竟指什么。我觉得她是想叫我同那个让她压抑的人开战。说实话，我觉得她是在挑逗我。我能感觉到她在用她那独特的轻纱把我缠绕起来。后来，我当然意识到我听不懂她说的那些话是因为根本没有什么需要听懂的。她不过是在听她自己的声音。我开始为彼得担忧。如果他可以信任她，他会愿意放弃很多东西。而这往往就是那些大人物栽跟斗的地方。我和珀迪塔结婚以后就不是原来的我了。现在所有人都知道她的情人，知道他有一幢伦敦豪宅。没有人会相信她当初纠缠了我好多年，要我娶她。现在倒像是她受了委屈，是我叫她失望了。”

每个工作日威利都要去布卢姆斯伯里的杂志社，因此他早上就不再陪珀迪塔了。她只是偶尔上楼来他的小房间，通常是晚上，大概每周来一次，当罗杰去找她所谓的他的相好，而她去不了那幢豪宅又无事可做的时候。如今这样的见面机会得凑上每个人的时间。威利从搬进这幢房子以来第一次感到自己变成了一个骗子。他不希望这样，但他喜欢这种新安排，因为它不那么沉重，也令他更喜欢珀迪塔了。

他们谈得比以前多了。他从来没想过要打听那个豪宅情人或者罗杰的情妇。这大约是出于打游击那会儿学来的自制，一开始，为了纪律和安全考虑，禁止过多打听革命运动里的其他人的家庭和出身情况。这种自制已经成了他性格的一部分。而他也是真的不想多了解罗杰或珀迪塔的另一种生活。他只想知道他已经知道的那些；他不想因为知道太多破坏了他侥幸得来的平静生活，在圣约翰树林的这幢房子里，在他的小房间里，在这种无知之中的平静生活。

珀迪塔无意中提起她早年在北边生活时的一些细节。威利要她多说一些。他觉得自己的家庭生活太荒诞，自己的童年太扭曲。根据珀迪塔所透露的那些细节，想象她早年的幸福生活，让威利觉得仿佛自己代替了她漫步在一片光辉灿烂的田野上。这使他比刚开始时对她有了更深的理解。她感觉到了他的关注，于是和他在一起的时候，她变得有生气了。她热情起来，不那么被动了。

一个星期六的早上，她说："罗杰可能不想提起他和彼得玩的把戏，但我敢肯定他很快就会提起了。他的事业有点儿悬。""把戏"，罗杰的措辞。接着她话语间多了点儿沉思的意味："我很为罗杰难过。和彼得在一起，他总是显得很可怜。还把那个破花瓶当礼物带回来给我。有很多借口可以拒绝，他至少能想到一个。罗杰把所有精力，至少是大部分精力，放到了夸夸其谈和抛头露面上。这是罗杰那类人容易栽进去的陷阱。他们有一种现成的模式可以套用，而一旦他们接受了这种模式，他们就觉得没必要再努力了。"

威利说："但你当年缠着他要他娶你。那是在一九五七、一九五八年的时候。我记得很清楚。"

她说："那时候他英俊不凡，让我着迷。我太年轻，什么都不懂。他就像一个梦幻。他最优秀的一面是他的事业，他的法律。"

之后威利好奇了好一阵子，想知道珀迪塔的这些话是从哪儿学来的。一两天以后，他才意识到：珀迪塔的这些话是从她情人那儿学来的，那个豪宅的主人、罗杰的同事。罗杰被完完全全地出卖了。

在布卢姆斯伯里的编辑部待了六个星期之后，威利去了公司在巴内特的培训中心。编辑会说："他们很快就会要你去巴内特的。"版面设计员会说："你怎么还没去巴内特？"巴内特，巴内特，它已经不仅是一个地名，它似乎代表着奢华和享受，在那里大家可以自由自在地过上两三个或者三四个星期，不受管辖，薪水一分不少，完全是对幸运儿的一份恩赐。有许多关于那儿的美丽风光、培训中心的美食以及当地的酒吧的传言。

有一本这个地方的宣传册，上面有地图和各类指南。罗杰决定开车送威利过去。一个星期天的下午，他们早早地出发了。伦敦的环城公路交通拥挤。罗杰拐进了原先的老路，他们经过的一些地方的名字触动了威利的浪漫情怀。

克里考伍德：二十八年前，在威利眼中，那是个神秘的所在，在大理石拱门往北很远的地方，在他的想象中，那里的生活井然有序，充实安全。琼，那个德本汉姆香水柜台的女孩，她的家人，包括青梅竹马的男友，就住在这里。她在诺丁山的出租屋里让威利经历了一次难堪的性事之后，乘公共汽车回去的也是这里。威利后来还得知，克里考伍德有一个很大的公共汽车库；它还是年轻迷人的女明星简·西蒙斯出生、长大的地方（当时威利很留意有关克里考伍德的信息），这也为香水柜台的琼添了几分难以抗拒的魅力。

星期天下午的公路上，车流壅塞，从车里望过去，克里考伍德，或者说是威利认为的克里考伍德，是一条无穷无尽的红色水平线，那是一栋接一栋的两层楼房，红砖、混凝土，其间散布着窄小的商业区，商店同周围的楼房一般矮小。这一带由六七十年前的建筑师和开发商所建，宛如一个玩偶世界，舒适而狭窄：就是在这幢房子里，杰克和他的妻子生活、相爱、生儿育女；就是在这家商店，杰克的妻子买东买西；就是在这家街角酒吧里，杰克和他的朋友们、他妻子的朋友们有时会喝得酩酊大醉。一点儿也不像城里，没有公园或花园，除了住宅楼和商店，没有其他建筑。这一整片房子似乎建造于同一时期，而克里考伍德——如果这就是克里考伍德的话——就这么一成不变地蔓延至汉顿，汉顿又蔓延至下一个城区，就这样蔓延、蔓延，路面偶有抬升，越过下面的铁路干线。

威利说："我从来不知道伦敦是这个样子。这可不像典型布景里的伦敦。"

罗杰正专注于缓慢而费劲的驾驶，心不在焉地说："伦敦的东西南北都这样。这下你明白他们为什么必须建造绿化带了吧。不然半个国家都会被吞没。"

威利说："我可不想住在这一带。想象一下日复一日都要回来这里，真是可怕。一切还有什么意义呢？"

而罗杰，仿佛是在反驳自己前面的话，说："人只能尽力而为。"

威利觉得这话毫无说服力，不过他很快就闭嘴了。渐渐地，在这蜿蜒的公路上，印度人越来越多；还有巴基斯坦人；还有孟加拉人，一如身在故国，男人穿着层层叠叠的长袍或衬衫，戴着标志伊斯兰信仰的白帽，那些身材矮小的女人更是裹得严严实实，遮着拒人千里的黑纱。威利听说过来自次大陆的移民潮，但他没有想到（因为想法常常是互相割裂的）伦敦（在他心目中，这个城市仍是典型布景上的模样）在这三十年间居然新增了这么多人口。

因此，星期天下午这次穿越伦敦北部的旅行包含着双重启示。它消解了威利维持了三十余年的幻想——琼乘公共汽车从大理石拱门回到自己安全美好的家。也许抹去这个幻想是件正确的事，因为琼本人，正如罗杰所说，到如今应该已经备受岁月的摧残，几乎肯定是发福了，动不动就吹嘘自己有过多少旧情人，还有其他种种改变，昔日香水柜台后面的所有古老雅致的追求，都已换作某种时新俗气的电视广告水准的品位。忘掉这种幻想再好不过。对威利而言是一种解脱，使他得以摆脱这幻想所关联的羞辱，恰当地看待它。

移民的房屋和商店连成的红色水平线不断延伸。最后他们驶下了公路。威利依然沉浸在先前的所见之中，想着屋舍连成的红线和次大陆的服饰，车子突然停了下来，他们已经来到了培训中心。砖墙，铁门，偌大的花园里有一条平整的车道和几处低矮的白色建筑。从车上下来的时候，他觉得自己还能听见公路上车来车往的声音。这里离公路不会太远。这公园以前可能就在真正的郊外。后来伦敦扩展了，同这里连成了一片；公园的某些区域也许已被售出；四周的道路全部开放，供这里的居民使用。现在，公园已经大大缩小，被包进了移民区内。

罗杰不无嘲讽地说："这是彼得的一处地产。"

车流的声音不断传来。但是，在经过了那些道路、那些连绵不绝的红房子和那些杂乱的小商店的招牌之后，这片绿意盎然的小公园真是令人惬意。离伦敦这么远，足以勾起人们历险的兴趣。而威利也明白了为什么编辑部里的人那么喜欢这里。

罗杰看着威利在招待所或宿舍楼的小房间里安顿下来。他似乎并不急着离开。他们来到大休息室——在另一幢楼里。他们从桌子上或边柜上取了矿泉水和茶来喝。罗杰对培训中心很熟。休息室里还有其他人，西装革履，即将开始的课程令他们多少都有点儿紧张。有一个是非洲或西印度群岛来的人，还有一个大概是印度或巴基斯坦人，穿了双白皮鞋。

罗杰说："这种感觉真是奇怪。一直以来都是我帮你。而如今我自己遇到了大麻烦。我不知道当你结束这里的课程时，我的情况将会怎样。你和我一起待了这么久，肯定已经意识到有一些问题。"

威利说："第一天你把我从机场接回家的时候，对我说过一些事情。珀迪塔也提过几句，除此之外，我就什么也不知道了。"

"这件事情刚开始的时候非常清白规矩。慢慢地就变味了。我可以肯定，彼得刚开始玩这个把戏的时候，只想把它限制在家族范围之内，可以这么说。想想彼得的银行，还有各种房地产投资。再加上一个响当当的勘测公司。一个响当当的律师事务所。我就进了这家律师事务所。再加上几个稳健的房地产公司。如果彼得想放弃某些地产，就由勘测公司估价，由律师事务所准备文件，地产交给房地产公司，由房地产公司等上几年卖个高价。以上说的都是城市地产。估价不容易。常常会有几百万的出入。我们处在一个房地产持续增值的时代。今天花一千万买下，三年后可以卖到一千五百万，没人会感到惊讶。这就是为什么彼得的把戏很长一段时间没有人注意到。玩了十二年都没人察觉。但是后来有人发现了，开始找麻烦。彼得最后把事情摆平了，赔了几百万。但有些人就难对付了。要是他们找对了路，我的事务所就会有麻烦，我很可能会被告上法庭。那我就全完了。我还是觉得彼得一开始只想把这些生意限制在家族内部。扩大赞助范围，赢得更多敬仰。对他来说，别人的敬仰多多益善。你知道彼得这个人。他自私自利到极端，不过他也有慷慨的一面。而且能想出好点子。比如这个培训中心。这几年，我脑子里总在盘算这件事，千方百计想要向我自己、向我假想的法庭展示它最光明的一面。我简直快被逼疯了。与此同时，我的私人生活也阴云覆顶。事情总是这样，祸不单行。我一直相信，坏事一来就是三件。我只迷信这个。看见喜鹊，你就等着第二件吧。我如今就在等着第三次打击。”

“你指珀迪塔？”

“不是珀迪塔。珀迪塔的事情只能解决到这一步了。我能给的都给了。再也拿不出什么了。不是，不是珀迪塔。而是我在家庭以外的生活。和珀迪塔无关。一种生活。我就不细说了。对这件事，珀迪塔肯定不会一声不吭。”

威利说：“她大概提到过。但我从来没有仔细打听过。”

“她是个工人。我的同事，那个家有豪宅的人，从我手里抢走了珀迪塔。我原以为和这个女朋友在一起会很安全。我还把她带给几个律师同行看，让他们知道，没有珀迪塔我照样活得很好。我真是笨。也许在这种事情上我一直就是个笨蛋。现在，我这个女朋友狠狠踹了我一脚。她和我的一个朋友过周末去了。我不知道自己能不能承受这么多事。我一直认为是我在养她。什么事都为她做了。这些年来我一直认为是我在屈尊俯就。”

他逐渐恢复了精神，果断地站起来，说：“我不能走得太晚。我得回去了。”

威利被独自留在了培训中心，在休息室和花园里闲逛了一会儿，就回了他的小房间，天色尚早，他并无睡意。他能隐隐约约地听见公路上车来车往的声音，在他那渐渐模糊的脑海中，红房子连缀成的水平线不断蔓延。他希望自己还有其他地方可去。

十　连根砍断

培训中心的课程比威利想象的要丰富和深奥，他沉浸其中，把罗杰的烦恼抛到了脑后。

早上他们上现代建筑技术，混凝土和水灰比、混凝土和受压钢筋等等，这些东西威利并不总能轻易听懂，但越是听不懂，就越能激发他的想象力。比如说，受压钢筋的张力是否会永远持续？讲课的人真的知道吗？受压钢筋或者固定受压钢筋的螺栓可能会在将来某一刻断裂——这种想法是否荒唐？又或许，日复一日，年复一年，到了二十一世纪或者二十四五世纪，会出现一种建筑大恐慌，全世界的混凝土和钢结构建筑说不定会在没有任何外力作用的情况下，按照它们建成的先后顺序，逐一倒塌。

下午有一门建筑史课。讲课的是个四十来岁的瘦子，身穿黑色或深色西装，黑色皮鞋，两只大脚摆出一个非常别扭的角度。他的脸光滑白皙，小眼睛不时眨动着，稀疏的黑发在他苍白的额头上划下一条细细的黑线。他讲课的声音不大，有些羞涩，但很坚定。他一张一张展示着照片，回答大家的提问，但又像是心不在焉。他究竟在想些什么？他这样一位博学之士是否有某种小小的不幸？讲课是他唯一的工作吗？他是从外地来的，还是本地人，就住在北边某幢红色的矮房子里——三十年代的某位建筑师或开发商幻想中的标准住宅？

课上涉及的建筑只限于西方世界，即便如此，那位教师还是匆匆忙忙地直奔他的老板感兴趣的那些时期。对于哥特和文艺复兴时期，他以寥寥数语带过，重点则放在了工业时代晚期、十九世纪晚期和二十世纪英美两国的建筑艺术。

威利听得入了迷。学习本身总是能令他兴趣盎然，但家乡的教会学校和伦敦的教师进修学院令他深感挫败。这两个地方都没有给他打下牢固的基础，这使他后来试着拓展自己的知识领地时屡遭失败。但是建筑学所应对的问题很直观且随处可见，他发现自己能够进得去，而且他正在学习的很多东西包含着童话的成分。他现在知道了英国的窗户税，以及大约从法国大革命时期一直延续到印度反英暴动时期的砖头税。据此推算英国征收砖头税的时间，威利无须老师提示就回想起一段几乎被遗忘的往事，印度在英国殖民时期也曾征收过砖头税：很荒唐也不公平，因为征税对象不是烧好的熟砖而是没烧的生砖，不考虑在烧窑过程中可能发生的大量损毁。（他记得很多地方都有这种砖窑，高耸的烟囱，底部臃肿难看，旁边是长方形的黏土坑和一垛垛烧好的熟砖：也许当时砖窑和烟囱在乡下经常搬迁，哪里有适合烧砖的泥土，就在哪里建起砖厂。）英国的那种红砖房总让威利感到压抑，那么普遍，那么平庸。而现在，他从眼前这位温和而执拗的老师口中得知，十九世纪八十年代红砖得以在伦敦广泛使用很有可能就是受了废除砖头税的刺激。维多利亚时代的英国已经相当工业化，能够用机器生产各种各样的砖头，数量惊人。也许，十九世纪八十年代那些砖就是二十世纪三十年代伦敦北部那一望无际的低矮红砖房——从克里考伍德一直延伸到巴内特——的远祖。

威利想："我这几天学到的东西甚至让我看清楚了这一带的情况。就在几天前我们开车来这里的时候，我还并不真正知道自己都看到了些什么。罗杰说：'人只能尽力而为。'这话让我失望，但他说得没错。我直到现在才懂得了这种观察和理解的方式，这可真是糟糕，真是叫人伤心。如今我不可能用它来做任何事了。一个年届半百的人不可能重新开始生活了。我听人说过这样的话：在一种经济中，富人和穷人的唯一区别在于，富人赚到钱比穷人早十年、十五年或二十年。我想观察方式也是如此。有些人很晚才明白这一点，而那时候他们的生活已经全毁了。我一点儿也没夸张。不过现在我觉得，我在非洲那十八年，我人生中最朝气蓬勃的时候，我几乎不知道自己身处何方。而在树林里的那几年则是既黑暗又混乱。对其他听课的人我也太挑剔了。多么自负，多么愚蠢。我和他们有什么不同？"

他没有去想那些南非人、澳大利亚人和埃及人，他们大多四十来岁，天生适合穿西装，位居高层，也许或多或少与彼得属下的某家公司有关系。小学生似的坐在桌前听课，给这些人带来了一定程度的愉悦。下课后他们很少出现在大休息室里，常常有车子来接他们回伦敦市中心。他想的是那些在他看来和他相似的人。那个来自西印度群岛的大个子黑人或混血儿，好不容易爬了上来，对能在这个跨国公司工作感到欣喜万分；那个干净利落的马来西亚华人，一副商人的模样，米黄色西装，白衬衫，系着领带，坐在休息室里，纤细的双腿优雅地交叉着，看上去沉默寡言，拿定主意听完整个课程也不和任何人搭讪；那个印度次大陆来的人，穿一双可笑的白皮鞋，后来才知道他是巴基斯坦人，一个宗教狂热分子，准备在这个培训中心传播伊斯兰信仰，而培训中心信奉的偏偏是另一种教义和荣耀，另一些先知：十九至二十世纪的先锋建筑师（有些曾大力倡导红砖），常常顶住困难，坚持己见，最终为建筑学的大厦增砖添瓦。

一天下午，在休息室里（藤椅、印花布靠垫、印花布窗帘），他们坐在一起喝茶。老师刚才要他们思考这样一个事实，即使是最简单、最寒碜的房子，即使是培训中心周围公路两边的那种房子，也具有丰富的历史含义：穷人不再住在茅草屋里，地主家深宅大院的阴影里，不再像工业时代早期的奴隶那样，住在不通风的大杂院或挨挨挤挤的出租屋里，如今穷人也有他们自己的建筑需求，这些需求正随着物质的发展而不断提高。

这个观点令威利非常兴奋，他希望能和大家一起思考，就像老师要求的那样。普通的房子，穷人的房子，不仅仅是为了居住或遮风避雨，还是某种表现文化本质的东西。他想起了曾经待过的树林中的村子，那时他身穿粗陋的橄榄绿军装，头戴饰有红星的军帽，徒劳地在树林里行军；他想起了非洲，那里的茅草房最终将淹没外来的混凝土世界。

那个穿白皮鞋的人认为老师所讲的只是英国的情况。

威利想："那让我知道了许多你家乡的情况。"

那个从西印度群岛来的人说："每个人都是这样。"

白皮鞋说："不可能每个人都是这样。他又不了解所有的人。你要了解人家，只有和他们吃一样的食物才行。他就不知道我的食谱。"

威利知道这场争论将走向何方：在白皮鞋看来，这个世界上的人可以简单地分成吃猪肉和不吃猪肉、不信奉伊斯兰教和信奉伊斯兰教两种。以这种方式表述这个简陋的观点，威利觉得真是既刁钻又可耻。这样一来，老师那个有关各种文化中穷人住房的观点——威利对此极为赞叹——就将在这场关于饮食划分世界的虚伪讨论中被消解于无形。看起来，白皮鞋似乎掌握了这场讨论的全部王牌。他总是率先提出议题。其他人只能手忙脚乱地回应，然后，白皮鞋凭借对付异议的老到经验，驳得他们哑口无言。

那个马来西亚华人或许对这场讨论的症结自有一套看法，但他宁可保持缄默。他含笑游离于争论之外。第一眼看去，他是个不折不扣的华人，矜持寡言，独来独往，到后来发现他是这里最玩世不恭的一个。他似乎什么都不当回事，毫无政治信仰，还乐滋滋地开玩笑说，他在马来西亚——如今田园风光荡然无存，到处只见高速公路和摩天大楼——开了一家阿里巴巴建筑公司。和四十大盗全不相干：马来西亚人把华裔叫作“巴巴”，所谓阿里巴巴公司，里面有一个阿里，一个马来穆斯林，作为公司的幕前负责人出面与马来政府打交道，而背后指挥的则是巴巴，一个华人，就像这个开玩笑的人自己。

不知是什么原因，也许是因为威利的名字，或者是因为威利与众不同的英国口音，或者仅仅是因为他觉得威利容易接近，在第一个星期，那个穿白皮鞋的人总想接近威利。

星期六晚饭后，休息室里静悄悄的（很多学员都出去了，有的去了当地的酒吧，有的去了伦敦市中心），他向威利弯下腰，诡秘地说：“我给你看件东西。”

他从内衣的胸袋里掏出一枚贴着邮票的信封（他这么做的时候，威利看见了一个标签，那是某个叫穆尔坦的小城里的某位裁缝的）。他垂下头，仿佛正在干的这件事让他想要把自己的脸藏起来，一边把信封递给了威利。他说："没关系，打开看看。"信封上的邮票是美国的，威利展开信纸，发现几张小幅彩照，是一个健壮的白种女人在街上、在房间里、在广场上拍的照片。

白皮鞋说："是波士顿。住下看。念那信。"

威利开始念起来，起初饶有兴趣，念得很慢，但后来就兴致索然，越读越快了。白皮鞋的脑袋越垂越低，似乎被羞涩吞没了。乌黑卷曲的头发从额头垂下来。当威利看着他的时候，他的头稍稍抬起来些，威利看到了一张满是骄傲的脸庞。

"请接着往下念。"

……如你所说酒精和跳舞带来的短暂欢愉算得了什么若和永恒的生命相比

威利想："没提性爱所带来的永远新鲜的欢愉。"

……真是幸运才找到了你要是没有你我的爱人我就还在黑暗中徘徊用你的话说这就是我的命运一开始我觉得所有这些谈话方式异常古怪而现在我看见了其中的真理要不是你告诉我甘地甘德就像希特勒我永远也不会知道这一点我会继续相信他们告诉我的那些废话你知道在我们生了病的所谓西方文明世界舆论宣传或公共关系的力量有多强大又及我一直在想面罩的事我

和几个要好的姐妹谈过了我认为比较好的做法是每天白天戴杰西·詹姆斯[①]那种在眼睛下方蒙住鼻子的面罩而晚上正式场合戴佐罗式的眼罩……

威利读完了全文。他一言不发，也不抬头，继续拿着那封信，无意归还似的，于是那穿白皮鞋的人飞快地伸出手——仿佛担心被人偷了——将信夺回，连同那些照片和那贴着美国邮票的信封。他熟练地用一只手把这些东西收拾妥当，把信封塞回了胸袋，站起身来。原来那诡秘的神情以及那遮蔽了双眼的强烈喜悦此时已为粗鲁无礼所取代。然后，他猛地转身离开了休息室，那样子仿佛是在对威利说："你什么都不懂！我再也不想听你胡说八道了。"

在这空寂的休息室里，一种悲哀罩住了威利。他现在才明白这个人为什么这个星期老想接近他：仅仅是为了炫耀；他以为威利会比较容易接受他的这种炫耀。

教授下午课程的那位老师整个星期都在讲工业化时期知识和新技术、观点和实验、成功和失败如何不断累积。这一个星期以来，威利注意到，对于穆尔坦来的那个人以及听课的其他人而言，这些事实毫不重要：他们受各自的国家或公司委派，来学习某些现成的知识，某些看似神授的知识，曾有很长一段时期，出于种族或政治的原因，他们被不公正地剥夺了获取知识的机会，而如今，在这个发生了天翻地覆的变化的世界，他们有权要回属于他们的东西。而这些刚刚拥有的知识又向他们确认了他们各自的种族、部落和宗教

①杰西·詹姆斯（1847－1882），美国西部匪徒，多次抢劫银行及拦劫火车。

的正当性。爬上光滑的杆子然后一溜而下。简化了的富人世界，充满了成功和成就，总是那么从容自在；之外的世界则总是纷扰不平。

威利想：“我想到过这些。我不能重蹈覆辙。我得让世界依着它的偏重心运转。”

萨洛姬妮寄来了一封信。这封信是从圣约翰树林的罗杰家转寄来的，那受过训练的笔迹仍然散发着自信与风度，丝毫没有流露出写信人遭受的生活磨难，如今在威利看来却充满了嘲讽。

亲爱的威利：

但愿我要说的不会令你惊讶。我已决定关闭静修所。人们想要从我这儿得到的东西，我无法给予。你知道的，我从来就不是一个重精神而轻世俗的人，但是在经历了那许多事情之后，我认为离群索居的静谧生活包含着某种德行。很遗憾，我如今对父亲的处事方式深感疑惑。我并非认为他从不给人们以小恩小惠，只是我发现人们希望从我这里得到的恰恰就是那些小恩小惠。他们对沉思和静修的生活用一个文雅点儿的词来说就是毫不关心，想到父亲这些年来不得不承受的东西，我觉得不寒而栗。当然，对此我并不吃惊。我不知道情况是否向来如此，甚至在圣人们还隐居在树林里的古时候，那可是电视人极为热爱的时代。这里有很多人去了海湾地区，去给阿拉伯人打工。近来海湾地区的局势不是太好，所以现在很多人都回来了。他们学会了说非常想要保持自己的生活方式，所以他们来找我，要我为他们祈祷或者给他们护身符。他们真正想要的护身符是他们在海湾的时候从非洲的通灵术士——在你我看来就是巫医——那儿得来的那些东西。你可能不相信，现在这里很多人都信这种非洲伊斯兰教的垃圾，而我简直不知该如何形容我这几个月来受到的骚扰。为了宝贝[1]贝壳之类的东西。我猜测父亲多年以来一直在做这种事情。只要你肯做，来钱很容易。这一切的结果就是我决定到此为止。我已经写信给沃尔夫了，这位老伙计没有一句责备，答应尽力为我在柏林安排。我又可以拍几部纪录片了，真好。

当天威利就动笔给萨洛姬妮回信。

亲爱的萨洛姬妮：

你一定得当心不要从一个极端走向另一个极端。没有哪一种东西可以治愈人世间的所有不幸和人类的所有疾苦。你向来就有这毛病——

他停下笔，想："我千万不能说教。我拿不出任何东西给她。"于是他就搁笔了。

对威利而言，培训中心的周末变得难熬起来。几乎每个参加培训的人似乎都在外面有熟人，都出去度周末了。食堂不再热闹，亮灯的房间少了，往北的公路上车流的声音倒是愈加嘈杂。威利既不

①一种贝类。

想去酒吧，虽然步行即可抵达，也不愿费劲去伦敦市中心，与那些漫无目的的游客混在一起，于是他就像迷失在了乌有之乡。

他曾经认为离开圣约翰树林一段时间会比较好。但很快他就开始遭到孤独的侵袭，这孤独把他带回到在游击队时那些漫长的日子，那些小城里糟糕的、无缘由的等待，通常是待在一间没有卫生设施的肮脏小屋里，等到太阳西沉，一种陌生的生活就会开始在屋外号叫，那么乏味，他都懒得出去溜达，不由得怀疑自己所做的事究竟意义何在；把他带回到非洲的某些夜晚，那时候他觉得自己远离所了解的一切，远离自己的历史以及随之而来的对自身的理解；把他带回到三十年前第一次来伦敦的时候；带回到他童年时代的某些夜晚——那时候他开始意识到家里的紧张关系，父亲总是郁郁寡欢，被剥夺了他那高贵的出身与不凡的仪表许诺给他的生活，而母亲总是那么咄咄逼人，她容貌平平，出身低微，威利却始终深爱着她；那时候他开始极其痛苦地意识到，因为他的出身，这个世界上不会有真正属于他的位置——带回到童年时代那些格外忧伤的夜晚，他那幼小的心灵异常清晰地领悟到，地球正在黑暗中旋转，生活在上面的每个人都茫然无措。

他打电话到圣约翰树林。是珀迪塔接的，他松了口气。他其实知道可能会是她接电话。周末罗杰要出去过他那另一种生活。从罗杰的话来看，那另一种生活现在可能已经结束了。但如今威利对罗杰更了解了些，他想那不过是可能而已。

听说她一个人在家，他说："珀迪塔，我很想你。我要和你做爱。"

"那你就回来，我不出去。你可以上这里来。"

“我不认识回去的路。”

“这样啊。不过等你到了这里，也许就没有那种感觉了。”

于是他就在电话里与她做爱。她迎合着他，就像他们在一起的时候那样。

最后什么话都说完了，她说：“罗杰被人踹了一脚。”

是罗杰的原话：于是威利知道罗杰什么都不瞒着她。

她说：“不仅仅是被他那个相好耍了，而是被所有人耍了。那场房地产的把戏整个儿垮了，彼得把他扔到了狼群里。彼得自己当然一直是有惊无险。我想，要是罗杰完了，我们将不得不卖掉这幢房子。从房地产的豆藤上爬下去。我看这没什么难的。现在这房子大多数时候都是空荡荡的。”

威利想象着罗杰正在他耳边说话。

他说：“我看我得另找地方住了。”

“现在我们不能想这事。”

“对不起。这么说有点儿蠢，但我只是想说些什么来接你的话。只是随口说说而已。”

“我听不懂你在说什么。罗杰会仔仔细细告诉你的。”

就这样，在认识这么多年之后，威利对珀迪塔生出了一种新的尊敬。她在许多场合向他展示过自己：但是她性格的这个方面——坚定、稳重、犀利，以及在这危急关头对罗杰的忠贞——她却深藏不露。

她后来肯定和罗杰谈过了。他打电话给威利，但只告诉他课程结束后他会开车来巴内特接他回去。电话里他的声音听上去很轻松：一个没有烦恼的人；在威利听珀迪塔说过那些话之后，这的确有些出乎他的意料。

他说："你喜欢参加婚礼吗？如果你喜欢，我们有一场婚礼可以去。你还记得马库斯吗？那个西非的外交官。他在各种残酷的专制统治者手下当过差。他一向谨小慎微，在很多地方做过大使。结果据说他如今很受人爱戴。一个很有教养的非洲人，但如果你想对非洲发表什么高见，他会滑脚走掉。很多年前，我们在大理石拱门那儿的小房子里举办晚餐会，他来参加过。他当时还在接受外交官培训，但已经有了五个混血子女，母亲的国籍全都不同。那次你也在场。那天还有一位北部来的编辑，当众宣读了自己的讣告。马库斯就是要和白种女人做爱，最终收获一个白皮肤的孙子。等他老了，他就能牵着这个白皮肤的孙子在国王路散步。路上的人会盯着他们看，而那孩子会问马库斯：'爷爷，他们在看什么呀？'"

威利说："我怎么会不记得马库斯呢？为我出书的那个出版商，我去他办公室的时候，他除了马库斯几乎没有说别的。他认为他非常出色，信仰社会主义，他称赞他，还抨击过去黑暗的奴隶时代。"

"马库斯已经成功了。他那个一半英国血统的儿子已经给他生了两个孙子，一个完全是白的，另一个不是很白。现在这两个孩子的父母要结婚了。这也算是时尚。孩子出生了再结婚。我猜孩子会在婚礼上当花童。通常都是这样。马库斯的儿子叫林德赫斯特。典型的英国名字。意思是'森林'，要是我没记错那个盎格鲁－撒克逊语单词的话。这就是我们受邀请要去的那个婚礼。马库斯的胜利。听起来很古罗马。我们其他人各自冲向不同的目标，在百十个方向间窜来窜去，有些人失败了，但马库斯守住了自己简单的抱负。白种女人，白种孙子。我想这就是为什么他能成功。"

他的语调自始至终都那么轻松。而此前珀迪塔在电话中的语调却沉重得多，忧心忡忡：仿佛罗杰把自己的忧虑转嫁到了她的身上。

两个星期后，课程结束，他如约来到培训中心接威利回圣约翰树林。他情绪似乎依然高昂，只不过双眼深陷，眼袋泛青。

他问道："他们教给了你什么没有？"

威利回答："我也不知道他们教给了我多少。我只知道如果我能够从头再来，我会爱上建筑。唯有建筑才是真正的艺术。可惜我出生得太早。早了二三十年，早了两代。我们当时还是殖民经济，有抱负的男孩所能想到的职业只有医学和法律。我从来没有听到过谁谈起建筑。我想现在已经完全不同了。"

罗杰说："也许我从来就乐意因循守旧，总是走那条规划好的路。我从来没问过自己到底想要干什么。现在我仍然说不出是否真的喜欢自己所做的。而我想这一点已经让我的生活枯萎了。"

车子驶过那些低矮的红房子。这次，这一路似乎不那么让人压抑了，也不那么漫长了。

威利问道："情况真像珀迪塔说的那么糟吗？"

"就像她说的那么糟。我有意识地避免做错误的和不专业的事情。可以说这件事情是从背后悄悄缠住我的。我跟你说过我父亲临死时的情形。他一直在期待临终那一刻，或者说垂死的时候，好告诉世人他对他们的真实想法。有人会说，这是正确的方式，把所有的憎恨都集中在那一刻。但我不这样看。我从来不希望自己那样死去。我想要另一种死法。像梵高那样。平静地看着这世界，衔着烟斗，一个人也不恨。我告诉过你的。我的一生都在为这一刻做准备。我已经准备从豆藤上爬下来，再把它连根砍断。"

威利继续写那封给萨洛姬妮的信。

……如果你到了柏林，也许我能找到办法规避法律来和你同住。上次在柏林度过的那几个月真是美妙极了！而这次，我想，如果我能学一门建筑课程就好了，其实我一开始就该这么做。不知道你怎么看。你也许觉得我说这话就像一个老傻瓜，而我大概就是个老傻瓜。但是，到了这个年龄，我不能再假装自己正在前进。事实上，每过一天我都会更加清醒地认识到，尽管我被救出了监狱，尽管我有人身自由，身心也都还健全，但我仍然像在服无期徒刑。我没有什么信仰。我不敢把这个告诉这里的人。那会显得太过忘恩负义。这使我想起我到彼得的杂志社工作了大概一个月后发生的一件事。我想我大概跟你说过，彼得找了一些无用之辈。我就是其中一个。这我根本不在乎。相反，我很高兴。有一天，我正在顶楼的资料室里做那永远做不完的核对，为的是堵住那位主编女士的嘴，一个身穿棕色西装的男人走了进来。这里的人不喜欢棕色西装——这是罗杰告诉我的。这个人在房间另一头跟我打招呼。他说起话来声调拉得老长。他说："你瞧，我就穿着棕色西装。"他的意思是他要么无关紧要，要么是个挑战传统的人，或许两者兼有。事实上，他这个人已经被毁了。棕色西装忠实地反映了他的情况。这西装的颜色就像是很浓的黑巧克力。那天早上，他过了一会儿又来了，直接坐到我的桌子对面，用慢得令人抓狂的声调说："当然，我蹲过监狱。"他说的是"监狱"而不是"牢房"，仿佛这样说显得更聪明。而且他还说了“当然”，仿佛他蹲过监狱的事尽人皆知，仿佛人人都该去蹲回监狱。他吓了我一大跳。我不知道彼得是从哪儿把他捞出来的。我一直想问问罗杰，但总是忘记。这些人外表正常，心里却伤痕累累，想到他们就觉得可怕，而更可怕的是，想到我也是他们中的一个，而彼得正是这样看我的。

他停下笔，心想：“我不应该跟她说这些。”于是他又一次把写信的事搁下了，直到眼前的事情变得更明朗了些。

就在房地产的把戏已经无可救药或难以遮掩的时候，罗杰开始跟威利讲他遭遇的灾难，并非生意上的，而是降临在他的另一种生活里的灾难。他并不是一次说完的。他断断续续说了好些天，不时对之前讲过的补充几句说明和想法；而他并不总是按照先后顺序讲述。他转弯抹角地开始，从一些他或许早就埋在心底的零散想法谈起，逐渐转入主题。

他谈到了社会主义和高额税收，还谈到了高额税收必然导致的通货膨胀，以及被通货膨胀所摧毁的家庭和家庭观念。是这种家庭观念，而不是家庭，让一些价值观念代代相传。这些共同的价值观念把一个国家的人民团结在一起；这些价值观念的失落会使一个国家分裂，加速其全面衰落。

威利没想到罗杰会这样谈到衰落。他以前从未听罗杰谈论过政治或政治家（只是偶尔谈起过具有政治倾向的人），而且他也逐渐认为，罗杰对眼前发生的政治事件不感兴趣（这方面就像威利自己），天生具有自由思想，是根深蒂固的自由主义者，关注全世界的人权状况，同时随波逐流，对自己国家近几年的发展并不特意在意。

此时他才发现以前并不真正了解罗杰。罗杰以为自己的国家至高无上，他对自己的同胞寄予很高的期望，他怀着最最真诚的爱国之心。国家的衰落令他悲伤。这会儿和威利谈起衰落，他望着会客室外花园里的暮夏景致，泪水盈眶。威利想，这眼泪其实是为他的处境而流，而这才是他真正在谈论的事情。

他着迷地谈论着马库斯儿子的婚礼，言语间并没有把此事和他之前提到的家庭观念联系起来。他说："林德赫斯特目标明确。他的目标是意大利人所谓的'没落家族'。一个徒有其名而毫无其实的家族。马库斯对这类事情特别讲究。我在努力想象马库斯牵着他那白皮肤孙子的小手，在大大小小的帐篷之间走来走去，接受宾客们的品鉴的情景。他们仅仅是在品鉴吗，或许还在喝彩吧？你知道，时代已经变了。你猜他会不会戴上高礼帽，披上灰色晨衣？宛如一位来自某个动乱国家的黑人外交官，在一个难得的清朗的日子，前往王宫递交国书。马库斯无疑想要举止合宜。他会不会向宾客们欠身致意，或者只是神情专注，和他的孙子喁喁细语？告诉你件事。洛兹板球场，离这儿不远，我应该告诉过你，有一次那儿举行一场板球比赛，午间休息的时候，我看见了那位传奇人物莱恩·赫顿。他没在打球。这位了不起的击球手老了，早就退役了。他穿着一身灰西装，正绕着球场漫步，就在看台的后面，好像是在锻炼。而实际上，他是在洛兹板球场里出风头，他曾多次在这儿为英格兰队开球。球场上的每一个人都知道他的大名。我们都目不转睛地看着他。而他，莱恩·赫顿，似乎浑然不觉。他正在和另一个上了年纪的西装革履的人讲话。他们谈论的似乎是一件叫他们忧心的事。赫顿干脆眉头紧皱。他就这样低着头从我们身边走过，顶着他那大名鼎鼎的断鼻，眉头紧皱。马库斯会不会也像赫顿那样，一心想出风头？在他的想象中，他想要的就是这样。在国王路牵着他那白皮肤孙子的手，只顾走自己的路，无视众人吃惊的目光。但在他儿子的婚礼上，他绝不会像在国王路那样。他必须接受宾客们的品鉴。我仿佛看见，来自昔日世家的那些老家伙们坐在一边，马库斯的儿子和他的朋友们坐在另一边。这场婚礼会像狂欢节一般。但马库斯会把它操办得风风光光，一切都那么自然妥帖，赏心悦目。”

另一天，他说：“如今的婚礼真是像狂欢节。不久前我去参加了一场婚礼。是另外一个地方。我们把什么都给拆了，什么规矩都给改了，但女士们仍然要婚礼。在市建住宅区里更是如此。市建住宅区就是市政府为所谓教区里的穷人盖的公寓和楼房。只不过住在那里的人如今已经不穷了。那里的女人会和三四个男人养上三四个孩子，全家都在吃福利。每个孩子每周六十英镑，而这仅仅是开始。你不能把那叫施舍。所以我们称之为福利。女人们把自己当作赚钱机器。就像是狄更斯笔下的英国。什么都没变，除了有很多钱，而且小扒手道奇[①]也确实干得漂亮，虽然东西样样都很昂贵，而每个人都债台高筑，巴望着福利提高。那里的人们一年里总要有一两次休假。如今休假已经不再是去布莱克浦、明尼海德或者马略卡岛了，而是去马尔代夫、佛罗里达或者墨西哥的红灯区。得飞上几个小时。否则就算不上是像样的休假。‘我今年都没有过一个像样的假期。’

①狄更斯小说《雾都孤儿》里的人物。

于是飞机上尽是这些可怜虫，喝得醉醺醺的满世界乱飞，让各个机场人满为患。每个星期报纸上总有二十页度假广告，价格竟然那么便宜，叫你弄不懂那些远在墨西哥的人怎么可能从中赚到钱。我们被叫去参加的那场婚礼，新娘已经生了三个孩子，孩子父亲是一家俱乐部的厨师，和她断断续续地同居了一阵子。通常厨师时不时地还会在一些节日庆典的晚上充当俱乐部的保镖。这种场面是最拙劣的社会主义式的模仿闹剧。平日里的乞丐扒手穿戴起了礼帽和晨衣。是那些受虐待的娘儿们要她们的男人在星期六的婚礼上这么打扮的。而她们自己呢，她们需要洁白的长裙和面纱来遮住身上脸上的青肿和乌黑的眼圈，那是来来去去的爱情——她们称之为关系——留下的痕迹。那些破衣烂衫的孩子，有的胖，有的瘦，平时尽吃些三明治、比萨、炸薯片、巧克力棒，在这么一个婚礼上，也会被打扮一新，叫出来亮相，再美美地吃上一顿。就像喂养小公牛，为的是让它们在斗牛场里被屠杀，这里的孩子被当作牺牲品大量生养，为的是给他们在市建住宅区的家换取福利。他们并没有得到什么照顾，其中很多人注定会被猥亵、被拐卖，甚至遭到谋杀，然后，就像年幼的角斗士，在短短三四天的时间里，让伦敦市民们感受着社会主义式的狂热。我跟你说过，从虚伪和自私的角度看，这里不俗气的人就只有那些平庸的人。”

威利说：“我记得。我很喜欢这句话。那是在我们从机场回来的路上。那会儿我觉得伦敦跟我记忆中很不一样，你的那些话也让我感到新奇。”

罗杰说：“我错了。这话听上去很漂亮，所以我这么说了。我是掉进了自己挖的自由主义的陷阱。平庸的人和其他人一样，困惑，犹豫。和其他人一样，扮演着各自的角色。他们纠正自己的口音。他们极力模仿电视肥皂剧中的人物，而现在他们已经完全脱离他们本来的样子了。这一点没有人会告诉他们。你不可能了解那些地方那些人，除非你去过那儿。有的恶习不能给你任何乐趣，但你没它就过不下去，这样的嗜好是最糟糕的了。这就是我现在的状况。刚开始的时候再简单不过。有个周末我去探望父亲，看见一个穿着运动套装的女人。女人往往意识不到她们身上那些让她们显得格外迷人的小细节，我想女人看男人也是如此。你曾说过，我们第一次一起吃午饭的时候，你对珀迪塔一见倾心。就在华都街的维克托之家餐厅。”

威利说：“当时她戴了副条纹手套，她把手套摘下来，往餐桌上一甩。这动作把我给迷住了。”

“我那女人穿了一套黑色莱卡运动装。这也可能是她后来告诉我的。后面的裤腰滑得很低，不仅露出了皮肤。衣服面料很廉价，但那更令我动心。我怜悯她的贫穷，怜悯她尽管如此还是那么着意于自己的格调。我大概能猜到她的身份和职业。而正是我们之间的这种差异使我鼓起勇气去追求她。”

把所有的片段连缀在一起，就是罗杰讲述的故事。

十一　迷惑

我父亲病了（罗杰说）。还没到奄奄一息的程度。那时候我常在周末去看望他。我觉得他的房子太寒酸了，比一幢农舍好不了多少，布满灰尘，被烟气熏得黑乎乎的，非常有必要重新粉刷一次，我父亲也这么认为。他觉得自己辛勤操劳了一辈子，剩下的东西委实太少了。

我觉得父亲把自己想得太浪漫了点儿，尤其当他开始描述自己漫长的工作生涯的时候。除了工作还是工作。造一座花园，创一家公司，是一种工作。那是拿自己作赌注。那种工作可以说本身就是有价值的。而在别人家的产业或者在某个大企业里日复一日做着一样的工作，则另当别论。那种工作毫无神圣性可言，随你引用《圣经》里的哪句话。我父亲人到中年才看清这一点，已经来不及转身了。于是，他的前半生在沾沾自喜中度过，对他所在的企业和他自己过于自负；而他的后半生却在失败、耻辱、愤怒和忧虑中度过。他的房子就是这种生活的缩影。从每一个方面看，都是一半一半。不能算小屋，也称不上大宅，既不潦倒，也不富足。一个无人理会的地方。现在想起来会觉得奇怪，我当时那么坚定地认为，我的情形会和他截然不同。

我不喜欢去那幢房子。但是责任毕竟在那儿，而我最大的烦恼就是要为父亲找个人照料房子。曾经有一个时期，有相当数量的人口从事家政服务。这种情况在当时不成问题。有些人来了又走了，不过问题总能很快解决。如果你读过上次战争之前出版的书，如果你正在为这种事发愁，你会注意到人们常常随心所欲地丢下他们的房子，出去好几天甚至好几个星期。是用人的存在给了他们这种自由。那些用人一直就隐藏在故事的背景里，只是隐约被提及。只有老派的恐怖小说和侦探故事里才会花比较多的笔墨在扒手和梁上君子身上。P.G. 沃德豪斯[①]的小说里可能会写到抢劫，但也不过是为了添点儿笑料，如同在现在的卡通片里，闯入社区的窃贼无一不是蒙着眼罩、背扛包囊的可笑模样。

用人阶层已经消失。没人知道他们演变成了什么。但有一点可以肯定，我们并没有失去他们，他们仍以不同的方式存在于我们身边，存在于依赖的文化和态度之中。现在，我们的每一个城镇和较大的乡村，都有附属的本意是为穷人而建的市建住宅区或者政府资助兴建的社区。这种成片的社区，即使在飞驰而过的火车上也能一眼认出。它们有一种刻意营造出的社会主义式的丑陋，似乎是有意识地压抑从心底自然产生的对于美和人性的感知。对这种社会主义式的丑陋的看法完全来自于灌输。人们不经熏陶，哪里会认丑作美。拉丁文里的“附属”（Ancilla）一词意为保姆、女奴或侍女，而这些附属的市建住宅区，本意是为了使穷人获得一定的独立，却很快演

① P.G. 沃德豪斯（1881－1975），英国小说家、剧作家。

变成它们命中注定的样子：寄生于主体的奴隶。它们依靠税收生存。它们不思回报。非但如此，这些地方还成了犯罪高发区。你在火车上的一瞥不会让你看出这一点，但它们的确长期威胁着周围的社群。两个时代不可能绝对地互相吻合，如果当初从事家政服务的人口比重与现在市建住宅区的人口比重不相吻合，我一点儿也不感到吃惊。

当然，我们还是得去那些地方找人帮我们收拾房子。我们在当地报亭的橱窗里贴出求助卡。过了一段时间清洁工来了。再过了一段时间他们又走了。由于没人会对自己家里的所有物品都了然于胸，所以直到他们一去不返，我们才发现这个丢了，那个没了。狄更斯笔下，费金[①]的小偷厨房是在伦敦的七盘区，就在如今的托特纳姆法院路附近，那儿有好多书店。费金就是从那儿把他的小兄弟们分派出去，偷一些可怜巴巴的小钱包或者是做工精美的手帕回来。这些四处漂泊的流浪汉，在狄更斯眼里是可怕的，在我们看来却是那么无辜，那么大胆。实际上，如今我们被形势所逼，不得不把扒手道奇和他的那班小兄弟引进家门，而事后保险公司又告诉我们——已经太晚了——这样遗失的东西不可能得到赔偿。当代道奇们的需求离奇而驳杂：房子里所有的糖、所有的咖啡、所有的信封、一半的内衣裤以及每一幅春宫画。

在这种情况下，生活多多少少变成了长期的赌博和忧虑。我们都在学着适应它。而事实上，几经周折之后我们最终找到了一个合适的人来照看父亲的房子。她是个乡下姑娘，但非常时髦，单身，带着几个孩子，双父亲——如果这种说法符合语法的话——孩子们每周都会

---

①《雾都孤儿》中唆使儿童犯罪的人物。

带给她一笔不小的收入。她说到了一些“出身良好”的人，似乎在暗示她早年做错了事，后来就一直在追求更高的目标。我并没有觉得这有什么特别。我视之为犯罪的印记。我在整个职业生涯中认识了各种各样的罪犯，而以我的经验看，罪犯往往喜欢这样表现自己。

但我看错她了。她留了下来，而且为人善良可靠。她三十多岁，受过教育，写的东西相当通顺，衣着雅致（常常邮购些便宜的时髦东西），举止也颇得体。她前后待了有六七年或者七八年。她成了家里固定的一员。我几乎认为她的存在是理所当然的了。

那几年我一直非常小心，不对她的私生活表现出任何兴趣。从她的神情看，我明白她的私生活必然十分复杂，但我从来都不想去了解。我害怕陷入这类细节之中。我不想知道她生活里的那些男人姓甚名谁。我不想知道那个叫西蒙的建筑工人如此这般，或者那个叫迈克尔的出租车司机如此那般。

我那时常常在星期五晚上去父亲的小房子。某个星期六早上，我什么都没问，她却突然跟我说，这个星期她非常痛苦。有一天晚上她甚至来到小房子，把她的小车子停在窄窄的车道上，放声大哭起来。我问她为什么要跑到这里来哭。

她说：“我没有其他地方可去。我知道你父亲不会在乎的。在这儿干了这么多年，我已经把这房子当成自己家了。”

我明白了她的意思，这令我心碎。但即便在那时，我也实在无心了解什么细节。当然最终她闯过了那场危机，恢复了以前的娴静、时尚和端庄。

就这样过了一段时间。我又一次发现乔的生活有了新的变化。不是因为某个男人，而是因为一个女人。刚来到市建住宅区，或者只是刚被乔发现。这两个女人，乔和那个女人，一直在互相吹嘘自己的生活如何丰富多彩，女人常常这样吹嘘。那个女人叫玛丽安。她有些艺术天分，会自己制作窗帘，在陶盘上画彩绘。她感染了乔，乔也想试试这些。于是每逢周末我就开始听到她谈论陶窑多么昂贵。六百到八百英镑。我感觉她正在以艺术和社交活动的名义请求我花钱置办一套家用电窑。一项商业投资，毫无疑问很快就能收回成本。而实际上，乔的作品几乎没有带来任何赢利。那时候她已经花了许多钱购买空白陶盘来画彩绘，几朵花，一只狗，或在茶杯内画一只小猫，再请市建住宅区里的窑场主帮忙烘干，然后在工艺品市场租一个摊位，还要将东西运过去。那时候上述所有事情她都做了，根本没有任何赢利。我想象她凄惶地坐在摊位边，守着她那些工艺品，神似某个古代妇女，穿着长裙和木屐，坐在简陋的农村集市上，守着一篮子鸡蛋，想着等挨过这百无聊赖的一天，就用自己所有的一切去换一捧魔种。

在伦敦，不时会有某位有闯劲的年轻艺术商，刚刚认识不久就请你去吃饭。刚开始的时候，你可能会觉得，在他那设计质朴的房子或公寓里，每一件物品都是精心挑选、品位独特，令人艳羡，发现者一定是独具只眼。而最后，当你觉得必须要赞美一番你们正在上面用餐的那张美丽的旧橡木长餐桌的时候，你听见他说这餐桌正待价而沽，一如其他你所看到的物品。这时你才明白，请你来不只是为了吃饭，更是为了参观，这就像是房产开发商请你去参观一幢房子，不仅仅是因为有你同行的乐趣。

现在乔就是这样。每个星期六早上，她总要一一打开那些又大又沉的包裹，里面装着她的作品——彩绘盘子、掐丝珐琅工艺品、布满条纹的蜡笔风景和肖像画、炭笔动物画、河畔垂柳的水彩画。凡是能镶上镜框的都镶上了镜框，还用了很大的衬托纸；所以那些包裹才那么重。

这样的周六展览令我十分为难。实际上我对这些作品很有兴趣。从中我出乎意料地体会到了灵魂的悸动，这真的令我感动。但是如果我显示出有兴趣的样子，就等于是在鼓励她下个星期六继续展出一大堆作品。我告诉乔，她确实很有天赋，或许可以去听听绘画或水彩画的课程，但她对此毫无反应。她想听的不是这个。

不知是谁向她灌输了这样一种观念：天赋与生俱来，勉强不得也操练不来。每当我告诉她某件作品表现出了不小的进步，她会说："我想它都在里面了。"她指的是她那涌动的天赋，她并没有夸口。她也可能是在谈她自身以外的某种东西。我觉得"艺术天赋与生俱来"这种半政治化的观念——及其所暗示的"艺术天赋无阶级性"的观念——应该是其人灌输给她的。我想那人或许就是她的新朋友玛丽安。

过了一段时间我终于明白了，乔向我展示她的作品，并不是为了听我评论。她是要我买她的作品，她是要我向伦敦的朋友们介绍她。我自己就是一个工艺品市场。我父亲也一样。乔每个星期六早上带来的不全是她一个人的作品。有很多是玛丽安的，她对此很大度。毫不忌妒。我开始觉得，这两个彼此激励的女人已变得令她们自己都感到敬畏。她们都很平凡，但其天赋使她们出类拔萃，超出其他粗俗的同类。她们热爱自己制作的每一件艺术品。在她们眼中，每一件作品都是一个小小的奇迹。这两个女人令我不安。很多工人出身的罪犯，或是有犯罪倾向的人，会以这种方式向中产阶级表现自己。我因此警惕起来。

有时候她们喜欢把作品留在小房子里。这主要是为了给我父亲看，而不是给我看。不管他对外人多么凶狠，他对乔还是很温和的。他喜欢让她觉得他是受她摆布的。其实从来不是如此。这小小的把戏让他很开心：这小小的权术游戏，让这两个求售作品的女人以为他真的很虚弱。乔和她的朋友玛丽安还以为，只要过上一个星期，某件作品的美就会令我父亲倾倒，继而慷慨解囊。这怪不得她们；那些伦敦艺术商就是这么操作的。

一个很重要的工艺品市场就要开张了。开张前好几个星期我就听乔说了。那是一个星期天，早上一辆沃尔沃客货两用车驶入我父亲家的车道。司机是一个我从没见过的女人。我猜她就是玛丽安。乔坐在她旁边。她们来取一些留在我父亲那里培养他的兴趣的作品。乔先下了车，一副熟门熟路的样子，径直走进了小房子。不一会儿，她就和我父亲一道走了出来。父亲在乔面前装模作样（但只在艺术品的事情上如此），夸张地颤抖着，慢腾腾地帮着把那些奇形怪状（大外框、大衬纸）的作品拿出来，搁在走廊上。

我的房间在房子的另一边，靠近正门，就在那条狭窄的弧形车道的尽头。因此，当玛丽安下车与我父亲打招呼时，我看到了她的背影。她身上那套黑色运动装，松紧带裤子太松了，本就已经滑下去一大截。她撑着方向盘一跃而下，使那条裤子歪向一边，甚至又往下滑了一截。

她对我父亲说："我一直很羡慕您这幢可爱的房子。乔跟我说了许多这里的事情。"

我曾经猜测过她的性格，但是我错了，这样的错误在我这几年的工作中越来越多。她的那种直率、那种社交风度，完全出乎我的意料之外。还有那辆大沃尔沃。同她的气度很般配。她高高地端坐在驾驶座上，轻轻松松地将车子驶入了我家那狭窄的、难对付的车道。这么些年过去了，我还记得那一刻的情景。她身材高挑，更令我惊讶的是，她身上没有市侩气，不像是住在市建住宅区里的人，她很苗条，显然经常锻炼。我瞥见她的下半身，粗糙的黑色面料衬着她那诱人的肤色，这一瞥将这一刻刻在了我的脑海中。她迅速伸出右手抓住裤子后腰，把它稍稍往下一推又立刻往上拉直。我怀疑她是否意识到了自己的动作。但这一瞬我从未忘怀。后来我们在一起了，每次回想起那一瞬，总会立刻腾起对她的欲望，或者觉得生活变成了一场缓慢的演出。

我看着她们把作品一件件放进车厢然后开车走掉。我紧张得都没和乔打声招呼。接着，整整一个星期我都在想一个连正脸都没见着的女人。以前那些关于滑稽剧和犯罪的想法也都烟消云散了。

到了下一个星期六，我问乔那市场怎么样。她说不怎么样。她和玛丽安在摊位（租金二十五英镑）前坐了整整一天，一无所获。傍晚的时候，来了几个男人似乎有点儿兴趣，但他们不过是想带她们走。

我说："上个星期天早上我看见玛丽安过来了。"

说话时我尽可能地不露声色。但是乔的表情告诉我，我的秘密暴露了。女人总是能敏锐地觉察两性间的吸引，即使她们只是在旁观。她们所有的感官都训练有素，能识破刚刚萌芽的兴趣和倾向，发现男人镇定面具上的裂缝。女人会说，对她们而言，存在着一个重要的自我，超越了性。我们想要弄明白这话是什么意思，然后就看到女人的自传，通篇都在夸耀她的性经历。经常会有这种事，在某位生前十分敏感和严肃的女作家的传记里，展现在我们这些仰慕者面前的她的人生（既然她的作品已经买不到）只是一桩接一桩的性经历。

乔明亮的眼睛里闪过一丝顽皮，仿佛已经了然于胸。她正在展现一种我不曾领教过的性格，仿佛是为了配合她在我身上看出的蛛丝马迹。

我问："玛丽安是干什么的？"

"她是个游泳好手。在游泳池工作。"我们这集镇上有个市政府建的游泳池。

难怪她的身材那么健美。我从来没有去过那个游泳池，我想象自己正站在一个巨大的游泳池里，玛丽安穿着泳衣，赤着双脚，在游泳池边巡视，在离我头顶一两英尺的地方走过。（其实我知道不会是这样：她多半是穿着某种合成布料做的闪闪发光的紧身衣坐在椅子上，挨着一个晒褪了色、水渍斑斑的胶合板茶柜，喝着粗劣的茶或者咖啡，翻着杂志。）

乔仿佛看进了我的心里，说："她是个美人，对不对？"她对自己的朋友一如既往宽宏大度，但脸上仍旧挂着同谋似的狡黠，仿佛随时可以跟随我投入任何一场可能会牵扯到她的朋友的冒险。

我想象着她那曲线分明的身体在床上放松地舒展开来，洁净的床单上，洁净的胴体散发着氯气和水的气味，洁净的气味，我被深深地触动了。

乔说："她犯过几个错误。和我们大家一样。"

这就是乔的语言，有着古怪过时的韵味：所谓错误，当然就是和不合适的男人生下的孩子。

她说：“她已经和某人同居了好几年。”

她说起那个男人的所作所为，但我打断了她。我不想知道那些。我不想了解他的任何事情。那会令人难以忍受。

（罗杰说）我对玛丽安的追求是我经历过的最不光彩的事情。而最后，更令我感到羞耻的是，我发现玛丽安这般年纪的市建住宅区的女人常以一种极其实际的态度看待性事，可以说粗俗之至，或者简单、原始之至，简直是把这种事当成了必须去采购的东西，那种娱乐消遣的心态就像是去杂货店买便宜货（某些晚上，超市会将一些容易变质的东西降价处理）。

后来，当我追求成功，我们的周末关系多少确立了之后，玛丽安告诉我，她们那儿的年轻女人常常会在周四、周五或者周六办派对，或者结伴去酒吧或夜总会，猎取她们看中的男人。所谓“看中”，意思就是“我想要他”。没有哪个女人不希望自己有一个看中的男人。这种情形可能会变得很糟糕。那些被看中的男人对待女人和性事也非常实际，女人往往会受到虐待。如果女人大声反抗，或者骂了太多的下流话，她就会被“啤酒香波”浇个透：一整瓶啤酒从她头上浇下去。这是性游戏的一个环节，周末闹剧的一个环节。几乎每一个去寻欢作乐的女人都享用过啤酒香波。最后每人都能找到人上床，无论你有多么胖，多么普通。

有一次，玛丽安跟我讲了她那条街上的一个年轻女人的事。那个女人整天就吃薯片、甜腻的巧克力棒、比萨和汉堡包，胖极了。她有三个孩子，也都很胖，是和三个男人生的。我原以为玛丽安这位游泳健将讲这个故事是为了批评错误的饮食和肥胖。但我错了。

她们那儿的女人大多都很胖。肥胖本身根本不算什么。这个故事说的是胖女人的性欲和性满足。我原以为从她的口吻中觉察到了道德批判的意思，但其实完全不是这样。玛丽安讲起那个胖女人的放肆和荒唐，不过是在闲扯。她说："和男人混，就像是那幢楼里的华人洗衣店。快进快出。"

玛丽安说话就是这种风格。尖刻。她在其他事情上也是如此。这就是她给我的总体印象。

即便我对玛丽安的背景有全面或部分的了解，我也不认为那会有助于我求爱——这个词或许不够贴切。我的态度不可能和酒吧里那些被看中的男人一样。我不可能在酒吧里打女人，或者浇她啤酒香波。我只能做我自己，靠我自己那些手段去引诱女人。可其实并没有什么手段。珀迪塔和其他几个同珀迪塔类似的女人，都是像俗话说的那样，主动送上门的。她们并不是为了性爱，而只是为了婚姻。性几乎不在考虑之列。我很适合做伴侣或丈夫，但仅此而已。因此我从来不必去追求女人，赢得她们。她们就在那儿等着我。后来，在追求玛丽安的时候，我发现自己根本没有引诱女人的本事。

男人"勾引"女人的时候是他们最为愚蠢和荒唐的时候。女人尤其喜欢嘲弄他们，虽然那些女人若没人勾引她就觉得受了奇耻大辱。我强烈地体会到了这种荒唐，而且无法摆脱它，好在乔帮了我一把。可以这么说，是她为我做了些铺垫，所以后来我终于和玛丽安见面的时候，玛丽安已经知道我对她有兴趣。我们是在城里那家老马车旅馆的大堂里见的面。乔出的主意，她和玛丽安周六下午在那里喝咖啡或者喝茶，而我呢，从父亲的小房子出来进城，恰好碰见她们。在乔看来，这件事很简单，但那是对那些女人来说，我可没法那么坦然。我真是窘极了，简直不敢正眼看玛丽安。

乔走了，玛丽安留了下来，要了一杯温饮料。昏暗低矮的酒吧里几乎没人。我说了我的情况。事实上，法律上的类推法帮了我。她的一切都使我着迷，她的纤腰，她的声音，她的口音，她的措辞，还有她的冷漠。每当丧失了勇气，我就会想起她跳下沃尔沃时那粗糙的黑色松紧带裤子向下一滑的情景。我觉得绝对不能把这件事拖到下一个星期。我可能会失去冲劲，也许会失去全部勇气，而她也可能会改变主意。她同意留下来吃饭；实际上，她似乎以为那是早就谈妥的。乔干得很出色，比我出色。我根本没作任何安排。有那么一会儿我想也许可以带她去父亲那儿，但我知道那会酿成大祸：父亲虽然老朽，但还精明着呢。所以吃饭就只是吃饭。之后没有其他活动。可以说我和玛丽安之间仿佛在恋爱。我们叫了家酿葡萄酒，她很喜欢。我们约了第二天一起吃午饭。我觉得应该重重地谢乔一番，为了她帮我做的一切。

我在旅馆里预订了第二天的房间。我惴惴不安地挨过了一个晚上，又满怀绝望地熬过了一个早上。我努力回想是否曾经这样焦躁不安过，如此满怀欲望，如此缺乏自信，我想我从没有过。我感到一切都取决于能否引诱这个女人上床。如果一个人正处于别的什么危机之中，他多少会知道自己的价值，知道自己做了哪些努力，知道事态会怎样发展。但是在引诱女人这方面，我真是毫无经验。这是一场不折不扣的赌博。一切都得看对方。后来，我渐渐了解了玛丽安和她那些朋友的处世方式，当初这种忧虑就显得格外愚蠢和可怜了。但是，正如我说过的，即便我早就了解她们的处世方式，也无济于事。

长夜终于结束。午饭时间到了。吃完饭我们就去了那间预订好的房间，里面的家具漆成一种古怪的深色调，散发着霉味。现在突然要拥抱一个还很陌生的人，多么尴尬！玛丽安似乎只有轻微的抗拒，我放松下来。我们开始脱衣服。我就像是站在医生面前，等着他为我检查皮疹。外套放在椅子上；然后是裤子、内裤、衬衫，件件都放得很妥帖。

玛丽安的腋窝黑黑的，腋毛柔亮如丝。

我说："你不剃吗？"

"以前有人叫我不要剃。有些人觉得这很恶心。他们看见了会皱眉头。"

"我喜欢。"

她允许我轻轻抚摸，感受那种丝般的柔软。它撩拨得我愈加兴奋，和我脑海中她的其他形象一起刺激着我。高潮来得提前了那么点儿。她太棒了。有好一会儿，她向左侧卧着，高高翘起的臀，深深陷下的腰，右侧的皮肤光滑而紧致。她的左臂半掩着小小的双乳，右臂弯在头顶，露出了腋毛。掩着双乳的左手戴着两三枚戒指：我想，那是从前的仰慕者送她的礼物，但我此刻不要想他们。

她冷冷地低头看着我，说："你不是想操我屁股吗？"

我不知道该怎么回答。

她说："我当你就是想干那个。"

我还是不知道怎么回答。

她又问："你去过牛津、剑桥吗？"[①]她不耐烦地伸手到床的另一

---

①这两所大学被认为同性恋爱的风气较浓。

侧拿过自己的包，飞快地取出一支唇膏，仿佛早知道它的位置。

我犹豫着。她把唇膏递给我，说："我不会为你涂的。你自己涂吧。"

我没料到一个赤身裸体的女人会这样傲慢。

她下命令。我服从。做得怎么样我不知道。她没说。

之后我们穿衣服，当她差不多全穿好了，而我正穿到一半的时候，门铃响了。这时候我才想起来，我之前太过紧张，忘了打开"有人"的灯。

她立刻疯了似的叫道："你，去卫生间。"她大声叫门外那人等着，一边将我所有的衣服往卫生间里扔，外套，鞋子，将她看见的所有东西都往里扔，仿佛要消除我留在卧室的一切痕迹。

进来的不过是女服务员，西班牙裔或者葡萄牙裔或者哥伦比亚裔，是例行检查。

我就站在狭窄的浴室里，像在演一出滑稽戏。

之后我更加想要弄明白她当时的行为。也许其中有些许羞耻心或道德感，某种她难以控制的东西。也许是因为我不是会给女人浇啤酒香波的那种人。于是就采取了新的规则、新的做法，甚至可能投入了新的感情。

她从没解释过。我说下周末我从伦敦过来的时候，希望我们能再见面，她回答说可以，接着又模棱两可地说："再看吧。"

我给她买了一件漂亮的镶有蛋白石的首饰。花了我好几百英镑。我之所以要买件像样点儿的东西，是因为我知道她会给朋友看，而她们中会有人，说不定就是乔，怂恿她把首饰拿到特里索恩——当地的珠宝店——去估价。同时，我也想对自己公平些：蛋白石还不算太昂贵。

星期五晚上我把首饰送给她时，她很开心。

她把它拿在手上，凝视着那蓝色的光芒，以及宝石里缤纷变幻的色彩，眼波闪动，嘴里却说："听说蛋白石不吉利。"

我在旅馆里订了一个房间过周末。那儿的服务员都是西班牙人、葡萄牙人和哥伦比亚人。哥伦比亚人通过某种关系网，渗透到了我们这个集镇，满足了本地对于简单体力劳动以外的某种需要。他们具有地中海的气质，宽容大度，把我和玛丽安当作老朋友款待。消除了我们由于这种新安排而产生的所有尴尬。

事实上，旅馆里的生活很精彩。身在国内却仿佛在国外度假，在自己的国度做异域人。置身于旅馆的酒吧、餐厅和卧室，耳畔尽是异国的语言，而数英里之外就是我父亲的小房子和杂草丛生的花园，长久以来，那地方——发黄的天花板和墙壁，落满灰尘的玻璃镜框后面那些模糊不清的愚蠢的小幅照片——在我看来是那么阴郁，那地方——那种生活已然过时，没有希望——浸透了父亲难以平息的怒火，而他这怒火指向的那些人，对我来说只存在于他的讲述中，而非活生生的现实中。

整整一个星期我都在为和玛丽安的再次相见而坐立不安。几乎和我们第一次见面前一样不安。我早早地到了旅馆，坐在大堂低矮的天花板下（"处处可见毫不掩饰的笑容"[①]，正如旅馆服务手册所承诺的），望着旧集市广场的另一边，那隐藏在街角另一面的出租车站和公共汽车站。她出现了，光彩照人。这个词一下子从我脑海中

---

①原文为 a wealth of exposed beams, beam 兼有"横梁"和"笑容"两种意思，故亦可译为：许多裸露的横梁。为配合文中的调侃意味，取"笑容"。

蹦了出来。她穿着一条鹅黄色的高腰裤，双腿显得格外修长。裤子上跃动的光线让那两条长腿显得无与伦比。她的步伐轻盈敏捷。我怀疑自己是否真有能力去领受这样的光彩。我望着她大步走进旅馆，发现那条裤子是新的，是特意为这次见面买的。裤腿正中还有一条熨烫或者折叠出的痕迹。那大概是在商店里留下的：裤子叠好后再用棉纸包好装进盒子或袋子里。她的细心准备着实令我感动，也给了我一丝安慰。同时我又觉得有些不值得，担心将来会有麻烦。因此我也许比一开始还要紧张。

什么悲剧都比不上床上的悲剧：我记得托尔斯泰曾经对他的一个朋友这样说过。没有人知道他确切的意思。是指再二再三的无耻要求？指失败？指糟糕的表现？指拒绝？还是指无声的谴责？这仿佛就是在说我那天晚上的情形。我想我的感觉影响了玛丽安，比如我觉得这家位于集市广场的旅馆令人惬意，旅馆里的那些外国服务员给人一种身在他乡的奇异感觉。餐桌上的葡萄酒加强了这种感觉，我认为。但是到了床上，她那阴沉冷漠的情绪又回来了，与那个欢欢喜喜接受蛋白石首饰的玛丽安简直判若两人。

她脱下衣服，交出自己，像上次那样袒呈于我面前，紧实的细腰，高高耸起的可爱的圆臀，舒展开的浓黑腋窝。这次她明确地让我知道了她要我做些什么。

但我从来不知道我是否令她满意。我想我一定是做到了，但她从来不肯说出来。也许她是在演戏；也许她个性如此；也许这一招她是从某个喜欢吹嘘的朋友那儿学来的；也许这是她在市建住宅区度过的残酷童年迫使她学会的，是残存的质朴，为的是应付艰难的生活。

由于头脑可以同时应付很多事情，我欲火中烧之际——既难以相信摆在我面前的一切，同时又希望将它们统统抓住——就是这样说服自己的。

后来，我在理智的这个瓦解性的可怕发现中越陷越深，我意识到自己一开始的表现并不怎么好。如果我那时就认识到了这一点，我必然会一蹶不振。但当时在旅馆的卧室里，我并没有认识到这一点。

半夜时分她对我说："我看见你系着皮带。你想揍我吗？"

我大概明白了她的意思。但我从没想过那么干。我不吭声。

她说："用皮带。别用其他什么东西。"

我们就那样干了，然后她问："我屁股上有乌青了吗？"

没有。几个星期之后会有，但那时候还没有。

她问："那有没有叫你激动得要命？"

没有。但我没说。

她说："我知道你在动什么脑筋。"她结实的双腿在床边轻轻摇摆着。

就这样，我们之间发生了这一切之后，她仍同我保持距离。我想，在这出床上悲剧上演的时间里，这就是她的中心态度，我因此爱慕她。我很愿意与她保持这样的距离。如果我不愿意，那我们之间就是另一种关系了，但那根本就是不可能的。而在这张床之外，在她那阴沉的情绪之外，我们之间一无所有。我们没有什么话题可谈。

对于我的特殊需求，她自有一套理解，用她的话说，就是知道我在动什么脑筋，那些看法来自她读过的一些色情刊物，也可能是与哪个小姐妹的闲聊。但她只对了四分之一。我向来认为自己性欲不强。就像你的父亲，威利，你曾经跟我讲过，他陷在忧郁之中不能自拔，忧郁成了他性格的一部分，是他陷入危机时的一个安慰，所以认为自己性欲不强也成了我性格的一部分。这样很多事情就简单了。和女人做爱，敞开自己，面对那种亲密，这些让我反感。有些人一口咬定，如果你不是这一类，就必然是那一类。他们肯定我是对男人感兴趣。肯定我是相反的情况。实际上所有的性行为都令我反感。我一直认为低迷的性欲其实是一种自由。我确信世上有很多我这样的人。像罗斯金[①],亨利·詹姆斯[②]。他们是特例,但我立刻就想到了他们。我们应该被允许拥有自己的自由。

我四十多岁了才第一次看登有色情照片的时尚杂志。我又吃惊又害怕。那些杂志在报亭里已经放了好几年，封面大同小异，我从没想过要去看一眼。千真万确。过了一段时间，我又发现了许多更专业的色情杂志。它们让我无地自容。它们让我觉得，每个人都能通过训练极大地拓展自己的性体验空间。只有少数几个基本的性爱动作是无师自通的。其他种种都需要学习。肉体就是肉体。我们都可以去学。不训练就不可能知道某些技巧。而我宁可不要这样的训练。

我相信玛丽安看透了我的这种无知。她想要开发我，当然只能依靠她自己知道的东西，依靠她自己所受的训练，在某种程度上，她成功了。

---

①约翰·罗斯金（1819－1900），英国维多利亚时期著名的艺术评论家。

②亨利·詹姆斯（1843－1916），美国－英国作家，十九世纪最主要的现实主义作家之一。

我遇见她的时候，已经人到中年，就像我父亲当年那样，开始觉得我年轻时的美好前景，我胸中的宏图大志，都已经变了味。珀迪塔的不贞——并不是她的行为本身，我就算想象那些情景，也不会觉得痛苦（甚至可能会觉得好玩），而是她的行为带给我的羞辱——正在吞噬着我。我不可能同她当众大吵，也不可能下达禁令，因为我什么也给不了她。我只能忍受。

我说过，我和玛丽安下了床就什么也没有。但我不知道是否果真如此。认识玛丽安之后，我再也不想以这种特别的方式去结识别的女人了，我不知道这能不能算是一种爱：只想和这个人而不想和其他什么人做爱。大约一年之后，一个寒冷的星期六早上，我在集镇上看见一个俗气的年轻女人从她工作的地方跑去面包店排队买店里拿手的苹果派。她比玛丽安壮实丰满，小肚腩松松垮垮的。她穿着黑色紧身裤和黑色上衣。衣服裤子的松紧带都没弹性了，她一边在寒风中跑着，一边托着自己毫无魅力的乳房，背后露出的肌肤和那次在父亲的小屋前玛丽安从沃尔沃里跳出来时露出的一样多。这个往面包店跑的女人，我再也不想多看一眼。

而在圣约翰树林的家里，我不止一次细细欣赏珀迪塔的身材和步态——它们不乏崇拜者——聆听她那有格调的古郡口音，真的很悦耳，我感到疑惑，为什么我会对这一切无动于衷，为什么我宁愿花几千英镑去欣赏、享受另一个女人，在另一个地方。

我陷入了新的生活模式。工作日在伦敦，周末和玛丽安一起在乡下。最终我不再因她而焦虑不安，尽管她在床上时情绪依旧阴沉冷漠。我对她越熟悉，就越想和她亲热。那时候，我可以说每个周末都不想浪费和她在一起的时间；我不愿意让时间白白过去。到了星期天早上我几乎要瘫痪了。然后我开始渴望摆脱她，出发回伦敦。奇怪的是，星期天晚上往往是我一个星期里感觉最好的时候，我可以惬意地放松、独处、反省，性爱导致的疲乏和性欲的释放慢慢转变成一种乐观的情绪，使我可以满怀信心地投入新的一周。而到了星期四，我又受尽了折磨，脑海里又满是玛丽安的身影；然后星期五下午我就又迫不及待地想回到她身边。可以说，正是由于平时的乐观情绪，我才能够工作，努力地工作，实现我那些美好的事业，包括把你从印度监狱里救出来。这些美好的事业对我来说至关重要。它们给了我一种关于自己的可以坚守的认识。

从某种角度看，这算得上是一种完美的关系，恰到好处的离别使欲望得以持久不衰。这种模式一直持续到彼得开始玩那种房地产把戏。然后，为了给珀迪塔一点儿颜色，也许更为了满足自己的虚荣心，我去彼得家过了几个周末。我得说，在那种场合，我和珀迪塔的表现相当得体。玛丽安带给我的乐观情绪使我精神百倍。珀迪塔喜欢拜访那幢豪宅，喜欢让那些肥胖的、被宠坏的条纹裤男人来伺候她。她那悦耳的声音寻到了用武之地，而我也很乐意为她奉上甜言蜜语。我小费给得大方，这让珀迪塔很得意。与玛丽安分开了这么长时间，使我越发渴望尽快回到她身边。于是每个人都很满意。

我们换了几个旅馆，但基本上都在那一带：我总是希望在父亲有生之年，不要离开他的小屋太远。这样更换旅馆，一开始是为了避免玛丽安的朋友或亲戚看见她。后来就主要是为了新鲜感了：不一样的房间，不一样的服务员，不一样的大堂和酒吧，不一样的餐厅。有一阵子我们还考虑过在哪个偏僻小镇置一套公寓或房子，这个想法让我们兴奋了好几个月。但后来，当我们开始考虑细节的时候，家务的问题让我们越来越感到有压力。

周末做家务，我绝对不要。这会让玛丽安显露出她家庭生活的一面，对此我丝毫不愿去想。但她的这一面始终藏在那里。有时候我能感觉到家庭问题正在压迫着她，但我一点儿也不愿了解。知道多了，我眼里的玛丽安就会变成市建住宅区里平凡的家庭主妇，她粗犷的举止和奇怪的口音——这和她游泳健将的洁净气息、健美的身体是那么不协调——让我感受到的魅力就会消失殆尽。但是，一想到自己能拥有房产，她就非常激动；最后，我把她在市建住宅区里的房子买了下来，作为一种补偿。那时候法律有了变化，允许市建住宅区的住户购买房子。我没法给和玛丽安共度的那些周末定价，而市政府给她的房子定的价倒是极为合理。

正如一个人可以逐渐习惯一种健康状况——比如我父亲，但如果把这种状况一下子放在他们面前，那他们的世界就会倾覆，就像遭遇了战争或侵略这样的灾难，所有的常规都被打破了，有些东西被摧毁了——我也逐渐习惯了这种新的社交状况：大多数周末都满怀热情和一个女人待在一起，却不用和她真正地交谈，也不想把她带出去或者介绍给谁。

接着，大约九年或十年之前，你刚离开非洲那片废墟到了西柏林，东方那片废墟离你不过几分钟路程，就在那个时候，我有了一个文学上的发现。我读了一些维多利亚时期的日记，作者是一个名叫 A.J. 芒比的绅士，我发现此人与我志同道合。

芒比一八二八年出生，一九一〇年去世。刚好和托尔斯泰是同龄人。他博闻强识，文笔生动优雅，轻松的维多利亚风格，且非常熟悉当时的知识界和艺术圈。他认识很多名人。有些名人，像罗斯金和威廉·莫里斯，他只是见过面。当他还很年轻的时候，曾经在大街上问候过狄更斯，之后在日记里寥寥数语就勾勒出了这位时年五十二岁的作家的形象：一个花花公子，有几分演员气质，对自己颀长的身材颇为自负，帽子歪向一边。

但是，芒比和罗斯金、狄更斯一样，藏着一个性的秘密。芒比对劳动妇女总是激情难抑。他喜欢女人用手干重活，把手弄得很脏。他说，他喜欢看女佣满身尘土，手和脸被煤灰和污垢弄得黑乎乎的。那个时代的脏活真是多，我们今天看来，会觉得万分惊讶，扫壁炉什么的都要靠女人赤手空拳来做，没有任何工具。她们的手洗干净了以后，又粗又厚，红通通的。贵妇人的手都是娇小白皙的。而令芒比倾心的却不在客厅，这些红通通的手，除非戴上长及肘部的时髦手套，不然立刻就会暴露她们劳动妇女的身份。

芒比和街上来来往往的劳动妇女交谈。他为她们画素描，为她们留影。他是早期的摄影爱好者。他教女矿工摆姿势，她们的粗布裤子上补丁缀着补丁，有的交叉着双腿，倚在与她们齐高的铁锹上，困惑地盯着摄影师，其中一两个有那么点儿虚荣，露出一丝微笑。芒比的照片和画作不见丝毫淫秽，尽管他表现的主题无疑带有色情的成分。

他的一生中大部分时间都和一个女佣保持暧昧关系。她高大强壮，比街上大多数人都高出一个头。芒比就喜欢魁梧强壮的女人。他喜欢让他的这个女友继续为别人家帮佣；尽管她有时也会抱怨那些雇主不体谅，他却并不急着救她于水火。他喜欢看着这个女人沾满劳作的泥尘。她理解他的这种癖好，并不介意：在邂逅芒比之前，她就曾梦想过有一位绅士情人甚至丈夫。有时候他们会住在一幢房子里，虽然刚开始时难得如此。然后，每当有客拜访，那女人就不得不从客厅的椅子上起身，装出女佣的模样。日记里看不出一点儿性的痕迹，但这或许只是维多利亚式的含蓄罢了。

对于有芒比这种嗜好的人，维多利亚时期的伦敦是一个充满刺激的城市。比如，傍晚六点，在布卢姆斯伯里的某个广场上，每一扇底层的窗户都亮起了灯光，后面都是一个展示珍宝的舞台：一个女佣坐在椅子上，等待着主人的呼唤。

在芒比的日记中，伦敦的仆佣生活充满了痛楚和欢愉，玛丽安的生活在我眼中也是如此。尽管我从来不去想她不在我身边的时候在做些什么，但那些生活的碎片渐渐扩展成一幅完整的画面，展现在我面前的是我从来不曾真正了解的生活，那可怕的、残忍的市建住宅区的生活。

平日里，玛丽安就住在市建住宅区，和乔一开始向我提到过的那些“错误”在一起。“错误”共有两个：两个孩子，不同的父亲。我之前推测那第一个男人是个“浪荡子”。玛丽安常说这个词；她的口气就好像它是个专用术语，几乎可以作为一种职业填入社会保障或其他政府部门的表格。职业：浪荡子。那位浪荡子是黑发。头发很要紧：玛丽安不止一次这么说过，仿佛头发就能说明一切。

而玛丽安本人也是她母亲的一个错误，连同其他三个错误，来自三个父亲。玛丽安的母亲犯下这四个错误的时候，才二十多岁，然后她遇到了一个看中的男人，那是她等了一辈子的男人。爱情：命中注定。她当机立断，扔下那四个错误，跟这个男人跑了，搬进了市建住宅区的另一套房子。政府部门来找了点儿麻烦，因为玛丽安的母亲还想继续享受那四个错误带给她的福利。不过后来问题还是抹平了，玛丽安的母亲和她的男人同居，直到他厌倦了她，又和别的女人跑了。这就是那个地方的生活方式。

其他地方也会发生类似的事情，不过让我觉得有意思的一点是，有关部门自始至终都没有要求玛丽安的母亲承担她的决定所导致的物质或财政后果。她总是能借到房子，总是能申请到某种补助。可以说，玛丽安的母亲的每一个行动都得到了官方的酬劳。而支付酬劳的就是那些孩子，那些错误。而且我想，可以说他们并没有受到什么刻意的惩罚：他们不过是在潜移默化中适应了市建住宅区的生活，正如玛丽安可怜的母亲小时候被其他人、其他事潜移默化一样。

玛丽安和其他错误被置于“关照”之下。可怕的专用术语。这是玛丽安童年最可怕的一段时光，充斥着毒打、性侵犯以及一次又一次毫无希望的出逃。后来玛丽安意识到，即使她逃到街上，也会有别的灾祸降临到她这么个小不点头上。于是这个孩子忍了下来，熬过了政府的折磨。她去过各种各样的矫正学校。在其中一所学校里她学会了游泳。这成了她生平最了不起的事情。而那段时期，玛丽安有时会看到她母亲开车路过，过着她的新生活。

那段新生活结束后，她母亲又露面了，某种形式的家庭生活又在另一套房子里开始了。作为这种生活的一部分，玛丽安和其他几个孩子经常由母亲领着去各个超市和商店行窃。他们成绩不错。有时也会被逮住，那时节玛丽安和其他几个错误就照母亲教的，尖声哭闹，最终店里人总会放他们走。最后这种行窃生涯也中止了。

玛丽安认识的每一个住在市建住宅区的人，经历多少都与她有些相似。

了解了玛丽安的童年，我开始理解她在床上的那种阴沉和冷漠：目光阴冷，心灵封闭。然后我又希望自己不知道那些。我由此联想到芒比日记里一段既让人不舒服又让人心生怜悯的描述。短短的一节，我希望自己不曾读过。一天，在一幢允许进入的私宅里，也可能是一家旅馆，芒比走进一个房间，看到一个女仆背对他站着。他对她说了一句什么，她转过身来。她正值妙龄，容貌可爱，举止伶俐，一手握着一个尿壶，另一只手没戴手套，正搅动着里面的东西：暗示了壶里有固体物质。

每当想到玛丽安的过去，我心中就会涌起这种悲哀和厌恶兼有的感觉。在我们最缠绵的时刻，它就会涌上我的心头。

我知道市建住宅区的情况，她童年时所经历的悲剧如今已经落幕。但对那时的她来说，那悲剧似乎将永远持续。我曾多次路过那个貌不惊人的地方，她就是被送进那里接受“关照”，之后千方百计想要逃出去。似乎一个同狄更斯笔下的世界在道德方面没有差别的世界对她而言依然存在，却与我无关，因为我可以视而不见，充耳不闻，想也不想地驾车经过，仿佛生活在另一个年代。那个世界，我们这些人看不见，它隐藏在市建住宅区那颜色鲜亮的房子、停泊的汽车后面，藏在我们对社会改造过于简单的理解后面。

一度——前后差不多有一两年——有人在一点一点地整修那里的房子。我看到了，却没有特别留意，只是对那些建筑工人感到有点儿焦虑，同时想着圣约翰树林的房子，不知道工作进度怎样。

某个星期五晚上，我乘出租车从车站出来经过那里，司机对我说：“你动得了房子，却动不了人。”

他这话很聪明，但我肯定他是从别人那儿听来的。他也住在市建住宅区里，他自己告诉我的。我知道，他以那种准罪犯似的说话方式对我这个局外人说话，说的都是他认为我想听的话。

就在我对你说这些的时候，我觉得，按照出租车司机的观点，我们自以为在对别人行善，毫不顾及他们的需要，在这个已然改变的世界里，这么做是落伍了，是一种愚蠢的虚荣。而且我现在越来越觉得——将上面的观点作些引申——我们文明中那些更好的部分，比如同情，比如法律，可能被用来推翻我们的文明了。

但或许，这些沉重的想法只来自我内心的悲哀，我和玛丽安结束了，她带给我的乐观也消失了。

这种事情总要结束的，我想。就连珀迪塔和那个拥有伦敦豪宅的人之间的关系有一天也会结束。但是，由于某种残存的愚蠢的社交虚荣心作祟，我匆匆结束了与玛丽安的关系。事情的经过是这样的。

玛丽安的朋友乔决定办一场体面的婚礼，新郎是和她同居了好几年的那个厨师，他们已经制造了一两个有利可图的错误。她想要一整套。教堂典礼，花饰轿车，白缎带从车顶一直垂到散热器，礼帽和礼服，熠熠生辉的洁白婚纱，花束，摄影师，宴会——按惯例安排在市建住宅区的酒吧里。一整套全要。乔请我参加。我父亲生前一直是她在照顾他，帮他做家务，后来他留给她几千镑。她声称，把我和她连在一起的更多的是我父亲这层关系，而不是她和玛丽安的友谊。谦虚地说，她也算是我们家的仆人。她很乐意这么看。而出于一种极其愚蠢的虚荣心，同时又怀着种种疑虑——我比任何人都更清楚大部分阶级观念已经是明日黄花——我去了。

婚礼和我预想的一模一样：乔那位粗鲁的配偶戴上了礼帽，身着其他行头，乔的脸浓妆艳抹，泛着油光，睫毛上撒了荧光粉，亮晶晶的。盛装之下的新娘激动得浑身颤抖。

我没找任何人寒暄，假装没看见玛丽安，更确切地说，是假装没看见她的同伴。这是我和玛丽安以及乔早就说好的。我一找到机会就走了，根本没等到嘉宾致辞，宴会正式开始。

我朝车子走去，老远就看见车身划痕累累。在前排座位上，有用白漆或者某种粗笔的白色黏性颜料写下的字，是孩子端端正正的笔迹："滚开，别再缠着我妈"，"不滚就不客气了"。

那真是糟糕的一刻。孩子的笔迹让我想起了芒比日记里那个手持尿壶的女仆。

后来玛丽安告诉我，孩子的父亲一直在监视我。乔对一些人提过我会来参加婚礼，根本没想到会是这个结果。

那种白漆黏性特别强。几乎不可能清理干净；或许是专为涂鸦艺术家设计的，能保证他们的作品不被擦掉，也不会因为烟熏火燎、风吹雨打而褪色。白颜色填满了仿皮车座上每一处细小的凹陷；而在光滑一些的地方，虽然白漆已经被刮除，但还是留下了清晰的印记，就像蜗牛爬过留下的痕迹，当阳光从某个特定的角度投射过来时还会反光。婚礼过后不久，珀迪塔上车的时候，很难得地开起了玩笑，她问："这话是给我看的吗？"

从那个星期六开始，针对我的迫害愈演愈烈。我暴露了，我的车子也暴露了。我被跟踪了。每次电话一响，如果是我接的，就会听见孩子的辱骂。隐藏在孩子后面指挥这一切的那个男人，孩子的父亲，他的懦弱，对于我来说正变得越来越阴险。

最后，我决定停止我们的乡间周末，为玛丽安在伦敦买一套公寓。这个打算令她异常高兴，我几乎要觉得那些迫害或许是某个计划的一部分：她一直想搬到伦敦来住，这样商业圈触手可及，再也不必坐好久的车过来。

但是伦敦实在太大。我不知道该到哪儿去买一套大小合适的公寓。就在此时我把自己的境况告诉了事务所里一个比我小几岁的合伙人。我把我的需要告诉他，还说了一些不该说的事。他家在伦敦西部，是特恩翰姆绿地附近一幢工艺美术运动[①]风格的或者诺曼·萧[②]设计的漂亮房子。他很讲义气，甚至为我出谋划策。他并没有因为我和玛丽安的暧昧关系而瞧不起我。他告诉我可以去特恩翰姆绿地一带找找看。那里绝大多数维多利亚以及爱德华时代的房子正在被改造成公寓，价格只有市中心一带的三分之一甚至四分之一。

后来我就在特恩翰姆绿地——由圣约翰树林往南再往西，沿途风光令人惬意——买了一套房子。玛丽安咀嚼着这个名字，念了一遍又一遍，仿佛那是童话里的魔咒。当她得知那里还有一条地铁线，可以让她在二十到二十五分钟内从特恩翰姆绿地直抵皮卡迪利广场的时候，她几乎欣喜若狂。我们决定放弃郊外市建住宅区的房子，把它留给玛丽安的错误和她第二个错误的父亲。因为玛丽安此时就和她母亲当年一样，伦敦已经在她眼前展开，她想要摆脱她的那些错误。

这些事是在你到伦敦之前一年半发生的。而且，不是吓唬你，可以说，我之所以能为你打赢那场官司，靠的就是玛丽安带给我的

---

①十九世纪下半叶起源于英国的设计改良运动。

②理查德·诺曼·萧（1831－1912），十九世纪末英国著名的建筑师。

最后那点儿乐观。其实任谁都能预见到，搬到伦敦来住对我对她都是一场灾难。对我来说，玛丽安这么多年来一直是我的周末伴侣。每个星期五、星期六，我们都如胶似漆，所以到了星期天我总是很高兴能离开她。而现在，怎么说呢，她总在我身边。以前周末的那种热度不复存在，没有了那份热度，她变得平庸了。甚至连做爱也变得乏味了，我从来没想过会变成这样。我的生活模式整个儿毁了。

我的预想落空了。大大小小的灾难接踵而来：那段时间，我们对于自己的行动在日常生活中的后果总是预料错误。在你到英国之前好几年，我认识了一位作家。他周内在大英博物馆的阅览室里工作，周末写作。平时每天他都在阅览室里正襟危坐，眼前展开着一个完整的世界，他的想象力每天都在吸收营养。周末的写作成绩斐然。人们会跑到阅览室去，只为看一眼这位大名鼎鼎的人物是怎样工作的：钩子似的一张脸，迈着细碎急促的步子紧张地走来走去。两百年前，那些衣衫褴褛的穷人也是这样跑到法国王宫去看国王是怎样吃饭或者就寝的。而那位作家还真有那么一点儿国王的派头，他对自己的地位、名气和才华过于自信，开始觉得在大英博物馆里工作束缚了他的手脚。于是他退休了，隐居乡间，专事写作。但他写不出好的东西来了。他眼前的那个世界消失了。他的想象力越来越贫乏。他的作品变得浮夸。他没能写出什么伟大的作品来使早期的优秀作品重获青春。他死时一文不名。他的书销声匿迹。我能够看清这位作家的困境，却看不清自己的。

玛丽安也一样。她从未想过伦敦的生活竟会如此孤独。她从未想过一天大部分时间只能看看那些商店。她从未想过特恩翰姆绿地，拥有这么美丽苍翠的名字，竟会变成一座囚牢。她开始渴望自己抛弃的那些东西。她变得急躁。我总是很高兴能离开她，但不再有那种热度，那种性欲满足后的疲乏。我们共处的时光变得毫无意义。我们对彼此看得很清楚，看到的东西令我们厌倦。因此，尽管她喋喋不休要我多陪陪她，而我是否能做到却无关紧要；因为她真正想要的并不是这个。她要回去。她要那些老朋友。她就像是隐居到了曾经心仪的度假胜地，却被那里的无聊和孤寂逼得要发疯。

假如我能像玛丽安的母亲或者像她的许多朋友那样，来个快刀斩乱麻，情形也许会好些。但是我没有那种勇气或者狠劲。那和我的本性或者教养都格格不入。我维持着，尝试妥协，却一无所获，在这个过程中，重燃激情的最后几分希望也被扑灭了，那让那个人为我改变的性狂热已不复存在，而我眼中的那个人也已流于平庸。

我和玛丽安的关系几乎变得同我和珀迪塔的关系一样了。圣约翰树林和特恩翰姆绿地这两个拥有美丽的田园名称的所在，在我看来都分外可憎。你在这儿的这段时间一直是这种状况。所以我才坚持要你留在圣约翰树林。这样至少我回来还有一点儿意义。

我就是怀着这种心情，把玛丽安介绍给了住在特恩翰姆绿地的那位朋友兼事务所同事。我想摆脱她，这一招奏效了。他在她面前满嘴动听的新名字和老套的浪漫情调：巴黎、法国、法国南部。然后她就跟他跑了，出于那种我从老早以前就了解而且喜欢的社交贪欲。就这样，我摆脱了她，但与此同时，我也尝到了最刻骨铭心的忌妒的滋味。我做着必须做的工作，我回到家里和你聊天，但我满脑子都是当初激情热烈的性爱场面，这种激情如今已离我远去。我仿佛又听见了她说过的那些话。我从没想过自己居然能够承受这么多的痛苦。

差不多就在这个时候，彼得的房地产把戏出了岔子。现在我正面临一个挑战，我从没想过自己有一天会不得不面对这样的挑战。我不愿意像我父亲那样满怀仇恨和愤怒死去。我跟你说过，我要像梵高那样。衔着烟斗什么的。思考着我的艺术，或者思考着我的一生，既然我不是艺术家。不恨任何人。

不知道我是否会有那位伟大的艺术家的勇气和力量。我已经开始感受到憎恨带来的巨大安慰，尽管这种感受还不甚强烈。也许我那些傻乎乎的小照片会挂到别的什么地方的某幢房子里，然后我就日复一日地看着它们在肮脏的玻璃后面渐渐变得模糊。

十二　魔种

这就是罗杰讲述的故事，断断续续，并非按照事件发生的先后顺序，讲了好几个星期。

在此期间，威利一直都在布卢姆斯伯里的建筑杂志社做他那份悠闲琐碎的工作。每天早上，他步行到迈达谷大街，最好是等到八路公交车，可以一直坐到离杂志社很近的地方。在此期间，有时是在杂志社，有时是在圣约翰树林他自己的房间里，他一直在试着给妹妹萨洛姬妮写信。他的情绪随着罗杰的讲述而改变，他的信也随之改变。

亲爱的萨洛姬妮：

我很高兴得知你回到柏林从事电视工作。我希望能待在你身边。我希望时间能回到九年、十年之前。我们一起去卡德韦百货公司，一起喝香槟吃牡蛎的情景，我依然记忆犹新——

他搁下笔，心想："关于我跑去参加游击队那件事，我没有权利指责她，即使是旁敲侧击。最终决定的是我自己。我应该对自己的所有行为负责。和珀迪塔的事，好在罗杰并不知情，实在侥幸。如果哪天他发现了可就糟了。我认为那是真正的背叛。”

大概一两个星期之后，他又写了第二封信：

我这里的情况起了变化。不知道这些好人还能在这可爱的地方的这幢可爱的房子里收留我多久。我刚来的时候只觉得目眩神迷。我以为一切就该这样。我以为这房子就该这样，虽然到这儿的第一个晚上我就觉得窗外屋后那片苍翠的小花园简直美得不可思议。但是我知道这是一幢伦敦的房子。现在我更了解伦敦了，而圣约翰树林的这幢房子也把我惯坏了，我再也不能适应其他地方了。我不知道怎样开始在别的地方生活，怎样开始认真做一份真正的工作。一旦你开始这么想，伦敦就成了另一种城市。它揪住了你的心。

他把信搁在一边，想："我不能跟她说这些。我已经不是小孩子了。我不能跟她说这些，她既不能为自己也不能为我改变什么。"

过了很久，大概一个月之后，他又开始写第三封信。这封信花了他好几个星期。

由于我目前从事的工作，我觉得自己真的应该努力在建筑行业做点儿事情。我想，获取资格大约要八年左右的时间。那时候我都快六十岁了。但我仍然可以在这个行业里活跃而令人满意地干上十年、十二年甚至十五年。难处是，任何一个头脑正常的人都会觉得，一个五十岁的人还要从头开始学习某一行，实在荒唐。而主要的困难在于，要想实现这个目标，我需要注入乐观的精神。我这里的这位朋友曾经每个周末从一个他倾心却难以与之交流的女人身上获取乐观的精神。这种精神使他支撑了好多年。我不想重蹈他的覆辙，况且这类事情无论如何不可能直接安排。

当我还是个孩子，用孩子的眼光看待这个世界的时候，我曾乐观过。这副孩子的眼光让我有那么两三年一直想当传教士。那愿望不过是为了逃避现实。这就是我全部的乐观精神了。当我一开始理解现实世界，乐观精神就从我心里溜走了。我生错了时代。如果我现在才出生，即使还是在那个地方，世界也会呈现不同的模样。可惜对我来说，这个新世界到得太晚了。我内心深处藏着一个可悲的小我，我轻易就能认出它来，它让我把关于建筑的梦想搁置一边，让我觉得自己应该在哪儿找一份要求不高的工作，再找一套小公寓住下来，只希望四邻不会太吵。但是现在，我的经历让我明白了，生活决不能被如此简化，在那个简化的梦想中会有某种小陷阱或小缺陷，让人生白白度过，仅仅把人生当作消磨时光的一种方式。

我这里这位朋友说，最快乐、最成功的人是那些目标明确、有限且容易达到的人。我们就认识这样一个人。他是个非洲人，或者说是个来自西印度群岛的黑人，如今是一位备受尊敬的外交官。他父亲或祖父在二十世纪二三十年代的回归非洲运动中从西印度群岛回到了西非。多年以前，我们这位非洲朋友（无疑得通过某种强大的女性关系网）就有一个野心（当然，除了赚很多钱），就是只和白种女人发生性关系，最后生一个白皮肤的孙子。这两件事都天遂人愿。他的儿子有一半英国血统，名叫林德赫斯特，三十来岁，已经和一位纯白种血统的名门闺秀生了两个孩子。其中一个完全是白种人的模样。本周六这个一半英国血统的男人就要和他那白孩子的母亲举行婚礼，整个事情也就圆满了。这是现在的时尚，先生孩子后结婚。

婚礼在伦敦以北很远的一个有着动听的名字的村子里举行。珀迪塔没去。罗杰和威利乘火车去，并预订了旅馆客房过夜。

罗杰说："我们将通宵跳舞。哦，不能说'通宵'，听上去太像是做苦工。我们将跳舞送走一宵。"

他们租了一辆汽车一路行来。要不是这条蜿蜒的公路两边有那么多酒吧、宾馆和带停车场的小旅馆，这一带看起来就是一片林地。

罗杰说："新娘家族的祖上在十九世纪初十分了得。是实用科学家法拉第的赞助人。法拉第是和后来的爱迪生一样的人物。小时候是伦敦牛津街上的穷孩子，后来跟了一位贵族出身的科学家，一开始是做仆人。这样一个荣耀的时刻过后，这个家族发生了一些事情。再也没有贡献出其他伟人。也许是因为自满，或是基因的衰落。在随后的大帝国时期，很多其他家族竞相崛起，他们却走了下坡路，一代不如一代。几年前，他们决定放弃老宅，任其腐烂。他们无法维持下去，而继承法又不允许他们把它拆了。他们就掀掉了屋顶。没多久那宅子就成了废墟。他们搬进了离那儿不远的一处小房子。"

家人在岔路口设立的指路牌亲切地提示车辆转弯前往婚礼地点。不是教堂。

罗杰说："现代时尚。你不用去找牧师。让牧师来找你。"

无人照看的高大老树，缠满藤蔓和寄生植物，断裂的枝杈蓬乱不堪，为狭窄的道路布下浓荫。更多手工制作的指路牌引导他们驶离公路，爬上一片绿茵深深的缓坡。他们停下车，不远处有一辆巴士，车身漆得五彩缤纷，上面写着"阿鲁巴－库拉索"：乐队的名字排列成彗尾般的弧形，上面画着一颗大大的红星。下得车来，他们听见二三百码之外草坡下面的公路上传来的喧嚣。

这就是从那豪门院落俯瞰到的景致，曾经开阔而壮美。如今这宅子没了屋顶，成了废墟，显得出奇的真实，灰暗但毫不阴森，更像是一件巨型概念艺术作品被刻意安置在洁净、茂盛、翠绿的草地中央。一眼间就能看到。而观礼的宾客也的确就这么瞥一眼那废墟，脚下却并不迟疑，仍旧沿着狭窄崎岖的小径走向不远处宾客聚集的帐篷。

此时人群泾渭分明，一边是黑皮肤，一边是白皮肤。很快，两群人开始紧张地融合；终于，他们完全融合在了一起，接着马库斯出现了：肤色黝黑，瘦削依旧，面容清癯，满头银发，笑容可掬，眼神热切。热切而热情，这是他一贯的风格。他和客人们一一握手，同时将脑袋往后一仰，那动作威利还记得。

威利说："我还等着看他戴礼帽穿晨服呢。看到他穿着普通的深色西装，还真有点儿失望。"

罗杰说："这又不是早上的仪式。"

威利说："你有没有在他身上看见那种年龄带来的道德缺陷的痕迹？"

"我正在找呢。但我得承认，我并没有看到。我没有看到理智的挣扎。我只看到了巨大的幸福，巨大的仁慈。你会觉得这真是了不起，想想打你认识他以来，他经历了多少次革命和内战。都是些部落间的琐事，对于我们其他人而言无足轻重，但却非常难对付。无论事情大小，磨难就是磨难。我敢说，马库斯曾多次遇到这样的情况：黎明时分，他几乎是被赶着来到儿时玩耍的某片热带海滩，剥下衣服，在海浪的轰鸣声中，被或轻或重地揍一顿、挨枪子或被用棍子打到半死。他挺过来了，因为他很警觉。什么东西对他重要，他自有看法。这使他在非洲时表现出不寻常的平和。他没有硬摆出什么愚蠢的姿势。他凡事讲求中庸。他挺过来了。你瞧，他过来了。”

“罗杰。”

“马库斯。这是威利，你还记得吧？”

“当然记得。我们的作家。”

威利说：“今天是你的好日子。”

马库斯和蔼可亲。“他们一家很幸福。林德赫斯特选对了伴侣。”

其他前来祝贺的宾客涌了过来，威利和罗杰离开马库斯，朝这幢大宅被废弃的花园走去，那里搭了一些凉棚。远远望去，那些凉棚仿佛一座营地。他们去的第一个凉棚在半死不活的果园。某个角落里，一株老朽的七叶树根部被常春藤密密实实地缠了一匝又一匝。每当一截树枝从一棵老苹果树上脱落，树干上就会留下一个洞：这是植物的天性，当生命的循环进入这个阶段，植物就和人一样，开始自我消解。但是凉棚下面的灯光使一切都变得柔和了，使每一棵垂死的树木重新焕发了生机，使每一根细长的枝条都变得引人注目，使这个颓败的果园宛如一个舞台，使它变得神奇，令人向往。

村里的姑娘们出现了，手中的托盘上放着廉价的酒品，大家都有事可做了。

直到此时，林德赫斯特和他的新娘还是不见踪影。倒是来了一对令人惊叹的黑白配，仿佛是想抢走新郎新娘的风头。他们就像是现代艺术中的“人体装置”，在模仿婚礼的象征意味。那白人女孩身穿蓝色短裙和红色丝绸上衣，紧紧搂住男伴的腰，把脸埋在他袒露的胸前。而那个男人则浑身上下都引人注目。他身材修长，肤色黝黑，穿了一身黑西装。他的白衬衣看上去十分昂贵。衬衣的竖领几乎敞到了腰际，露出的无瑕的黝黑肌肤呈完美的倒三角形。他戴着一副有色眼镜。皮肤油光发亮，大概是涂了牛油树脂或是从其他某种非洲坚果中提炼的乳液，这油脂或乳液仿佛在午后的暖意里融化了，即便是在凉棚的阴影之中。皮肤的油亮似乎在威胁白衬衣的挺括和洁净，但这显然就是他们想要的效果。他的发型也与众不同：结成一个个闪闪发亮的小发团，相互之间颇为疏远，让人觉得发团之间的头发可能被剃掉了，露出的头皮似乎也是油亮亮的。他光脚穿一双凉鞋，如同站在鞋底和脚跟构成的黄褐色轮廓上。凉鞋鞋带上的商标也是黄褐色的。他从头到脚就是一件绝妙的作品。每一个细节都是精心设计的。他吸引了所有的眼球。他让每一个人都相形见绌，但他自己却藏在有色眼镜后面，专心对付身上的重负。那女孩紧紧依偎着他，压在他身上的体重使得他看起来像是在侧身行走，有时甚至是在后退。人们纷纷为他们让路。他们就像是舞台上合唱队簇拥着的明星。

马库斯来到罗杰和威利身边。他说：“无耻啊。这是对神圣婚礼的嘲弄。我敢保证他们绝不是林德赫斯特的朋友。”

当他经过这对男女身边的时候，他也为他们让了路，仿佛面对的真的是令人心神不安的“人体装置”展品。

人群在各个凉棚间缓缓流动，大家在高低不平的地面上小心翼翼地择路而行，女士们穿着高跟鞋如同走在碎玻璃上。除了马库斯外，威利和罗杰谁也不认识，他们试着辨认谁是黑皮肤那方的，谁是白皮肤那方的。但很难分清。直到婚礼仪式开始，情况才明了起来。

举行仪式的场地四周种了一圈高高的黄杨树篱。探出来的枝条被粗粗地修剪过。这里新近养过鸡，那些熟悉家禽的人还能闻到淡淡的气味。有一面树篱上开了个缺口，对面的树篱上也有一个，非常适合当天下午的仪式。婚礼的主角从其中一个缺口正式入场。宾客则从另一个缺口进入。草地上铺着一块长方形的绿色帆布，那是举行仪式的区域。上面放着一些椅子，分作两摊，那是为男女双方的亲友准备的。马库斯的座位与他亲家的座位隔着一条极其狭窄的走道。他的威望和喜悦，他的肤色所显示的朴素的力量，和他们那微弱到几乎缺失的苍白尊严形成了鲜明的对比。

罗杰对威利悄声说：“他们很困惑。他们的教育程度不高。这种事曾经很时髦。但现在，他们不知道自己是谁，不知道人们对他们有些什么期望。对他们来说，这个世界变得太快。也许他们对任何事情都没有太多感受，也许过去这一百年来他们一直感到困惑。”

牧师身上那件硬邦邦的法衣在这样的场合显得过于华丽了。他似乎还不习惯这一身——那衣服对他而言似乎太重了，随时会从他肩头滑落：也许是因为他穿得不得法——一边对着那尊贵的衣袍硬挤出一丝笑容，一边尽可能不露声色地挣扎着让那些华丽的衣饰各就其位。

在上述这一切之后——指路牌、婚礼场地、帐篷和凉棚，以及神奇的灯光——林德赫斯特出现了，胸膛宽阔，面貌凶狠，在他身上，非洲的痕迹已经被抹去了一大半，旁边是他那位长相平平的白人新娘，穿着样式简单的丝质连衣裙，平庸得令人惊讶。他们身后甚至还煞有介事地跟着两个花童，他们的孩子，一个黑皮肤，一个白皮肤，白皮肤的那个跟着新郎，黑皮肤的那个跟着新娘。新郎新娘本就希望仪式简单一些，现在他们的愿望实现了，比他们预期的更简单。

牧师一口偏僻的乡音，难住了在场的很多人，而且他对朗诵就像对他的法衣一样陌生。他吞掉了一些词句，或许是因为它们的美令他尴尬。

一方亲友中有人朗诵了一段《奥赛罗》，另一方有人开始朗诵莎士比亚的一首十四行诗。后者还没有朗诵完，一个花童放屁了，没人知道究竟是黑皮肤的花童还是白皮肤的花童。但是来宾们很英明地分成两派：黑的一方认定是黑皮肤的孩子，白的一方认定是白皮肤的孩子。

白皮肤的孩子放声大哭。她有些伤心。马库斯跑过去，拉起她的小手，带着她慢慢走出场地，往卫生间走去。某位老妇人，看见满头银发的老黑人跑向伤心的白人女孩，回想起一些伤感的往事，不由得轻轻地鼓起掌来；接着又有人鼓掌；接着马库斯和他的孙女得到了所有人的掌声，几秒钟之后，马库斯才明白掌声是送给他的，充满了善意，他于是露出了笑容，扫视左右，微微欠身致意，然后领着白种孙女去了她要去的地方。

阿鲁巴－库拉索乐队开始演奏，节奏强劲。那个黑人鼓手坐在同餐桌一般高的鼓旁。起先，他放松地坐在椅子里，手腕搁在鼓沿上，仿佛正要吃饭或者写信。但接着，他的上半身纹丝不动，一双大手如同装了铰链一般动起来。他击打着，用手掌根部，用整个手掌，用手指根部，用手指，用指尖。他那张开的手上的每一个部位都单独用过。翻飞的手掌泛出了红色，一连串声音响起，在凉棚下轰鸣，打断了所有轻声的谈话。接下来，这支来自荷属安的列斯群岛的乐队用其他金属乐器盖住了鼓的节奏，而在这所有声音之上，有个声音开始在扩音器里高歌，唱的全是荷属安的列斯群岛的土语，在场的人没有一个能够听懂。在这可怕的喧闹中，有几个一身新衣的白种女人晃动着她们纤细的小腿，仿佛她们听出了一段节拍，仿佛那节拍令她们无法抗拒，而晚饭却还要过一阵子才开始，送走夜晚的舞会还要等到晚饭之后。

罗杰说："我快要得偏头痛了。"

他和威利走回到他们租来的车子旁边。距离这么远仍然能分辨出两三种音乐类型。

罗杰说："他们就是要你吃惊。不知道我们刚才经历的那个场面让你想起了什么。我猜那种音乐就是十七十八世纪苏里南[①]的荷兰奴隶种植园里演奏的音乐。星期六、星期天晚上奏上几段，为的是奴隶们到了星期一早上肯安心干活，也可以让某位来访的荷兰画家领略一番种植园的夜景。我曾经见过这样的画作。"

---

①位于南美洲北部，曾是荷兰殖民地。

他们沿着蜿蜒的公路开车回宾馆，惊讶地发现那音乐声一路随行。如果他们早就知道，如果的确有这样一条路，他们完全可以从宾馆步行去悬崖上那座被废弃的宅子。

整个晚上威利都能听见那音乐声。它侵入他的梦中，同其他记忆混成一团。非洲，那一座座灰蒙蒙的锥形巨岩，以及行走在柏油路旁的红土路上的非洲人。那些烧毁的混凝土房子，窗洞周围烟熏火燎的痕迹。树林，身穿橄榄绿军装头戴红星军帽的游击队员，以及永无尽头的行军。古怪的监狱，像在奴隶船上那样，犯人们一个挨着一个，分成两排睡在地上，中间隔着一条走道。整个晚上，他似乎还曾找到一些适合写给萨洛姬妮的话。但那些话又闪开了。他穿过那奴隶的音乐声寻找着，第二天早上，他能记起的只剩这么几句："不该对这个世界抱有理想的看法。灾祸正是由此产生。解决之路也由此发端。但是我不能把这些写给萨洛姬妮。"

二〇〇二年九月至二〇〇三年九月

图书在版编目(CIP)数据

魔种/〔英〕奈保尔(Naipaul,V.S.)著；吴其尧译.—海口：南海出版公司，2013.11

ISBN 978-7-5442-6830-1

Ⅰ.①魔… Ⅱ.①奈…②吴… Ⅲ.①长篇小说—英国—现代 Ⅳ.①I561.45

中国版本图书馆CIP数据核字(2013)第218882号

著作权合同登记号 图字：30-2011-037

魔种
〔英〕V.S.奈保尔 著
吴其尧 译

出 版 南海出版公司 (0898)66568511
海口市海秀中路51号星华大厦五楼 邮编 570206
发 行 新经典文化有限公司
电话(010)68423599 邮箱 editor@readinglife.com
经 销 新华书店

责任编辑 许韩茹 黄宁群
装帧设计 韩 笑
内文制作 田晓波

印 刷 北京中科印刷有限公司
开 本 850毫米×1168毫米 1/32
印 张 9
字 数 188千
版 次 2013年11月第1版
印 次 2013年11月第1次印刷
书 号 ISBN 978-7-5442-6830-1
定 价 39.50元